XINAN MINJIAN WENXUE
SHUZIHUA CHUANCHENG LUJING YANJIU

西南民间文学
数字化传承路径研究

吉差小明 ◎著

光明日报出版社

图书在版编目（CIP）数据

西南民间文学数字化传承路径研究 / 吉差小明著.
北京：光明日报出版社，2024.10. -- ISBN 978-7
-5194-8326-5
Ⅰ. I207.7
中国国家版本馆 CIP 数据核字第 2024H6X503 号

西南民间文学数字化传承路径研究
XINAN MINJIAN WENXUE SHUZIHUA CHUANCHENG LUJING YANJIU

著　　者：吉差小明	
责任编辑：郭玫君	责任校对：房　蓉
责任印制：曹　净	

出版发行：光明日报出版社
地　　址：北京市西城区永安路 106 号，100050
电　　话：010-63169890（咨询），010-63131930（邮购）
传　　真：010-63131930
网　　址：http://book.gmw.cn
E - mail：gmrbcbs@gmw.cn
法律顾问：北京市兰台律师事务所龚柳方律师
印　　刷：北京四海锦诚印刷技术有限公司
装　　订：北京四海锦诚印刷技术有限公司
本书如有破损、缺页、装订错误，请与本社联系调换，电话：010-63131930
开　　本：170mm×240mm　　　　　　　印　张：16
字　　数：280 千字
版　　次：2025 年 3 月第 1 版
印　　次：2025 年 3 月第 1 次印刷
书　　号：ISBN 978-7-5194-8326-5
定　　价：64.00 元

版权所有　翻印必究

前　言

在科技飞速发展的今天，数字化技术正深刻地影响着人类生活的方方面面，文化遗产的传承与保护也不例外。民间文学是非物质文化遗产的大宗，而西南地区则是民间文学的富集地带。西南地区作为少数民族的聚集地，这里各民族文化交汇、地理气候环境多变，独特的人文底蕴和自然风光共同支撑起西南民间文学创作的天空。西南民间文学历史悠久、题材众多，文学作品丰富多彩，形式多样。其中神话故事如《苗族古歌》等，以奇特的想象和生动的叙述展现了西南地区独特的文化风貌；传说故事如《阿诗玛》等，则通过口耳相传的方式传承着民族的历史和文化记忆；《摆白》流传于黔西南等地，"摆白"即现代所谓讲故事，通过口头讲述的方式传播故事内容。这种口头文学形式源远流长，包括方言俚语、诗歌、故事等。其中沙子母与飞龙马的故事是流传于黔西南、滇东北等地的经典作品，体现了劳动人民的智慧和创造力。歌谣和谚语更是西南民间文学的瑰宝，它们以简洁明快的语言表达了人们对生活的感悟和智慧。例如，《白蛇传》是一个流传于四川地区的民间故事，讲述了白蛇和许仙的爱情故事，被改编成了多种文艺形式；四川藏区的民歌《朝天山》描绘了美丽的自然景观和人们的生活情感；流传于四川的民谣《三峡好人》讲述了在三峡大坝建设中，工人们的奋斗故事。这些作品不仅具有极高的文学价值，还是研究西南地区历史文化的重要资料。

信息化时代，数字化技术的飞速发展为西南民间文学传承提供了技术支持，实现了西南民间文学与数字科技的深度融合，以数字技术赋能民间文学传承创新，对民间文学由传统走向现代、由零散走向系统具有重要作用。然而随着社会的快速发展，这些珍贵的民间文学资源正面临着传承的困境和挑战。基于此，本书《西南民间文学数字化传承路径研究》应运而生，旨在探索数字化时代下如何有效地传承和保护西南民间文学。

本书的研究目的在于，通过深入分析西南民间文学的传承现状和问题，探讨数字化技术在民间文学传承中的应用价值和实施路径。希望通过本书的研究，能够为西南民间文学的传承与保护提供新的思路和方法，推动其与现代社会的融合发展。具体来说，致力于实现以下几个目标：

（1）系统梳理西南民间文学的传承现状：通过深入调研和分析，全面了解西南民间文学在当前社会中的传承情况，包括传承方式、传承人群体、受众接受度等，从而准确把握其面临的挑战和机遇。

（2）分析数字化技术在民间文学传承中的应用：研究数字化技术如何助力西南民间文学的传承，包括数字化采集、存储、展示、传播等方面，探索数字化技术在提升传承效率和扩大传承范围方面的潜力。

（3）提出切实可行的数字化传承路径：基于现状分析和技术应用研究，结合西南地区的实际情况，提出具有可操作性的数字化传承路径和策略，旨在为相关实践提供理论支持和实践指导。

（4）推动西南民间文学的创新性发展：通过数字化传承路径的实施，不仅保护和传承西南民间文学，还促进其与现代文化的融合与创新，使其在新的时代背景下焕发新的生命力。

（5）增强社会对西南民间文学的认知和重视：通过本研究，提升公众对西南民间文学价值的认识，激发社会各界对保护和传承非物质文化遗产的责任感和参与度。

本书的研究不仅具有深远的文化意义，还有着重要的实践价值，关乎着文化多样性的维护、现代科技与传统文化融合的探索。西南民间文学是中华文化宝库中的珍贵财富，本研究通过探索数字化传承路径，有助于这些独特且富有地方特色的文学作品得到更好的保护和更长久的传承，防止文化资源的流失。对其进行数字化保护和传承，有助于维护和促进文化多样性的发展。对于一个多元文化国家的文化繁荣至关重要。本研究探索数字化技术在传统文化传承中的应用，体现了现代科技与传统文化相结合的创新思路。跨界的融合不仅能够为传统文化的传承注入新的活力，还能促进科技的人文关怀和社会价值的提升。通过数字化手段展示和传播西南民间文学，可以让更多的人了解和欣赏到这些文化瑰宝，从而提升公众的文化素养和审美水平。同时也有助于增强民族自豪感和文化认同感，促进社会和谐与文化自信。本研究的结果可以为政府和相关机构在制定文化遗产保护政策时提供科学依据和案例参考，推动形成更加完善的文化遗产保护体系。为未来相关领域的研究提供了新的视角和研究方向，有助于推动学术研究的深入和发展。

综上所述，《西南民间文学数字化传承路径研究》一书旨在通过数字化技术的引入和应用，为西南民间文学的传承与保护探索新的路径和方法。我们希望通过本书的研究和探讨，能够为这一事业的发展贡献绵薄之力。

目 录

第一章　民间文学概述 … 1
第一节　定义与范畴 … 1
第二节　西南民间文学内容及特征 … 14
第三节　西南民间文学传承现状与问题 … 22

第二章　西南民间文学的数字化传承价值 … 32
第一节　技术支持：民间文学数字采集与存储 … 32
第二节　共享平台：民间文学数字展示及传播 … 48
第三节　交互融合：民间文学的虚拟现实呈现 … 62
第四节　数字档案：民间文学的数字保存处理 … 72

第三章　西南民间文学数字化传承现状分析 … 83
第一节　数字采集存储手段有待革新 … 83
第二节　数字展示传播渠道较为单一 … 93
第三节　民间文学传承人数字素养不高 … 104
第四节　民间文学版权保护体系不完善 … 115
第五节　民间文学数字传承资金投入少 … 124

第四章　西南民间文学数字化传承的关键技术 … 134
第一节　数据采集 … 134
第二节　文本挖掘 … 145
第三节　数字展览 … 154

第四节　版权保护 …………………………………… 164
第五节　社交互动 …………………………………… 177
第六节　智能推荐 …………………………………… 183

第五章　西南民间文学数字化传承路径研究 ……… 190

第一节　技术创新，推进民间文学数字化处理 ……… 190
第二节　开拓平台，加快民间文学数字化传播 ……… 201
第三节　智力支持，提升民间文学传承人素养 ……… 209
第四节　法律完善，加大民间文学的版权保护 ……… 217
第五节　资金投入，夯实民间文学数字化保障 ……… 227

结　　语 ……………………………………………… 242

参考文献 ……………………………………………… 244

第一章　民间文学概述

第一节　定义与范畴

一、民间文学的基本概念

民间文学，作为人类文化的重要组成部分，承载着丰富的历史、文化和民俗信息。它不仅是民众智慧的结晶，更是民族认同和文化传承的重要载体。在全球化、现代化的冲击下，民间文学的传承与发展面临着前所未有的挑战。而数字化技术的兴起，为民间文学的传承提供了新的可能。

（一）民间文学定义

从本质属性来看，民间文学是民众在长期的生产生活实践中创作并传承的口头文学作品。这种文学形式源于民众，服务于民众，是民众智慧的结晶和情感的表达。不同于书面文学，后者更多地依赖于文字记录和书面传播，而民间文学则主要通过口耳相传的方式在民间流传。这种口头性传播方式使得民间文学具有更强的灵活性和生命力，因为它可以根据不同时代、不同地区、不同听众的需求进行适时的调整和创新。民间文学的形成与民众的生活密切相关，是在特定的社会历史背景下，由广大民众在生产劳动、社会斗争、家庭生活、爱情婚姻以及风俗习惯等社会活动中创作并流传的。民间文学不仅反映了民众的生活面貌，也体现了他们的思想观念、价值取向和审美情趣。这种紧密的联系使得民间文学具有深厚的社会基础和广泛的群众基础，成为民族文化的重要组成部分。

民间文学的表现形式丰富多样，包括神话、传说、民间故事、歌谣、谚语等。这些形式各有其独特的特点和魅力。神话故事以奇幻的情节和神秘的色彩吸引着听众的注意力；传说则通过讲述历史人物或事件来传承民族文化和历史记忆；民间故事则以生动的情节和深刻的寓意来展现民众的智慧和创造力；而歌谣和谚语则以简洁明快的语言传达着民众的生活经验和人生哲理。这些丰富的表现形式使得民间文学具有广泛的适应性和强大的感染力。

民间文学具有极高的文化价值，不仅是了解历史、研究文化的重要资料，也是进行道德教育和文化传承的重要载体。通过民间文学，可以深入了解一个民族的历史传统、风俗习惯、价值观念以及精神追求。同时民间文学中的道德观念和人生哲理也对我们的精神世界产生着深远的影响。它教导我们如何做人、如何处世，传递着积极向上的正能量。

（二）民间文学的特点

民间文学作为一种独特的文学形式，具有鲜明的特点，这些特点使其在人类文化领域中独树一帜，成为研究民族文化、历史和社会生活的重要窗口。

1. 口头性

民间文学的口头性是其最为显著的特点之一，与书面文学依赖文字记录和传播不同，民间文学主要通过口耳相传的方式在民间流传。这种传播方式赋予了民间文学极大的灵活性和生命力。口头传播意味着每个人都可以成为创作者和传承者，通过讲述、演唱等方式将故事传承下去。这种传播方式的优点在于，它不受时间、地点和书写材料的限制，可以随时随地进行传承和交流。口头性还使得民间文学在传播过程中融入了更多的个人风格和地域特色，每个人在讲述故事时，都会根据自己的理解、情感和经验进行再创作，从而使得民间文学作品更加丰富多样。这种口头传播的特点也使得民间文学能够更加贴近民众的生活，反映他们的喜怒哀乐和思想观念。

2. 集体性

民间文学的集体性体现在其创作和传承过程中，它不是由某个个体单独完成的，而是集体智慧的结晶。在民间文学的传承过程中，每个人都可以参与其中，对作品进行加工、完善和创新。这种集体性使得民间文学融入了更多人的智慧和情感，成为民族文化的重要组成部分。集体性还体现在民间文学的主题和内容上，它往往反映了民众共同的生活经验和情感体验，表达他们对美好生活的向往和追求。这种集体性使得民间文学具有广泛的群众基础和深厚的社会基础，成为连接民众情感和文化认同的重要纽带。

3. 变异性

由于口头传播的特点，民间文学在流传过程中会发生变异。每个人在讲述故事时，都会根据自己的理解、记忆和情感进行适时的调整和创新，从而使得故事在传承过程中不断发生变化。这种变异性既是无意识的——因为每个人的讲述方式和记忆都可能有所不同，也是有意识的——因为讲述者会根据听众的反应和需求进行适时的调整。变异性为民间文学带来了丰富多样的表现形式和艺术风格。同一个故事在不同的地区、不同的时代可能会有不同的版本和解读，这种多样性使得民间文学更加生动有趣。同时变异性也使得民间文学能够与时俱进，不断融入新的元素和题材，保持其鲜活的生命力。

4. 传承性

民间文学的传承性是其得以延续至今的重要原因之一，它通过世代相传的方式得以延续，成为民族文化的重要组成部分。在传承过程中，民间文学不仅保留了原始的故事情节和人物形象，还融入了不同时代的文化和价值观念，使其具有更强的时代感和现实意义。传承性还体现在民间文学对后代的影响和启示上，它通过讲述历史、传承文化、弘扬道德等方式，对后代进行道德教育和文化传承。这种传承性使得民间文学成为连接过去与未来、传统与现代的重要桥梁。

根据上文，整理的关于民间文学特点如下表 1-1 所示：

表 1-1　民间文学特点

特点	描述
口头性	主要通过口耳相传的方式流传
	每个人都可以成为创作者和传承者
	具有极大的灵活性和生命力
	融入了更多的个人风格和地域特色
集体性	集体智慧的结晶
	每个人都可以参与创作和传承
	反映了民众共同的生活经验和情感体验
	具有广泛的群众基础和深厚的社会基础

续表

特点	描述
变异性	在流传过程中会发生变异
	每个人讲述时可能有所不同
	带来了丰富多样的表现形式和艺术风格
	使民间文学能够与时俱进
传承性	通过世代相传的方式得以延续
	保留了原始的故事情节，同时融入不同时代的文化
	对后代有影响和启示作用
	连接过去与未来、传统与现代的重要桥梁

民间文学作为人类非物质文化遗产的重要组成部分，承载着丰富的历史文化信息和民族精神。在数字化时代背景下，应该积极探索新的传承方式，让民间文学焕发新的生命力。通过数字化技术，更好地记录和保存这些珍贵的文化遗产，让更多人了解和欣赏到民间文学的魅力。同时数字化传承还可以为民间文学的研究和传播提供新的途径和平台，推动其在新时代的创新和发展。

二、民间文学的类型与特点

民间文学，作为"五四"运动和新文化运动后出现和流行的学术名词，是指民众在生活文化和生活世界里传承、传播、共享的口头传统和语辞艺术。这种艺术形式源于民间，反映了民众的生活、情感和智慧，具有浓厚的民族特色。在西南地区，民间文学的类型尤为丰富，它们以各自独特的方式反映了当地人民的生活、信仰和情感。对这些类型的深入了解，不仅可以帮助人们更好地理解西南地区的文化传统，还能为民间文学的数字化传承提供有力的支持。

（一）民间文学的主要类型

从文学类型来看，民间文学的种类繁多，内容丰富，主要包括神话、史诗、民间传说、民间故事、民间歌谣、民间叙事诗、民间小戏、说唱文学、谚语、谜语以及曲艺等。

1. 神话

神话是民间文学的重要组成部分，它们是人类早期对自然现象、社会现象以及人类起源等问题的解释和想象。神话故事中常常出现神、英雄、怪兽等元素，通过奇幻的情节和神秘的色彩吸引着听众的注意力。这些故事不仅丰富了民众的精神生活，还传递了民族的文化传统和价值观念。

2. 史诗

史诗是叙述英雄传说或重大历史事件的叙事长诗，是一种古老的文学形式。它以宏大的结构和深刻的主题展现了民族的历史和文化。在民间文学中，史诗往往通过口头传承的方式流传下来，成为民众了解历史、传承文化的重要途径。

3. 民间传说与民间故事

民间传说和民间故事是民间文学中最为常见的类型之一，它们以生动的情节和深刻的寓意展现了民众的智慧和创造力。这些故事往往围绕着英雄、爱情、冒险等主题展开，通过简洁明快的语言传达着民众的生活经验和人生哲理。其中民间传说更具历史性、地方性和传奇性，而民间故事则更加通俗易懂，贴近民众生活。

4. 民间歌谣

民间歌谣是民众在劳动、生活中创作并传唱的诗歌形式。它们以简洁明快的语言、优美的旋律和生动的形象表达了民众的情感和心声。歌谣的内容丰富多样，包括爱情、友情、劳动、生活等多个方面，是民众精神生活的重要组成部分。

5. 民间叙事诗

民间叙事诗是一种以叙事为主的长篇诗歌形式，通过生动的情节和丰富的想象力讲述了英雄事迹、历史故事或传奇传说等。这些诗歌往往具有浓厚的民族特色和地方色彩，是民众传承历史文化的重要途径。

6. 民间小戏与说唱文学

民间小戏和说唱文学是带有职业性的民间文艺形式，它们以生动的表演和说唱形式展现了民众的生活经验和人生哲理。民间小戏包括京剧、豫剧、黄梅戏等多种戏曲形式；而说唱文学则包括评书、鼓词、快板、相声等多种表现形式。这些艺术形式在民间广泛流传，丰富了民众的文化生活。

7. 谚语与谜语

谚语和谜语是民间文学中的短小精悍之作，谚语以简洁明了的语言传达了民众的生活经验和智慧；而谜语则通过隐喻、象征等手法激发了民众的智慧和想象力。这些作品既有趣味性又有教育意义，在民间广泛传播并影响着民众的思维方式和价值观念。

关于民间文学主要类型及其相关例子如表 1-2 所示：

表 1-2　民间文学主要类型及其相关例子

类型	描述	例子
神话	讲述神明、英雄、怪兽等神秘元素的故事，解释自然现象或宇宙的起源	"盘古开天辟地""女娲补天"
史诗	长篇叙事诗，讲述英雄事迹或重大历史事件	《格萨尔王传》《江格尔》
民间传说	与特定地点、人物或事件相关的传统故事，具有历史性和传奇性	"梁山伯与祝英台""白蛇传"
民间故事	短小精悍的叙事故事，通常包含道德教诲或生活智慧	"狼来了""愚公移山"
民间歌谣	简洁、押韵的诗歌形式，表达情感、描绘生活场景或传授经验	"小星星""摇篮曲"
民间叙事诗	以叙事为主的长篇诗歌，讲述英雄事迹、爱情故事等	"长恨歌""孔雀东南飞"
谚语	简洁明快的短句，传达生活经验和智慧	"人无远虑，必有近忧""一日之计在于晨"
谜语	以隐喻、象征等手法提问，激发智慧和想象力	"千条线，万条线，掉到水里看不见"（谜底：雨）

(二) 民间文学的特点

民间文学，深深植根于广大民众之中，反映着人们的生活、情感和理想。它不仅是文学的一部分，更是民族文化和历史的重要载体。总结民间文学的特点如下图 1-1 所示：

图 1-1 民间文学的特点

1. 口头性

民间文学最显著的特点之一是它的口头性，与书面文学不同，民间文学主要通过口耳相传的方式在民间流传。这种传播方式使得民间文学具有生动、灵活的特点。人们在讲述故事时，根据自己的理解和情感进行表达，使得每个故事都充满生命力和感染力。同时口头传播也让民间文学更加贴近民众，成为他们生活中不可或缺的一部分。

2. 变异性和即兴性

每次讲述都能根据讲述者的心情、听众的反应以及当时的环境氛围而有所调整，所以同一个故事在不同的时间、地点和讲述者口中会有所不同。这种变异性为民间文学注入了新的活力和创造力，使其能够与时俱进，不断适应新的社会环境。

3. 集体性

民间文学的另一个重要特点是它的集体性，主要体现在创作和流传过程中。民间文学往往不是由某个个体单独完成的，而是集体智慧的结晶。在创作过程中，人们会根据自己的生活经验、情感和价值观对故事进行加工、完善和创新，从而使得民间文学作品更加丰富多样。这种集体性使得民间文学能够更全面地反映民众的生活和情感，成为民族文化的重要组成部分。集体性还体现在民间文学的受众上。与精英文学或官方文学相比，民间文学的受众更加广泛，几乎涵盖了所有社会阶层和群体。使得民间文学具有更强的社会性和普遍性，成为连接不同社会群体的纽带。

4. 传承性

民间文学通过世代相传的方式得以延续至今，成为民族文化的重要组成部分。在传承过程中，民间文学不仅保留了原始的故事情节和人物形象，还融入了不同时代的文化和价值观念，使其具有更强的时代感和现实意义。这种传承性不仅体现在故事的传递上，还体现在讲述技巧和风格的传承上。老一辈的讲述者会将自己的讲述经验和技巧传授给年青一代，使得民间文学的传统得以延续。同时年青一代也会在继承传统的基础上进行创新和发展，为民间文学注入新的活力。

5. 地域性

不同地区、不同民族的民间文学作品往往具有独特的风格和特色，这些风格和特色与当地的自然环境、社会习俗、文化传统等密切相关。通过研究民间文学的地域性特点，可以更深入地了解一个地区或民族的文化和历史。地域性还体现在民间文学的题材和内容上，不同地区的人们会根据自己的生活经验和环境来创作和讲述故事，从而使得民间文学作品具有鲜明的地域色彩。沿海地区的人们会讲述与海有关的故事，而内陆地区的人们则更关注与山、河等自然环境相关的题材。

6. 艺术性

无论是故事情节的构思、人物形象的塑造还是语言的运用都体现了民间艺术家的匠心独运，他们通过生动的情节和形象的语言将生活经验和情感传递给听众引起共鸣和反思。民间文学的艺术性还体现在它的多样性和创新性上，不同类型的民间文学作品具有不同的风格和特点，如旋律优美的歌谣、情节曲折的故事等。这些多样化的艺术表现形式使得民间文学更加丰富多彩，满足了不同群体的审美需求。

西南地区的民间文学以其丰富的类型和独特的特点，展现了该地区深厚的历史文化底蕴。这些文学作品不仅是民众智慧的结晶，也是民族文化认同和历史传承的重要载体。在数字化时代背景下，积极探索有效的传承路径，让这些珍贵的民间文学资源得到更好的保护和传承。通过数字化技术的应用，更便捷地记录和保存这些文学作品，同时也可以通过互联网等现代传播手段，让更多人了解和欣赏到西南民间文学的魅力。

三、民间文学与其他文学形式的区别

在文学的大家庭中，民间文学以其独特的魅力和深厚的文化底蕴占据了一席之地。深入理解民间文学，探讨与其他文学形式之间的区别，认清民间文学的本质特征，能进一步凸显其在文化传承中的重要价值。

（一）创作主体与方式的不同

从创作主体来看，民间文学的创作主体是广大人民群众。它不是由某个特定的个体或团队独立完成，而是由无数人共同参与、共同塑造的结果。这种集体性的创作方式，使得民间文学具有浓厚的民间色彩和广泛的群众基础。每一则民间故事、每一首民间歌谣，都凝聚了无数劳动人民的智慧和情感，它们通过口耳相传的方式，在民间流传千百年，成为民族文化的重要组成部分。其他文学形式的创作主体则相对明确和具体，无论是小说、诗歌还是散文，它们都由特定的作家或诗人独立完成。这些作家和诗人通常具有较高的文化素养和独特的审美观念，作品往往能够反映个人对社会的深刻思考和独特见解。这种个体化的创作方式，使得其他文学形式在内容和风格上更加多样化和个性化。

从创作方式来看，民间文学的创作过程具有鲜明的口头性和即兴性。它往往是在人们的日常生活中自然产生和发展的，没有固定的文本和格式。人们在讲述

民间故事或传唱民间歌谣时，通常会根据自己的理解和感受进行即兴发挥，这使得民间文学在传承过程中不断得到丰富和发展。由于民间文学主要通过口耳相传的方式进行传播，因此它具有鲜明的口语化特点，易于被广大人民群众所接受和喜爱。而其他文学形式的创作方式则更加规范化和书面化，作家在创作过程中，通常会经过深思熟虑和精心构思，以文字为媒介将思想和情感转化为具体的文学作品。这些作品在内容和形式上都具有较高的艺术性和审美价值，能够给读者带来深刻的思考和感悟。其他文学形式主要通过书面方式进行传播和阅读，它们在语言表达和文学技巧上更加成熟和精湛。

除了以上提到的区别之外，民间文学和其他文学形式在创作主体与方式上的不同还体现在它们的互动性和参与度上。民间文学作为一种集体创作的艺术形式，其创作过程往往伴随着听众的反馈和参与。讲述者在讲述过程中会根据听众的反应进行调整和完善，这种互动性的创作方式使得民间文学更加贴近民众的生活和情感需求。而其他文学形式的创作则更多地依赖于作家的个人才华和创作经验，与读者的互动相对较少。民间文学的创作还受到地域文化和历史传统的影响，不同地区、不同民族的民间文学作品往往具有独特的风格和特色，它们反映了当地人民的生活方式和价值观念。而其他文学形式虽然也受到文化和历史的影响，但相对而言更加独立和自主，作家可以根据自己的理解和感受进行创作。

（二）内容与主题的区别

民间文学与其他文学形式在内容与主题上存在显著的区别，这些区别主要体现在以下几个方面：

1. 内容来源与性质

民间文学的内容主要来源于广大人民群众的日常生活和经验，通常反映的是普通人的生活琐事、情感纠葛、道德观念以及他们对世界的朴素理解。这些内容具有浓厚的乡土气息和民俗特色，贴近民众的心灵。民间故事中经常出现的农耕、家庭、婚姻等元素，都是与民众生活息息相关的内容；此外民间文学中还蕴含着丰富的民间智慧和人生哲理，通过故事、歌谣等形式传递给后人。其他文学形式的内容则更加广泛和多样，涉及历史、政治、社会、人性等各个层面，展现出更加复杂和多元的世界。这些内容往往经过作家的精心构思和深刻挖掘，以揭示社会的本质和人性的复杂。

2. 主题深度与广度

民间文学的主题通常比较明确和单一，多聚焦于家庭、亲情、友情、爱情、善恶报应等普世价值。这些主题在民间文学中反复出现，通过简单的故事情节和朴素的语言，向听众传达着明确的价值观念和道德准则。虽然主题相对单一，但正是这种朴素和直接的表达方式，使得民间文学在民众中有着广泛的共鸣和影响力。而其他文学形式的主题则更加深入和广泛，作家们通过对社会现实的深刻洞察和对人性的细腻刻画，探讨着更加复杂和多维的主题。例如，对权力的批判、对人性的探索、对生命的思考等。这些主题往往具有深刻的哲学性和思想性，能够引发读者的深度思考和共鸣。

3. 情感表达与语言风格

民间文学在情感表达上通常更加直接和热烈，它运用简单明了的语言和生动的情节，直接触动听众的情感。无论是欢笑还是泪水，民间文学都能以最直接的方式触动人们的心灵。这种情感表达的直接性使得民间文学在民众中有着广泛的感染力。而其他文学形式在情感表达上则更加含蓄和深刻，作家们通过细腻的笔触和复杂的情节设置，让读者在品味文字的过程中逐渐感受到作品所传递的情感。这种情感表达的含蓄性使得其他文学形式在情感深度上更加丰富和多元。

在语言风格上，民间文学通常采用朴素、生动的口语化表达。这种语言风格使得民间文学更加贴近民众的语言习惯，易于被理解和接受。而其他文学形式则更加注重语言的锤炼和表达的艺术性。作家们通过独特的语言风格和精湛的文学技巧，创造出独具魅力的文学作品。

4. 文化传承与价值观的体现

民间文学作为民族文化的重要组成部分，承载着丰富的历史文化信息和民族精神。它通过口口相传的方式，在民间流传千百年，成为传承民族文化的重要载体。民间文学中的内容和主题往往反映了特定历史时期的社会风貌和民众的价值观念。例如，在许多民间故事中，可以看到对勤劳、善良、勇敢等美德的赞颂，以及对贪婪、自私等劣行的批判。这些价值观念通过民间文学的传承，对民众的道德观念和行为准则产生着深远的影响。而其他文学形式在文化传承和价值观的体现上也有着重要的作用，作家们通过对历史的深刻思考和对社会的敏锐观察，将自己的思考和见解融入作品中。这些作品不仅反映了社会的现实问题和人性的复杂面貌，还通过独特的艺术表达形式向读者传递着深刻的思想内涵和价值观念。

（三）传播和接受方式的差异

1. 传播渠道与传播范围

民间文学的传播主要依赖口头传承，即通过讲述者口耳相传的方式将故事、歌谣等文学内容传递给听众。这种传播方式具有直接性和互动性，讲述者和听众之间可以进行即时的交流和反馈。由于民间文学通常没有固定的文本，因此每一次讲述都可能带来新的变化和创作。民间文学的传播范围相对较小，主要局限于特定的社区或族群内部。其他文学形式的传播则更加依赖于书面媒介和现代科技手段，书籍、报刊、杂志等印刷品是这些文学形式的主要传播载体，而互联网和数字技术的兴起则进一步扩大了它们的传播范围。这些文学形式可以通过出版社、图书馆、书店等途径广泛传播，并且能够跨越地域和文化的限制，达到更广泛的受众群体。

2. 受众参与度

在民间文学的传播过程中，受众的参与度非常高。由于民间文学主要通过口头传承，听众不仅仅是文学作品的接受者，他们还可以成为新的讲述者，将听到的故事继续传播下去。这种高度的受众参与度使得民间文学具有更强的生命力和创造力。民间文学的讲述场景通常具有社交性，人们在聚会、节庆等场合共同分享和传承这些文学作品，这也增强了受众的参与感和归属感。而对其他文学形式来说，受众的参与度相对较低。读者通过阅读书籍、观看戏剧或电影等方式来接受文学作品，他们与作品之间的互动主要停留在思考和感悟的层面。虽然现代科技手段如虚拟现实、交互式小说等正在尝试提高受众的参与度，但总体上仍然无法与民间文学的受众参与度相提并论。

3. 接受门槛

民间文学的接受门槛相对较低，它主要采用口头传承的方式，语言简单易懂，情节贴近生活，无论是老人还是孩子都能够轻松理解和接受。民间文学通常蕴含着丰富的民俗文化和地方特色，这使得它在特定社区内部具有更强的吸引力和认同感。人们通过聆听和参与讲述民间文学作品，不仅能够娱乐身心，还能够加深对本土文化的理解和认同。而其他文学形式在接受门槛上则相对较高，一些经典的文学作品需要读者具备一定的文化素养和阅读能力才能充分理解和欣赏。由于这些作品通常涉及更为复杂的社会背景和人性探讨，因此需要读者投入更多的时间和精力进行思考和解读。正是这种深度和复杂性使得其他文学形式在表达人类情感和思考方面具有独特的优势。

（四）文化价值和功能的特殊性

民间文学与其他文学形式的区别，在文化价值和功能上有着显著的特点。

（1）集体性与口头性：民间文学是人民大众的集体创作，通过口头方式流传。这种集体性和口头性使得民间文学具有广泛的群众基础和传承性，它反映了群体的智慧和情感。相比之下，其他文学形式，如作家文学，更多是个体的书面创作，流传方式也主要依靠书籍等媒介。

（2）变异性与固定性的对比：由于民间文学是口头流传的，它在传承过程中往往会发生变异，这种变异性既是民间文学的弱点，也是它的生命力所在。它使得民间文学能够不断适应时代的变化和不同地区听众的需求。而其他文学形式，尤其是书面文学，一旦定稿就相对稳定，变化较小。

（3）实用性与艺术性：民间文学往往具有实用性，它不仅是娱乐的工具，还承载着教育、社交等多重功能。在很多社会中，民间文学被用来传递社会规范、道德观念和生活技能。而其他文学形式，如诗歌、小说等，更侧重于艺术性和审美体验。

（4）反映群体价值观与个体追求：民间文学作为集体创作的成果，它反映的是群体性的价值观念和审美趋向。这使得民间文学具有深厚的社会文化意义。而其他文学形式，特别是作家文学，更多地反映了作家的个体追求和艺术风格。

（5）审美价值的独特性：民间文学的审美价值在于其朴素、真挚和自然的表达方式。它未经文人雕琢和设计，注重思想和情感的直接表达，因此具有一种原始的美感和动人的魅力。这种审美价值与作家文学追求的形式美和艺术性形成鲜明对比。

（6）社会功能与文化记忆：民间文学在社会中承担着多种功能，如娱乐、教育、社交等。同时也是民族文化的重要载体和传承工具，记录着民族的历史、信仰和习俗。因此民间文学具有深厚的文化价值和社会功能。相比之下其他文学形式虽然也承载了一定的文化意义和社会功能，但往往不如民间文学那样广泛和深入。

（7）互动性与参与性：民间文学的接受者往往参与到文学创作和流传过程中，这种互动性和参与性是民间文学独有的特点。它使得民间文学能够不断吸收新的元素和创新点，保持其生命力和活力。而其他文学形式往往是由作者单独完成创作过程，读者更多是被动地接受作品内容。

民间文学与其他文学形式在创作主体与方式、内容与主题、传播和接受方式以及文化价值和功能等方面都存在显著的差异。这些差异不仅凸显了民间文学的独特性，也让我们更加珍视这一宝贵的文化遗产。在数字化时代背景下，应该积极探索有效的传承路径，让民间文学得到更好的保护和传承，同时发挥其独特的文化价值和功能。

第二节 西南民间文学内容及特征

一、西南民间文学的主要内容

西南民间文学的内容丰富多样，涵盖了神话、传说、故事、歌谣等多种形式，每一种形式都承载着西南地区独特的历史记忆和文化印记。

1. 神话传说

西南地区的神话传说源远流长，内容多与自然崇拜、祖先崇拜以及英雄崇拜相关。这些神话传说不仅解释了自然现象和宇宙起源，还体现了西南地区先民对于世界的朴素理解和想象。例如，关于山神、水神、树神的神话故事，在西南地区广为流传，它们以奇特的情节和生动的形象，展示了人与自然和谐共生的理念。

2. 民间故事

西南地区的民间故事以其幽默风趣、寓教于乐的特点而深受人们喜爱。这些故事往往以普通人的生活为背景，通过夸张、对比等手法，塑造了众多性格鲜明的人物形象，传达了勤劳、善良、勇敢等美德的重要性。同时这些故事也蕴含了丰富的民间智慧和人生哲理，对于启迪思想、陶冶情操具有重要作用。

3. 民间歌谣

西南地区的民间歌谣以其朗朗上口、旋律优美的特点而广为传唱。这些歌谣内容多样，既有表达爱情、友情等情感的歌谣，也有反映劳动生活、赞美家乡美景的歌谣。它们以简洁明快的语言，抒发了人民群众的真挚情感和对美好生活的向往。

总结来说，西南民间文学的主要内容涵盖了神话传说、民间故事以及民间歌谣等多种形式。这些内容不仅丰富了人民群众的精神文化生活，还传承了西南地区的历史文化传统和民族精神。通过深入研究这些内容，可以更好地了解西南地区的历史文化底蕴和人民群众的思想情感，为保护和传承这一珍贵的文化遗产提供有力的支持。

二、西南民间文学的艺术特色

西南民间文学，作为中华文化宝库中的一颗璀璨明珠，不仅内容丰富、形式多样，更在艺术表现上有着独特的风格和魅力。这些艺术特色，既展现了西南地区独有的文化底蕴，也反映了当地人民的生活和情感。

（一）生动的形象塑造与丰富的想象力

在西南民间文学中，生动的形象塑造与丰富的想象力是其独特的艺术魅力所在，这两者相辅相成，共同构建了一个充满奇幻色彩和真实情感的文学世界。

西南民间文学善于通过细腻而传神的笔触，将人物、动物、景物等形象刻画得栩栩如生，跃然纸上。这种形象塑造不仅体现在外貌特征的描绘上，更深入人物的性格、情感和内心世界。在许多西南民间故事中，主角往往被塑造成勇敢、善良、聪明的形象，他们的性格特点和行为举止都被刻画得淋漓尽致。这种生动的形象塑造不仅让读者对人物有了深刻的印象，更能引起读者的共鸣和情感投射。除了人物形象，西南民间文学在塑造动物和景物形象方面也有着独到的功力。动物形象常常被赋予人性化的特点，它们或机智、或勇猛、或狡猾，成为故事中的重要角色；而景物形象的描绘则常常与故事情节紧密相连，为故事的发展营造出特定的氛围和背景。

西南民间文学中的想象力是无穷无尽的，它超越了现实生活的限制，构建了一个个奇幻而又引人入胜的故事世界。这种想象力不仅体现在故事情节的构思上，更深入人物设定、场景描绘等各个方面。在许多神话传说中，人们可以想象出各种神奇的生物和景象，如会说话的动物、会飞的魔毯等。这些充满想象力的元素为故事增添了神秘感和趣味性，吸引了读者的注意力。想象力的丰富还体现在对未知世界的探索上，西南民间文学中的许多故事都涉及神秘的世界或未知的领域，如仙境、鬼域等。作者通过丰富的想象力，将这些未知的世界描绘得栩栩如生，让读者仿佛置身于其中。这种对未知世界的探索不仅拓展了故事的空间范围，更激发了读者的好奇心和探索欲望。

生动的形象塑造与丰富的想象力在西南民间文学中并不是孤立的，而是相互交织、相互影响的。生动的形象塑造需要借助丰富的想象力来完善人物的内心世界和情感表达；而丰富的想象力也需要通过生动的形象塑造来呈现给读者一个真实而奇幻的世界。这种相互作用使得西南民间文学的艺术魅力得以充分展现。西南民间文学中的生动形象和丰富想象力并不是凭空产生的，而是深深扎根于西南地区独特的自然环境和深厚的民族文化土壤中。这些元素汲取了西南地区的历史、地理、民俗等方面的营养，使得西南民间文学的形象塑造和想象力具有鲜明的地域特色和民族特色。

（二）独特的语言风格与修辞手法

西南民间文学的语言风格独树一帜，其质朴自然、地域特色鲜明的表达方式，给人以深刻的印象。这种风格的形成，与西南地区独特的自然环境、历史文化以及民族风情密切相关。西南民间文学的语言，往往融合了当地的方言俚语，使得作品更加贴近生活，充满浓郁的地方色彩。这种语言风格，不仅让读者感受到西南地区的独特魅力，也让作品更加生动有趣，易于传唱。

在西南民间文学中，作者们善于运用各种修辞手法来增强作品的表达效果。比喻、拟人等修辞手法的巧妙运用，使得作品更加生动形象，富有感染力。通过比喻，作者可以将抽象的情感或理念具象化，让读者更容易理解和感受。而拟人手法则赋予非人类的事物以人的性格和情感，增强了作品的趣味性和可读性。西南民间文学还常常运用排比、对偶等修辞手法，使得作品在结构上更加严谨，音韵上更加和谐。这些修辞手法的运用，不仅提升作品的审美价值，也让读者在阅读过程中享受到语言的音乐美和节奏感。除了上述修辞手法，西南民间文学还善于运用夸张、反语等手法，以突出事物的特征或表达强烈的情感。夸张手法的运用，使得作品充满了想象力和浪漫主义色彩；而反语则通过正话反说，增强了作品的讽刺意味和批判精神。

西南民间文学的语言风格和修辞手法，还体现了其深厚的历史文化底蕴和民族精神。作品中融入大量的历史文化元素和民族风情，使得语言风格更加丰富多彩。修辞手法也反映了西南地区人民的智慧和才情，展现了他们对生活的独特理解和感悟。

(三) 深刻的主题思想与情感表达

西南民间文学，作为中华民族文化的重要组成部分，蕴含着深刻的主题思想与丰富的情感表达。西南民间文学的深刻主题思想体现在对勤劳、善良、勇敢等美德的弘扬上。在许多西南民间故事中，主角往往是勤劳的农民、智慧的少女或勇敢的猎人，他们通过自己的努力和智慧，最终战胜了困难，实现自己的愿望。西南民间文学的情感表达丰富而细腻，无论是爱情、亲情还是友情，都在作品中得到了充分的体现。在爱情故事中，男女主角往往经历种种磨难，最终有情人终成眷属，展现了爱情的坚贞和伟大；在亲情故事中，母子之间、兄弟姐妹之间的深厚感情被描绘得淋漓尽致，让人感受到亲情的温暖和力量；而在友情故事中，朋友之间的信任、支持和牺牲，更是让人动容。这些情感表达，不仅让读者在阅读过程中产生共鸣，也让他们更加珍惜自己身边的亲情和友情。

西南民间文学还通过主题思想和情感表达，传递对自然和环境的敬畏与尊重。在许多作品中，大自然被赋予神秘而崇高的地位，人类需要与自然和谐相处，才能得到真正的幸福和安宁。这种思想对于当今社会的环境保护和可持续发展具有重要的启示意义。西南民间文学还蕴含对社会现实的深刻反思和批判精神，在一些作品中，作者通过讽刺、夸张等手法，揭示社会上的种种不公和丑恶现象，呼吁人们追求真善美，摒弃假恶丑。这种批判精神，不仅增强作品的思想性和艺术性，也引导读者对社会现实进行深入的思考和反思。西南民间文学的深刻主题思想与情感表达还得益于西南地区独特的历史、地理和文化背景。西南地区地形复杂多样，山川秀美，民族众多，文化底蕴深厚。这些独特的自然条件和社会环境为西南民间文学提供了丰富的创作素材和灵感来源。同时西南地区人民在长期的历史发展过程中形成了独特的价值观念和审美情趣，这些都在西南民间文学中得到了充分的体现。

（四）多样化的艺术形式与表现手法

西南民间文学涵盖了多种艺术形式，如神话、传说、故事、歌谣等。每种艺术形式都有其独特的表现手法和艺术风格，共同构成了西南民间文学的丰富多彩的艺术世界。这些多样化的艺术形式与表现手法使得西南民间文学能够适应不同受众的审美需求，具有广泛的群众基础和社会影响力。

西南民间文学的艺术特色主要体现在生动的形象塑造与丰富的想象力、独特的语言风格与修辞手法、深刻的主题思想与情感表达以及多样化的艺术形式与表现手法等方面。这些特色使得西南民间文学具有独特的艺术魅力和深厚的文化内涵，成为中华文化宝库中的瑰宝。通过深入研究这些艺术特色，我们可以更好地理解和欣赏西南民间文学的美感和价值所在，进一步推动其传承与发展。

三、西南民间文学的地域文化烙印

西南地区，包括四川、云南、贵州、西藏等省区，因其独特的地理环境、气候条件以及多民族聚居的特点,孕育了独具特色的地域文化。这种地域文化在西南民间文学中留下了深刻的烙印,使得这些文学作品不仅具有极高的艺术价值,同时也成为研究西南地区历史文化、民族风情的重要资料。

(一) 地域特色鲜明的创作主题

西南地区的自然景观为民间文学提供了丰富的创作素材。西南地区地形复杂,山川秀美,江河纵横,这些自然景观在民间文学作品中得到了生动的描绘。在许多民间故事中,崇山峻岭、深谷幽林、急流险滩等自然景观往往成为故事发生的重要场景,为故事情节的展开提供了独特的背景。这些自然景观的描绘不仅展示了西南地区的壮美风光,更赋予了作品浓郁的地域色彩。西南地区的历史文化也在民间文学的创作主题中得到了充分体现,西南地区有着悠久的历史文化传承,各民族在长期的历史发展过程中形成了各自独特的文化传统。这些文化传统在民间文学中得到了充分的反映,使得作品具有深厚的历史底蕴。一些民间故事以历史事件为背景,通过讲述英雄人物的事迹来弘扬民族精神,体现西南地区人民对于历史的深刻记忆和传承。

西南地区的民俗风情也是民间文学创作主题的重要来源,西南地区各民族有着丰富多彩的民俗活动,如婚丧嫁娶、节庆活动、歌舞表演等,这些民俗风情在民间文学作品中得到了生动的描绘。通过展示这些独特的民俗风情,民间文学作品不仅让读者感受到西南地区人民的热情与活力,还传递当地人民对于生活的热爱和对美好未来的憧憬。除了自然景观、历史文化和民俗风情外,西南地区的社会生活也为民间文学的创作提供了广阔的舞台。在西南民间文学作品中,可以看到当地人民在日常生活中的点点滴滴,如农耕、狩猎、渔捞等生产活动,以及邻里之间的互助与合作。这些社会生活的描绘使得作品更加贴近实际,让读者能够深入了解西南地区人民的生活方式和社会风貌。西南民间文学的地域特色还体现在对地方特产和美食的描绘上,西南地区物产丰富,特产众多,如四川的辣椒、云南的普洱茶等,这些特产在民间文学作品中经常被提及,成为故事情节的重要组成部分。西南地区的美食文化也独具特色,各种风味小吃和特色菜肴在作品中得到了生动的描绘,让读者在阅读过程中不禁垂涎欲滴。

（二）多元民族文化的交融

西南地区，自古以来就是多民族的聚居地。在这片广袤的土地上，生活着彝、藏、羌、苗、土家、布依、仡佬、纳西等众多民族。每个民族都有自己独特的文化传统、风俗习惯以及信仰体系，这些不同的民族文化在历史的长河中相互碰撞、交流，形成了西南地区多元民族文化的交融现象。多元民族文化的交融，在西南民间文学中得到了深刻的体现。民间文学作为各民族文化的重要载体，记录了各民族的历史、神话、传说、歌谣等，是多元民族文化交融的见证和缩影。

多元民族文化的交融体现在民间文学的故事情节中，许多民间故事都融合了不同民族的元素，展现了各民族之间的文化交流与融合。在一些故事中，不同民族的英雄人物会联手对抗邪恶势力，体现了各民族之间的团结与协作。这些故事情节不仅丰富了民间文学的内涵，也反映了西南地区各民族和谐共处的历史传统。多元民族文化的交融还体现在民间文学的艺术风格上，西南地区的各民族有着独特的艺术审美和表现形式，这些不同的艺术风格在民间文学中得到了充分的展现。例如，彝族的史诗《梅葛》以其宏大的叙事结构和瑰丽的想象而闻名；苗族的古歌则以其深邃的哲理和丰富的象征意义而著称。这些不同的艺术风格在民间文学中相互交融，形成了西南地区民间文学独特的艺术魅力。多元民族文化的交融还体现在民间文学中的语言使用上，西南地区各民族的语言丰富多彩，这些不同的语言在民间文学中得到了广泛的运用。在一些多民族的聚居区，民间文学作品甚至会用多种语言进行创作和传播，不仅丰富了民间文学的表现形式，也促进了各民族之间的语言交流与文化认同。

（三）地域性语言的运用

在西南民间文学中，地域性语言的运用是一种显著且富有特色的现象。这些语言不仅承载着丰富的地域文化和历史信息，还为作品增添了独特的韵味和色彩。地域性语言，作为特定地理区域内人们交流的工具，其形成与发展深受当地自然环境、社会经济、历史文化等多重因素的影响。在西南民间文学中，这种语言的运用既体现了作品的真实性，又赋予了作品独特的地域特色。

西南地区的地形地貌复杂多样，山川河流纵横交错，这样的自然环境孕育了丰富多彩的地域性语言。在民间文学作品中，这些语言被巧妙地融入故事情节和人物形象塑造中，使得作品更加生动逼真。例如，在描述山区生活时，作品中会使用大量与山、水、林、田等自然景观相关的词汇和表达方式，这些语言不仅让读者感受到山区的壮美与神秘，还凸显出山区人民的坚韧与勇敢。除了自然环境外，西南地区的社会经济状况也对地域性语言的形成产生了深远影响。在长期的历史发展过程中，西南地区形成了独特的农耕文化、商贸文化以及民族手工艺文化等。这些文化特色在地域性语言中得到了充分体现。在民间文学作品中，可以看到大量与农耕生活相关的词汇和表达方式，如"犁地""插秧""收割"等。这些语言不仅展示了西南地区农耕文化的独特魅力，还让读者更加深入地了解了当地人民的生活方式和价值观念。

历史文化是地域性语言形成的又一重要因素，西南地区有着悠久的历史文化传承，各民族在长期的历史发展过程中形成了各自独特的文化传统和信仰体系。这些历史文化特色在地域性语言中留下了深刻的烙印。在民间文学作品中，可以看到大量与历史文化相关的词汇和表达方式，如"祭祀""庙会""祠堂"等。这些语言不仅让读者感受到西南地区历史文化的厚重与博大，还为作品增添了浓郁的历史韵味。地域性语言在西南民间文学中的运用还体现在对人物性格的刻画上，通过运用具有地域特色的语言来描绘人物性格，使得作品中的人物形象更加鲜明生动。在描述一个豪爽的山里人时，作品中会使用大量粗犷、豪放的词汇和表达方式；而在描绘一个温婉的水乡女子时，则会采用细腻、柔美的语言风格。这些地域性语言的运用不仅凸显人物的性格特点，还让读者更加深入地了解人物的内心世界和情感状态。地域性语言的运用也使得西南民间文学具有独特的艺术风格，地域性语言的韵律、节奏和修辞手法等语言特点为作品增添了独特的韵味和美感。在民间歌谣中，地域性语言的运用使得歌谣更加朗朗上口、富有节奏感；在民间故事中，地域性语言的巧妙运用则使得故事情节更加引人入胜、扣人心弦。

西南民间文学的地域文化烙印体现在多个方面，包括地域特色鲜明的创作主题、多元民族文化的交融以及地域性语言的运用等。这些烙印使得西南民间文学具有独特的艺术价值和历史意义，成为研究西南地区历史文化、民族风情的重要窗口。同时，这些烙印也为西南民间文学的传承和发展提供了丰富的资源和灵感来源。在数字化时代背景下，我们应该充分利用现代科技手段，将这些珍贵的民间文学作品进行数字化整理和保存，以便更好地传承和发扬西南地区的独特文化。

第三节 西南民间文学传承现状与问题

一、西南民间文学的传承历史

西南地区，包括四川、云南、贵州、西藏等省区，是一个多民族聚居、文化多样的区域。这里的民间文学资源丰富多彩，既有古老的神话传说，也有充满生活气息的歌谣谚语。随着社会的快速发展和现代化的冲击，西南民间文学的传承面临着前所未有的挑战。为了更好地保护和传承这些珍贵的文化遗产，有必要对其传承历史进行深入的研究。

（一）悠久的口头传承历史

在文字尚未出现的远古时期，西南地区的人们便通过口头传承的方式，将他们的历史、文化、信仰和生活智慧代代相传。这种传承方式不仅简单直接，而且具有极高的灵活性和互动性，使得民间文学在传播过程中不断得到丰富和发展。

口头传承，顾名思义，就是通过口耳相传的方式传递信息和知识。在西南地区，这种传承方式具有深厚的历史根基。由于地理环境相对封闭，交通不便，各民族之间的文化交流在很大程度上依赖于口头语言。民间文学在这片土地上得以广泛传播，并深深扎根于人们的日常生活之中。在漫长的岁月里，西南地区的各族人民创造了许多脍炙人口的民间文学作品，如神话、传说、歌谣、谚语等。这些作品以生动的语言和丰富的想象力，描绘了西南地区壮丽的自然风光、独特的民族风情以及人们与自然的和谐相处之道。通过口头传承，这些作品在民间广为流传，成为西南地区文化的重要组成部分。口头传承不仅使得民间文学得以延续至今，还促进了西南地区各民族之间的文化交流与融合。在传承过程中，不同民族的文化元素相互渗透、相互影响，形成了今天各自独具特色的民族文化。这种文化交流不仅丰富了西南地区的文化内涵，还增强了各民族之间的凝聚力和认同感。然而口头传承也存在一定的局限性，由于缺乏书面记录，许多珍贵的民间文学作品在历史的长河中逐渐失传。随着社会的快速发展和现代化的冲击，年青一代对传统文化的兴趣逐渐减弱，口头传承面临着前所未有的挑战。如何保护和传承这些珍贵的口头文学遗产成为我们亟待解决的问题。

（二）书面记录与整理的发展

在西南地区，书面记录与整理民间文学的工作可以追溯到古代。随着汉字的传播和纸张的普及，学者们开始有意识地收集和记录那些流传于民间的歌谣、故事和传说。这些工作最初是由地方官员、文人或学者个人进行的，他们被民间文学的魅力所吸引，希望将这些珍贵的文化遗产留存下来。随着时间的推移，书面记录与整理逐渐形成了系统的工作方法。学者们深入民间，通过与村民的交流、访谈和观察，收集大量的第一手资料。他们不仅记录了民间文学的内容，还详细注明作品的流传地区、讲述人以及讲述的情境，为后来的研究提供了宝贵的线索。

书面记录与整理工作的发展，对西南民间文学的传承产生了深远的影响。首先，它使得民间文学的内容得以固定下来，不再仅仅依赖于人们的记忆，大大降低了传承过程中信息的流失和变异，保证了民间文学的完整性和准确性。其次，书面记录为民间文学的传播提供了更为便捷的途径，通过书籍、报刊等媒介，民间文学作品得以走出大山，被更多的人所了解和欣赏。最后，书面记录还为民间文学的研究提供了丰富的资料。学者们可以根据这些资料进行深入的分析和研究，挖掘民间文学中的文化内涵和社会价值。

（三）现代传承方式的探索与实践

随着科技的不断进步和全球化的加速发展，西南民间文学的传承方式也正在经历着前所未有的变革。在这一背景下，现代传承方式的探索与实践显得尤为重要，它不仅关乎文化的传承，更关乎文化的创新与发展。现代的传承方式如下图1-2所示：

现代传承方式
- 数字化技术的应用
- 教育与研究的融合
- 文化旅游与创意产业的结合
- 社区参与与民间自发传承
- 国际交流与合作

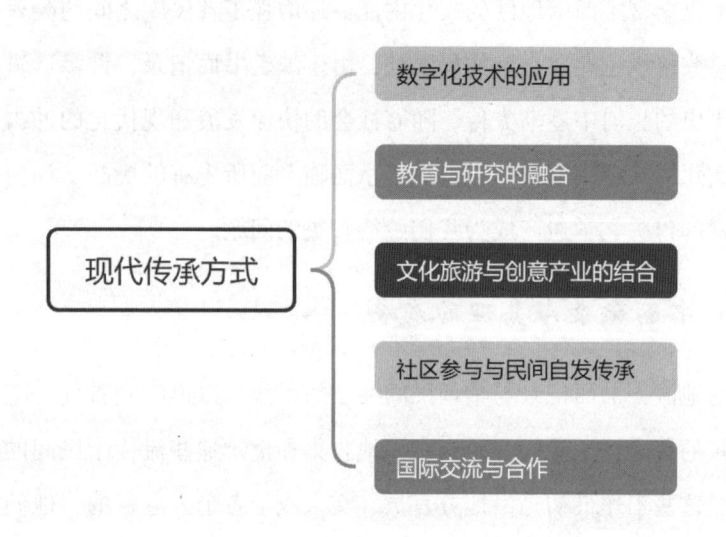

图 1-2　现代的传承方式

1. 数字化技术的应用

数字化技术是近年来对西南民间文学传承影响最为显著的因素之一，通过数字化技术，可以将古老的民间文学作品转化为电子文档、音频、视频等多种形式，从而实现更为便捷、高效的保存与传播。数字化扫描与存储技术的运用，使得大量的民间文学手稿和古籍得以高清保存，减少了因时间流逝而造成的损失。同时数据库技术的引入，使得这些珍贵的文献资料能够被系统地分类、索引和检索，大大提高了研究者的工作效率。数字化技术还为民间文学的传播提供了新的渠道，通过互联网平台，人们可以随时随地访问和分享这些数字化的民间文学作品，极大地拓宽了文化的传播范围。社交媒体、短视频等新兴媒介的兴起，也让民间文学以更加生动有趣的形式呈现在公众面前，吸引了更多年轻人的关注。

2. 教育与研究的融合

现代传承方式的另一个重要方面是教育与研究的融合，高校和研究机构在这方面扮演着举足轻重的角色。通过开设相关课程、举办讲座和工作坊，高校和研究机构不仅为学生提供系统学习民间文学的机会，还为社会各界人士提供了了解和欣赏民间文学的窗口。这些机构还积极开展与民间艺人的合作与交流，通过田野调查、口述历史等方式，深入挖掘和整理民间文学的资源。这种合作与交流不仅丰富了民间文学的研究内容，还为民间艺人提供了展示自己才华的平台，增强了他们对自身文化的认同感和自豪感。

3. 文化旅游与创意产业的结合

随着文化旅游的兴起，西南民间文学也迎来了新的发展机遇。许多地区利用自身丰富的民间文学资源，开展形式多样的文化旅游活动。游客在游览风景名胜的同时，还能欣赏到地道的民间歌谣、传说和故事，这种沉浸式的文化体验让游客更加深入地了解了西南地区的文化底蕴。创意产业也为西南民间文学的传承注入了新的活力，通过与现代设计、音乐、舞蹈等艺术形式的结合，民间文学元素被巧妙地融入到各种创意产品中，如文创商品、影视作品等。这些产品不仅受到了市场的热烈欢迎，还为民间文学的传承与发展开辟了新的路径。

4. 社区参与与民间自发传承

社区参与是现代传承方式中不可忽视的一环，通过组织各种社区文化活动，如民间文学朗诵会、故事分享会等，社区居民能够亲身参与到民间文学的传承中来。这种参与不仅增强了社区居民的文化归属感，还为民间文学的传承培养了广泛的群众基础。民间自发的传承活动也日益活跃，许多民间艺人通过社交媒体、网络平台等渠道，自发地分享和传播自己的民间文学作品。这些作品以真挚的情感和朴实的语言，赢得广大网友的喜爱和尊重。这种自发的传承方式不仅保持了民间文学的原始魅力，还为文化的多样性提供了有力的保障。

5. 国际交流与合作

在全球化的背景下，国际交流与合作对于西南民间文学的传承也具有重要意义。通过参加国际文化交流活动、举办海外展览等形式，西南地区的民间文学作品得以走出国门，向世界展示其独特的文化魅力。这种国际间的文化交流不仅增强了民间文学的国际影响力，还为文化的交流与互动做出了积极的贡献。

西南民间文学的传承历史是一部波澜壮阔的史诗，它见证了人类文明的演进和文化多样性的发展。从悠久的口头传承到书面记录与整理的发展，再到现代传承方式的探索与实践，西南民间文学在不断地与时俱进中焕发出新的生机与活力。然而面对现代化的冲击和全球化的浪潮，仍需不断探索和创新民间文学的传承方式，以确保这些珍贵的文化遗产得以永续传承。

二、当前西南民间文学传承面临的主要问题

随着社会的快速发展和现代化的不断推进，西南民间文学的传承面临着前所未有的挑战。尽管有着丰富的历史和文化底蕴，但由于多种因素的影响，西南民间文学的传承现状并不乐观。

（一）传承环境的改变

传承环境的改变是当前西南民间文学传承所面临的首要问题，民间文学作为特定社会文化环境下的产物，其产生、发展和传承都与特定的环境息息相关。随着时代的变迁和社会的发展，西南地区的传承环境正在发生深刻的变化，这对民间文学的传承产生了深远的影响。

城市化进程的加速是导致传承环境改变的重要因素之一，随着城市化的不断推进，越来越多的农民离开家乡涌入城市，传统的农耕文化和生活方式逐渐被现代化的生活方式所取代。这种变化使得原本流传于乡间的民间文学作品逐渐失去了其生存的土壤。许多与农耕文化紧密相连的民间歌谣、传说和故事，因为失去了原有的生活场景和听众群体，而逐渐被人遗忘。现代娱乐方式的冲击也对传承环境产生了巨大的影响，随着电视、网络等现代媒体的普及，人们的娱乐方式发生了翻天覆地的变化。相比于传统的民间文学形式，现代娱乐方式更加丰富多彩，更具吸引力。许多年轻人对民间文学的兴趣逐渐减弱，转而追求更加时尚、新颖的娱乐方式，这种变化使得民间文学的传承面临着巨大的挑战。教育体制的改革也对传承环境产生了影响，在过去，民间文学往往是通过口口相传、师徒传承等方式进行传承的。随着现代教育体制的建立，学校教育逐渐取代了传统的传承方式。虽然学校教育为学生提供了更加系统、全面的知识教育，但同时也使得一些传统的民间文学知识逐渐被边缘化。许多学生对民间文学的了解仅仅停留在

课本上的几篇文章，缺乏对民间文学深入了解和体验的机会。

（二）传承人的流失与断层

传承人的流失与断层，是当前西南民间文学传承面临的又一严峻问题。民间文学的传承，不仅仅是文字和故事的传递，更是一种文化精神和智慧的延续。随着社会的快速发展，越来越多的因素导致传承人的流失和传承链的断裂，对西南民间文学的传承带来了极大的威胁。

传承人的老龄化是导致流失与断层的主要原因之一，在西南地区，许多优秀的民间文学传承人都是老一辈的艺术家和故事讲述者。随着时间的流逝，这些老一辈的传承人逐渐步入高龄，甚至离世。他们的离去，不仅意味着一种技艺的失传，更代表着一种文化记忆的消失。新一代年轻人对民间文学的兴趣和了解相对较少，使得传承链出现了明显的断层。现代化进程的冲击也加速了传承人的流失，随着城市化、工业化的推进，许多年轻人选择离开家乡，前往城市发展。在追求现代化生活的过程中，他们逐渐与传统的民间文学疏远，甚至遗忘了这些宝贵的文化遗产。人口流动和文化冲击，使得民间文学的传承面临着前所未有的困境。

再者缺乏有效的传承机制和激励机制也是导致传承人流失与断层的重要原因，在许多地区，民间文学的传承仍然依赖于口口相传和师徒制度。然而由于缺乏系统的传承计划和激励机制，许多年轻人并不愿意投身于这一行业。他们更倾向于选择更加稳定和有前景的职业，这使得民间文学的传承面临着人才匮乏的困境。

（三）数字化技术的冲击与机遇

在信息化、数字化的时代背景下，数字化技术为西南民间文学的传承与发展既带来了前所未有的冲击，也提供了难得的机遇。这种技术变革不仅改变了传统文化传承的方式，还为民间文学的传播与创新提供了新的可能。

数字化技术的冲击首先表现在对传统传承方式的挑战上，在过去，民间文学主要依靠口口相传、文字记载以及少量的表演和讲述活动进行传承。随着数字化技术的普及，人们越来越依赖电子设备来获取信息和娱乐，传统的传承方式显得单调且缺乏吸引力。年青一代更倾向于通过视频、音频等多媒体形式接触和了解文化，这使得民间文学的传统传承方式面临被边缘化的风险。数字化技术的广泛应用也对民间文学的原创性和真实性提出了挑战，在数字化的环境下，信息的复制和传播变得异常便捷，导致一些经典的民间文学作品被滥用、改编，甚至盗用。这种现象不仅损害了原创者的权益，也破坏了民间文学的原始性和纯粹性，对文化的传承造成了不良影响。

数字化技术也为西南民间文学的传承带来了前所未有的机遇，数字化技术为民间文学的传播提供了更广阔的平台。通过互联网、社交媒体等新兴媒介，民间文学作品可以迅速传播到全球各地，让更多的人了解和欣赏到这些独特的文化遗产。这种跨地域、跨文化的传播方式不仅增强了民间文学的影响力，还为文化的交流与融合创造了有利条件。数字化技术为民间文学的创新提供了更多可能，借助先进的音视频编辑技术、虚拟现实技术等，可以对传统的民间文学作品进行再创作和数字化呈现，使其更加生动有趣、易于接受。通过动画、互动游戏等形式，可以让年轻人更加直观地感受到民间文学的魅力，从而激发他们对传统文化的兴趣。数字化技术还为民间文学的研究与保护提供了有力支持，通过数字化扫描与存储技术，可以将珍贵的民间文学手稿和古籍转化为电子文档，实现永久保存和便捷检索。不仅为研究者提供了丰富的研究资料，还为文化的传承与发展保留了宝贵的历史见证。

（四）保护意识的缺失与法律制度的不完善

保护意识的缺失。在公众层面，由于现代生活节奏的加快和娱乐方式的多样化，许多人对传统民间文学的兴趣逐渐减弱，甚至对其价值产生怀疑。这种心态导致了对民间文学保护工作的忽视，许多珍贵的民间文学作品因此处于濒危状态。同时一些地方政府和相关部门对民间文学的保护也未给予足够的重视，缺乏系统的保护计划和措施。这种保护意识的缺失，不仅使得民间文学的传承受阻，还导致文化的断层和消失。民间文学作为非物质文化遗产的重要组成部分，承载着地区的历史记忆和文化基因。一旦失去，将难以找回，这对地区的文化多样性和文化认同感都是巨大的损失。

目前虽然我国已经出台了一系列关于非物质文化遗产保护的法律法规，但在具体实施过程中仍存在诸多不足。对于民间文学作品的版权保护、传承人的权益保障以及非法盗用、滥用民间文学作品的法律责任等方面，现有的法律制度还未能提供充分的保障。法律制度的不完善，使得一些不法分子有机会利用法律漏洞，侵犯民间文学作品的权益，损害传承人的利益。这样不仅打击了传承人的积极性，也破坏了民间文学传承的良性环境。同时由于缺乏明确的法律指引和保障，一些地方政府和相关部门在民间文学保护工作中也显得力不从心，难以形成有效的保护合力。

当前西南民间文学传承面临着多方面的挑战和问题，为了解决这些问题，需要从多个方面入手：加强传承人的培养和激励、利用数字化技术进行保护和传播、提高社会对民间文学的保护意识以及完善相关法律制度等。只有通过全社会的共同努力，才能确保西南民间文学得以有效传承和发展。

三、具体地区的传承困境与挑战

西南地区，以其独特的地理位置和多元的文化背景，孕育了丰富多彩的民间文学。然而，随着社会的快速发展，这些珍贵的文化遗产正面临着前所未有的传承困境与挑战。

（一）云南省的传承困境

云南省，位于中国西南部，是一个多民族聚居的省份，拥有丰富的自然资源和深厚的文化底蕴。民间文学在这里尤为丰富多彩，每个民族都有自己独特的民间故事、歌谣、谚语等，这些都是云南文化的瑰宝。近年来，云南省的民间文学传承面临着严峻的困境。

随着城市化进程的加速，越来越多的年轻人离开家乡，前往城市发展，导致传统民间文学的传承环境发生了变化。这些年轻人在追求现代化生活的过程中，逐渐与传统的民间文学疏远，甚至遗忘了这些宝贵的文化遗产。老一辈的讲述者也因为年龄的增长和生活环境的变化，逐渐减少了对民间文学的讲述和传播，使得传统的民间文学逐渐失去了传承的土壤。现代娱乐方式的多样化也对传统民间文学的传承造成了冲击，相比于传统的民间故事和歌谣，年轻人更倾向于选择更加现代化、多样化的娱乐方式，如网络游戏、流行音乐等。这些娱乐方式不仅具有更强的视觉和听觉冲击力，还能提供即时的快乐和刺激，使得年轻人对传统的民间文学失去了兴趣。缺乏有效的传承机制和激励机制也是导致云南省民间文学传承困境的重要原因，在许多地区，民间文学的传承仍然依赖于口口相传和师徒制度，但这种传承方式已经难以适应现代社会的需求。由于缺乏系统的传承计划和激励机制，许多年轻人并不愿意投身这一行业，他们更倾向于选择更加稳定和有前景的职业。由于民间文学的传承需要长期的积累和磨炼，许多年轻人也难以承受这种长时间的投入和较低的回报。

（二）贵州省的传承挑战

贵州省，位于中国西南部云贵高原的东斜坡地带，是一个以高原、山地为主的省份。这里地形复杂，民族众多，因此也孕育了丰富多彩的民间文学。然而正是这样的地理环境和社会环境，给贵州省的民间文学传承带来了独特的挑战。

贵州省的地理环境对民间文学的传承造成了一定的限制，由于地势崎岖，交通不便，许多偏远的山寨和村落与外界的交流相对较少。虽然在一定程度上保护了民间文学的原始性和纯粹性，但同时也限制了其传播的范围和速度。在这样的环境下，一些优秀的民间文学作品往往只能在局部地区流传，难以被更广泛的人群所了解和欣赏。贵州省的民间文学传承还面临着语言和文化差异的挑战，贵州省是一个多民族的省份，各民族之间有着不同的语言和文化传统。这使得民间文学在传承过程中需要跨越语言和文化的障碍，增加了传承的难度。例如，一些用少数民族语言创作的民间故事和歌谣，在翻译成汉语或其他民族语言时，往往会失去原有的韵味和文化内涵。贵州省的民间文学传承还面临着资金和人才匮乏的挑战，由于经济发展相对滞后，许多地区难以投入足够的资金用于民间文学的传承和保护工作。同时专业的传承人才也相对较少，使得民间文学的传承工作难以得到有效的推进。

（三）四川省的传承问题

四川省位于中国西南部，是一个历史悠久、文化底蕴深厚的地区。这里的民间文学源远流长，内容丰富，包括神话、传说、歌谣、谚语等多种形式，是四川人民智慧的结晶和文化的瑰宝。在现代化的冲击下，四川省的民间文学传承也面临着一系列的问题。

随着城市化进程的加速推进，四川省的许多农村地区逐渐失去了往日的宁静与纯粹。年青一代纷纷涌入城市，追求更好的生活和发展机会，导致农村地区的人口老龄化严重，传统的民间文学传承环境受到了严重破坏。老一辈的传承人年事已高，而年青一代对民间文学的兴趣和了解越来越少，使得民间文学的传承面临着巨大的困境。现代科技的发展和娱乐方式的多样化对传统民间文学的传承造成了不小的冲击，现在的年轻人更加倾向于通过手机、电脑等现代科技设备获取信息和进行娱乐，对于传统的民间文学形式逐渐失去了兴趣。四川省的民间文学传承还面临着教育缺失的问题，在当前的教育体系中，对民间文学的教育和传承并没有给予足够的重视。许多年轻人对民间文学的了解和认识仅限于课本上的几篇文章，缺乏对民间文学的深入了解和体验。资金匮乏也是四川省民间文学传承面临的一个重要问题，虽然政府和社会各界已经开始重视非物质文化遗产的保护和传承工作，但由于资金有限，往往难以覆盖到所有的民间文学项目。许多优秀的民间文学作品因为缺乏资金的支持而无法得到有效的记录和保存，更谈不上推广和传承了。

综上所述，西南地区的民间文学传承面临着多方面的困境与挑战，为了保护这些珍贵的文化遗产，需要深入了解各地区的具体情况和问题所在，制定针对性的传承策略和保护措施。同时借助数字化技术等现代手段，创新传承方式和方法，激发年青一代对民间文学的兴趣和热爱，共同为西南民间文学的传承与发展贡献力量。

第二章 西南民间文学的数字化传承价值

第一节 技术支持：民间文学数字采集与存储

一、数字采集技术的发展与应用

随着信息技术的飞速发展，数字化技术已经广泛渗透到我们生活的方方面面。在文化遗产保护与传承领域，数字化技术同样展现出了其强大的潜力。西南民间文学，作为中国丰富多彩的文化遗产之一，正面临着传承与保护的迫切需求。数字采集技术，以其高效、便捷的特点，为西南民间文学的传承提供了新的可能性。

（一）数字采集技术的发展

数字采集技术是信息技术领域中的一项关键技术，它的进步对文化遗产的保护与传承产生了深远影响。随着科技的不断创新，数字采集技术也在不断发展，为民间文学等文化遗产的数字化传承提供了强有力的技术支持。

在数字采集技术的早期阶段，主要采用的是模拟录音和录像技术。这些技术虽然能够将声音和图像记录下来，但存在着诸多限制，如音质画质较差、存储容量有限等。随着科技的进步，数字采集技术逐渐取代了模拟技术，实现了更高质量的信息采集与存储。数字录音技术是数字采集技术的重要组成部分，早期的数字录音机使用磁带作为存储介质，虽然相较于模拟录音机在音质上有所提升，但仍受限于磁带的存储容量和耐用性。随着光盘技术的出现，数字录音技术迎来了新的发展阶段。CD、DVD 等光盘介质不仅存储容量大，而且音质和画质都得到了显著提升。然而光盘技术仍然存在着易划伤、易损坏等问题。

进入 21 世纪后，随着计算机技术的飞速发展，数字采集技术也迎来了新的突破。一方面，硬盘、闪存等新型存储介质的出现，使得数字信息的存储容量大幅提升，同时读写速度也更快，更加便捷。另一方面，数字化扫描技术也得到了显著提升，能够将纸质文档、图片等快速转换为数字信息，便于存储和传输。高清摄像技术是数字采集技术的又一重要进步，早期的摄像技术受限于设备和技术水平，画质较差，难以满足高质量信息采集的需求。随着高清摄像技术的不断发展，现在的摄像机已经能够实现 4K 甚至 8K 的高清画质，为文化遗产的数字化采集提供了前所未有的可能性。高清摄像技术不仅能够捕捉到更为细腻的画面和声音，还能够记录下更多的细节和情感，使得文化遗产的传承更加真实、生动。除了上述技术外，虚拟现实（VR）和增强现实（AR）技术也为数字采集技术带来了新的发展方向，这些技术通过计算机生成的三维环境，使用户能够身临其境地感受文化遗产的魅力。在民间文学的传承中，VR 和 AR 技术可以用于创建虚拟的民间文学场景，让用户更加直观地了解民间文学的背景和情节。

随着人工智能和机器学习技术的不断发展，数字采集技术也呈现出智能化的发展趋势。通过语音识别技术，可以将口述历史等语音信息自动转换成文字，大大提高信息采集的效率。同时图像识别技术也可以用于识别和分类整理图片中的信息，为文化遗产的数字化分类和检索提供了便利。在数字采集技术的发展过程中，开源文化和共享经济的理念对其产生了积极影响。许多开源的硬件和软件工具为文化遗产的数字化采集提供了低成本、高效率的解决方案。共享经济模式也使得这些工具更加易于获取和使用，降低了文化遗产数字化传承的门槛。

表 2-1　数字采集技术发展的关键时间点

时间点	数字采集技术的发展
1956 年	美国研究了一套军用的测试系统，标志着数据采集系统的开始
20 世纪 70 年代	数据采集系统被应用到工业领域，主要用于制造车间信息采集
20 世纪 80 年代	随着计算机技术和嵌入式技术的快速发展，数据采集系统经历了巨大变革
20 世纪 90 年代	数字信号处理技术成为主流，数据采集技术在雷达、通信、工业控制等领域得到广泛应用
20 世纪最后十年	数据采集技术进一步发展，出现了更多高效、智能的数据采集设备和系统
21 世纪 10 年代	随着物联网、云计算等技术的发展，数据采集技术开始向更大规模、更高效率的方向发展
21 世纪 20 年代	数据采集技术与人工智能、大数据分析等技术相结合，实现了更高级别的智能化和自动化

（二）数字采集技术在西南民间文学传承中的应用

1. 口述历史的数字化记录

口述历史是西南民间文学的重要组成部分，它包含了丰富的历史故事、传说、歌谣等。然而口述历史具有易逝性，一旦讲述者离世，这些宝贵的信息就会永远消失。数字采集技术，特别是高清录音和录像技术，为口述历史的记录提供了便捷的手段。通过专业的录音录像设备，可以将老艺人的讲述完整地记录下来，形成数字化的口述历史档案。这些档案不仅可以永久保存，还可以通过互联网进行广泛传播，让更多的人了解和欣赏西南民间文学的魅力。

2. 文字资料的数字化保存

除了口述历史外，西南民间文学还包括大量的文字资料，如歌谣、故事、谚语等。这些文字资料同样面临着传承和保护的问题。传统的纸质文档容易被受潮、虫蛀等自然因素破坏，而数字采集技术可以将这些文字资料扫描成电子文档，实现永久保存。通过OCR（光学字符识别）技术，还可以将这些文字资料转换成可编辑的文本格式，方便后续的整理和研究。同时数字化的文字资料也便于检索和查阅，为研究者提供了极大的便利。

3. 多媒体资料的整合与展示

西南民间文学的传承不仅仅局限于文字和口述历史，还包括许多与文学相关的多媒体资料，如图画、音频、视频等。数字采集技术可以将这些多媒体资料进行整合，形成一个完整的民间文学数据库。通过专业的软件工具，对这些多媒体资料进行编辑和制作，形成生动有趣的多媒体作品。这些作品不仅可以通过互联网进行广泛传播，还可以用于教学、展览等场合，让更多的人了解和欣赏西南民间文学的魅力。

4. 互动式传承平台的构建

数字采集技术还可以用于构建互动式传承平台，让更多的人参与到西南民间文学的传承中来。通过开发专门的网站或APP，为用户提供丰富的民间文学资源和学习材料。用户可以通过这些平台了解和学习西南民间文学的知识和技巧，还可以与其他爱好者进行交流和分享。这种互动式传承方式不仅可以激发用户的兴趣和热情，还可以为西南民间文学的传承注入新的活力。

5. 虚拟现实和增强现实技术的应用

虚拟现实（VR）和增强现实（AR）技术为西南民间文学的传承提供了新的可能性。通过 VR 技术，创建虚拟的民间文学场景，让用户身临其境地感受民间文学的氛围和情节。这种沉浸式的体验方式可以激发用户对民间文学的兴趣和好奇心，促进其传承和发展，而 AR 技术则可以将虚拟的信息叠加到现实世界中，为用户提供更加丰富的互动体验。通过 AR 技术，在用户参观博物馆或文化遗产地时，展示与民间文学相关的虚拟信息，增强用户的感知力和理解力。

6. 大数据分析与挖掘

随着数字采集技术的不断发展，积累了大量的西南民间文学数字化资料。这些数据不仅可以用于永久保存和传播，还可以通过大数据分析和挖掘技术，发现其中蕴含的规律和特点。通过分析不同地区的民间文学作品，了解其地域特色和文化内涵；通过分析不同时间段的民间文学作品，了解其历史演变和发展趋势。这些分析结果可以为西南民间文学的传承和发展提供有力的数据支持。

（三）数字采集技术对西南民间文学传承的推动作用

随着科技的飞速发展，数字采集技术以其独特的优势，正在对西南民间文学的传承产生深远影响。这种技术不仅改变了传统传承方式，还为民间文学的传承注入了新的活力，使其在现代社会中焕发新的生机。

1. 保护与抢救濒危文化资源

西南民间文学中蕴含着丰富的历史文化信息，但由于种种原因，许多珍贵的民间文学作品面临着失传的危险。数字采集技术的出现，为这些濒危文化资源的保护和抢救提供了有力手段。通过数字录音、录像等技术，可以及时将老艺人的讲述、表演等记录下来，形成数字化的档案，从而有效地保护和保存这些珍贵的文化资源。这种数字化的保存方式，不仅具有容量大、保存时间长等优点，还能有效防止因自然灾害、人为破坏等原因导致的文化资源损失。

2. 拓展传承空间与时间

数字采集技术打破了时间和空间的限制，使得西南民间文学的传承不再局限于特定的地域和时间。通过互联网等现代信息技术，数字化的民间文学作品可以迅速传播到世界各地，让更多的人了解和欣赏到西南民间文学的魅力。同时数字化的民间文学作品也可以长久保存，供后人研究和学习，从而实现民间文学的长久传承。这种跨越时空的传承方式，极大地拓展了西南民间文学的传承空间和时间。

3. 丰富传承形式与手段

数字采集技术为西南民间文学的传承提供了丰富的形式和手段，传统的民间文学传承主要依赖于口传心授和纸质文档的保存，形式较为单一。而数字采集技术则可以将民间文学作品以音频、视频、图像等多种形式进行记录和展示，使得传承形式更加多样化。利用数字技术对民间文学作品进行编辑和制作，还可以形成多媒体作品，增加传承的趣味性和吸引力。通过互动式传承平台的构建，还可以让更多的人参与到民间文学的传承中来，形成全民参与的传承氛围。

4. 提升传承效果与质量

数字采集技术不仅丰富了传承形式和手段，还提升了传承效果和质量。一方面，数字化的民间文学作品可以更加直观地展示文学作品的情节和人物形象，让读者更加深入地理解和感受作品的内涵；另一方面，通过大数据分析等技术手段，对民间文学作品进行深入研究和分析，挖掘其中的文化价值和艺术特色，为传承工作提供更加科学的依据。同时数字采集技术还可以对传承过程进行实时监控和评估，及时发现问题并进行改进，从而提升传承的质量和效率。

5. 促进文化交流与传播

数字采集技术为西南民间文学的文化交流与传播提供了便捷的途径，通过互联网等现代信息技术，数字化的民间文学作品可以迅速传播到世界各地，让更多的人了解和欣赏到西南地区的独特文化。这种跨文化的交流与传播，不仅有助于增进不同地区、不同民族之间的文化理解和认同，还可以为西南民间文学的传承注入新的元素和活力。同时数字采集技术还可以促进西南地区与其他地区的文化交流与合作，推动文化产业的快速发展。

6. 激发社会参与和关注

数字采集技术的应用还可以激发社会对西南民间文学传承的参与和关注，通过互动式传承平台的构建以及多媒体作品的展示等形式，可以让更多的人了解到西南民间文学的价值和魅力，从而激发其对文化传承的兴趣和热情。同时社会各界也可以通过这些平台参与到民间文学的传承中来，为传承工作提供支持和帮助。这种社会化的传承方式不仅可以增强传承的动力和活力，还可以为西南民间文学的传承培养更多的后备力量。

数字采集技术的发展与应用为西南民间文学的传承带来了新的机遇，通过口述历史的采集、文字资料的数字化以及多媒体资料的整合等手段，可以更好地保护和传承这一珍贵的文化遗产。同时数字化技术的应用也推动了西南民间文学的传播和研究发展，为其注入了新的活力。在未来，随着技术的不断进步和创新应用模式的探索，数字采集技术将在西南民间文学的传承中发挥更加重要的作用。

二、高效存储方案的设计与实现

在数字化传承的过程中，高效存储方案的设计与实现显得尤为重要。面对海量的民间文学数据，如何有效地存储、管理和检索这些数据，是数字化传承中需要解决的关键问题。

（一）数据存储技术的选择

在推进西南民间文学数字化传承的伟大事业中，数据存储技术的选择无疑是一个极为关键的环节。这一选择不仅直接关系到珍贵民间文学数据的完整性和安全性，而且对于后续的数据检索、深度分析及广泛应用具有深远的影响。以下便是在挑选适合的数据存储技术时，必须深思熟虑的几个核心要素：

（1）数据类型及其格式的多样性：西南民间文学作为一个丰富多彩的文化宝库，其数据涵盖了文本、音频、视频等多种格式。因此在选择存储技术时，首要考虑的是它能否全面支持这些形式多样的多媒体数据。更重要的是，这种技术需要确保存储后的数据仍然保持其原始的高质量，并且用户可以方便地进行访问和使用。

（2）数据规模的庞大性及持续增长的趋势：民间文学的数据量是非常庞大的，而且随着时间的推移可能会不断地增加。鉴于此寻求的存储技术必须具有出色的可扩展性，能够轻松地应对数据量的持续增长，从而避免因为数据量的激增而频繁地进行烦琐的系统升级或数据迁移。

（3）数据访问的频繁性和对性能的高要求：如果数据需要被频繁地访问和分析，那么数据存储技术的读写性能就显得尤为重要。一个高性能的存储系统不仅可以确保数据被快速、准确地检索和处理，更能极大地提升用户的使用体验和研究工作的效率。

（4）数据安全的不容忽视性：在处理如此珍贵的文化遗产数据时，数据的安全性无疑是我们最关心的问题之一。因此期望的存储技术必须提供坚如磐石的数据加密、备份和恢复功能，从而确保我们的数据在任何突发情况下都能得到最大程度的保护，并且能够迅速恢复。

（5）成本与效益之间的权衡：在满足所有数据存储需求的同时，也必须考虑到成本效益的问题。包括初期的硬件投入成本、日常的维护成本，以及由于技术的高可扩展性可能带来的潜在成本。

（6）技术之间的兼容与集成问题：选择的存储技术还需要与现有的数字化传承系统和工具保持高度的兼容性。这样不仅可以简化工作流程，减少不必要的格式转换或数据迁移工作，更能确保整个数字化传承工作的连续性和高效性。

（二）分布式存储系统的应用

为了满足大规模数据存储和高并发访问的需求，采用分布式存储系统。将数据分散存储在多个节点上，提高数据的可靠性和可扩展性。通过数据冗余和备份机制，确保数据的安全性。此外分布式存储系统还提供了灵活的数据访问接口，方便用户进行数据检索和分析。以下是一个关于分布式存储系统在西南民间文学数字化传承中的应用表格：

表 2-2 分布式存储系统在西南民间文学数字化传承中的应用

序号	应用方面	详细说明
1	数据存储容量	分布式存储系统通过集群中的多个节点共同提供存储容量，轻松应对西南民间文学海量数据的存储需求
2	数据可靠性	通过数据冗余和副本技术，确保西南民间文学数据在部分节点故障时仍能保持完整性和可用性
3	数据访问速度	分布式存储系统能够并行处理多个数据访问请求，提高西南民间文学数据的读写速度
4	扩展性	随着西南民间文学数据的不断增长，分布式存储系统可以方便地增加节点以扩展存储容量和性能
5	成本效益	相比传统存储方案，分布式存储系统以较低的成本提供高效的存储服务，适合长期保存西南民间文学数据
6	数据安全性	通过加密和身份验证等技术手段，保护西南民间文学数据免受未经授权的访问和篡改

（三）数据压缩与去重技术

1. 数据压缩技术

数据压缩技术是一种通过减少数据的冗余信息，从而减小数据存储空间的技术。在西南民间文学的数字化过程中，数据压缩技术发挥着至关重要的作用。由于民间文学作品往往篇幅较长，且包含大量的文本和多媒体内容，如果直接存储原始数据，将会占用巨大的存储空间。通过数据压缩技术，可以有效地去除数据中的冗余信息，从而大幅度减少存储空间的需求。

数据压缩技术可以分为无损压缩和有损压缩两种。无损压缩是指压缩后的数据可以完全还原为原始数据，没有任何信息损失。这种压缩方法特别适用于需要精确还原的文本数据，如西南民间文学的原文文本。通过无损压缩，可以在保证数据完整性的同时，有效地减少存储空间。而有损压缩则是指在压缩过程中会损失一定的信息，但通常这种损失对人眼或人耳来说是不可察觉的。这种方法更适用于音频、视频等多媒体数据的压缩，它可以在保证一定质量的前提下，大幅度减少存储空间。在西南民间文学的数字化传承中，可以根据数据的类型和重要性选择合适的压缩方法。对于重要的文本数据，采用无损压缩方法以确保数据的完整性；而对于一些辅助性的多媒体数据，采用有损压缩方法来进一步提高存储效率。

2. 数据去重技术

数据去重技术是一种通过识别和消除重复数据来减少存储空间的技术，在西南民间文学的数字化过程中，由于历史原因或采集方式的差异，会导致大量的重复数据产生。这些重复数据不仅占用宝贵的存储空间，还增加数据管理的复杂性。通过数据去重技术，有效地识别和消除这些重复数据，从而进一步降低存储空间的需求。

数据去重技术的实现通常依赖于哈希算法和数据块划分技术，系统会将数据文件划分为若干个数据块，并为每个数据块计算一个唯一的哈希值。然后系统会比较这些哈希值以识别重复的数据块。一旦识别到重复的数据块，系统就会将其删除或替换为指向原始数据块的引用，从而实现去重效果。在实际应用中，数据去重技术可以分为文件级去重和块级去重两种。文件级去重是指在整个文件层面上进行去重操作，它适用于完全相同的文件或大型文件的去重；而块级去重则是在更小的数据块层面上进行去重操作，它可以更精细地识别和消除重复数据，但实现起来相对复杂一些。

在西南民间文学的数字化传承中，根据数据的特性和需求选择合适的数据去重方法。对于大量的完全相同或高度相似的文本数据，可以采用文件级去重方法来提高存储效率；而对于包含大量局部重复数据的多媒体文件，可以采用块级去重方法来进一步优化存储空间。

（四）安全性与隐私保护

1. 数据安全性

数据安全性是数字化传承中的核心问题，为了防止数据被非法访问、篡改或破坏，我们需要采取一系列的安全措施。首先加密技术是保护数据安全的基石，通过采用先进的加密算法，如 AES 或 RSA 等，可以对数据进行加密处理，确保即使数据被非法获取,也无法轻易解密和读取。这样数据的机密性得到了有效的保障。访问控制也是确保数据安全的重要手段,通过设定严格的访问权限和身份验证机制,可以控制哪些用户或系统可以访问敏感数据。例如,只有经过授权的用户才能访问和修改西南民间文学的数据库,从而大大降低了数据被非法访问的风险。审计日志的记录和分析也是提高数据安全性的关键,通过详细记录数据的访问、修改和删除等操作,可以及时发现并应对潜在的安全威胁。一旦发现异常操作,我们可以迅速采取措施,防止数据泄露或损坏。

2. 隐私保护

在数字化传承中,隐私保护同样不可忽视。西南民间文学作品中包含大量的个人信息和敏感数据,如作者信息、采访对象的身份和联系方式等。这些数据一旦泄露,会对相关人员造成严重的隐私侵犯和财产损失。

为了保护个人隐私,需要对数据进行脱敏处理。脱敏处理是指将数据中的敏感信息替换为无意义的数据或符号,以确保数据的真实性和可用性不受影响,同时又能有效保护个人隐私。例如,可以将作者的真实姓名替换为匿名代码,或将采访对象的联系方式进行部分隐藏。除了脱敏处理外,还需要建立完善的隐私保护机制。包括制定严格的隐私保护政策,明确数据的收集、使用和共享方式;加强员工培训和监督,确保他们了解并遵守隐私保护规定;定期审查和更新隐私保护策略,以适应不断变化的安全环境。

为了实现更好的隐私保护,匿名化处理和差分隐私技术等也可以被应用。匿名化处理可以将个人身份信息与数据进行分离,使得数据可以被用于研究和分析,同时又不会泄露个人的真实身份。而差分隐私技术则通过在数据中添加一定的噪声,使得在保护个人隐私的同时,仍然能够进行有效的数据分析和挖掘。同时为了防止内部人员泄露敏感数据,还需要建立完善的内部监管机制。包括对数据进行分级分类管理,根据数据的敏感程度和重要性设定不同的访问权限;实施定期的数据安全检查,确保数据的完整性和安全性;建立数据泄露应急响应机制,一旦发生数据泄露事件能够迅速应对并减少损失。在数据传输和共享过程中,也需要采取一系列的安全措施来保护数据的隐私。例如,使用安全的传输协议(如HTTPS)来加密数据传输过程,确保数据在传输过程中不被窃取或篡改。

在与其他机构或研究人员共享数据时，需要签订严格的数据共享协议，明确数据的使用目的、范围和保密义务，以防止数据被滥用或泄露。

高效存储方案的设计与实现是西南民间文学数字化传承的重要环节，通过选择合适的数据存储技术、应用分布式存储系统、采用数据压缩与去重技术以及加强安全性和隐私保护等措施，可以有效地保存和管理海量的民间文学数据。不仅有助于保护和传承西南民间文学这一珍贵的文化遗产，还能促进其广泛传播和深入研究。

三、数字化过程中的质量控制

在西南民间文学的数字化过程中，质量控制是一个至关重要的环节。它确保数字化的民间文学资料保持原始性、完整性和准确性，从而提高数字化项目的可信度和使用价值。质量控制涉及从数据采集、处理到存储的每个环节，需要综合考虑技术、人员和流程等多个方面。

（一）数据采集的质量控制

在西南民间文学的数字化传承过程中，数据采集的质量控制至关重要。在开始数据采集之前，明确采集的目标和范围，确保所采集的数据与西南民间文学的研究和传承目标相一致。根据不同的采集对象和场景，选择最合适的采集工具和方法，如使用高质量的录音设备录制民间故事讲述，或使用高清摄像机拍摄相关的表演和活动等。采集人员应具备相关的专业知识和技能，能够准确识别和记录西南民间文学的关键元素和特点。在采集前，制订详细的采集计划和流程，包括采集前的准备、采集过程中的注意事项以及采集后的数据处理和存储等。遵循标准化的操作规范，确保每次采集的数据都具有可比性和准确性。在数据采集过程中，进行实时的质量监控，确保数据的准确性和完整性；对于出现的问题及时进行调整和纠正，避免数据采集的偏差和错误。采集完成后，对数据进行校验和审核，确保数据的真实性和可靠性。可以采用多人审核的方式，提高数据审核的准确性和客观性。并建立有效的反馈机制，让采集人员、研究人员和利益相关者能够及时沟通和交流，不断改进和优化数据采集的方法和流程。

（二）数据处理的质量控制

数据处理是数字化过程中的核心环节，包括数据清洗、格式转换、标注等步骤。在这一阶段，质量控制的目标是确保数据的准确性和一致性。在数据处理阶段，质量控制是确保数据准确性和有效性的关键环节。

首先，进行数据清洗，去除重复、无效或错误的数据，确保数据的完整性和一致性；其次，进行数据转换与标准化，将数据转换为统一的格式，便于后续分析；最后，标准化数据表示方法，如日期、时间、数值等，以确保数据的一致性和可比性。通过预设的规则和算法验证数据的合理性和准确性，人工校对关键数据，特别是涉及文化敏感或重要历史事件的数据。对于缺失的数据，根据数据性质和缺失原因，采用插值、估算或删除等方法进行处理，并记录缺失数据处理的方式和原因，以便后续分析时参考；利用统计方法检测数据中的异常值，根据业务逻辑和数据背景判断异常值的合理性，并进行相应的处理，如剔除、替换或保留并做标注。定期对处理后的数据进行质量评估，生成数据质量报告，记录数据处理过程中的问题、处理方法及结果，为后续数据使用提供参考。对数据处理过程中的所有更改进行版本控制，以便回溯和追踪。记录每一步数据处理的详细信息，包括处理人员、时间、方法和结果等，以确保数据处理过程的可审计性。

根据以上内容，整理出数据处理的质量控制实施方案，如表 2-3 所示：

表 2-3　数据处理的质量控制实施方案

序号	质量控制步骤	具体操作与标准
1	数据清洗	去除重复、无效或错误的数据记录
		检查并修正数据中的拼写错误、格式错误等
		确保每条数据记录的完整性和一致性
2	数据转换与标准化	将数据转换为统一的格式，如 CSV、JSON 等
		标准化数据表示方法，确保日期、时间、数值等的一致性和可比性
3	数据验证与校对	使用预设的规则和算法验证数据的合理性和准确性
		对关键数据进行人工校对，特别是文化敏感或重要历史事件的数据

续表

序号	质量控制步骤	具体操作与标准
4	缺失数据处理	根据数据性质和缺失原因，采用插值、估算或删除等方法处理缺失数据
		记录缺失数据处理的方式和原因
5	异常值检测与处理	利用统计方法检测数据中的异常值
		根据业务逻辑和数据背景判断异常值的合理性
		对异常值进行剔除、替换或保留并做标注
6	数据质量评估与报告	定期对处理后的数据进行质量评估
		生成数据质量报告，记录问题和处理方法及结果
7	版本控制与记录	对数据处理过程中的所有更改进行版本控制
		记录每一步数据处理的详细信息，包括处理人员、时间、方法和结果

（三）数据存储的质量控制

在数字化传承西南民间文学的过程中，数据存储的质量控制是至关重要的环节。它不仅仅关乎数据的保存，更涉及数据的完整性、可读性和长期可访问性。因此，必须采取一系列措施来确保存储过程的质量。

选择稳定可靠的存储设备和技术是数据存储质量控制的基础，这意味着需要考虑存储设备的耐用性、稳定性和容错能力。例如，采用具有高可靠性的硬盘阵列（RAID）技术，通过数据冗余来提高数据的可靠性，即使部分硬盘出现故障，也能保证数据的完整性。制定合理的备份和恢复策略是防止数据丢失或损坏的关键，定期备份数据至不同的存储介质或远程服务器，确保在原始数据受损时能够迅速恢复。备份数据的测试恢复也是必不可少的，以确保在真正需要时能够成功还原数据。除了备份策略，还需要关注数据的长期可访问性。随着技术的不断进步，一些旧的存储格式和设备可能会逐渐被淘汰。因此要定期迁移数据到新的格式或设备，以确保数据的持续可访问。此外，定期对存储的数据进行质量检查和维护也是至关重要的，包括检查数据的完整性、可读性和一致性，以及及时修复或替换损坏的数据。通过定期的质量检查，及早发现并解决潜在的数据问题，从而确保数据的长期可用性。

数字化过程中的质量控制是确保西南民间文学数字化传承项目成功实施的关键因素，通过严格控制数据采集、处理和存储等环节的质量，确保数字化的民间文学资料保持原始性、完整性和准确性，从而为后续的研究、传播和利用提供坚实的基础。在未来的工作中，继续加强质量控制意识和技术手段的应用，不断提高数字化项目的质量和效益。

四、采集与存储的标准化流程

在数字化时代，标准化流程对于西南民间文学的采集与存储至关重要。制定和执行一套完善的标准化流程，确保数据的准确性、一致性和可复用性，从而有效地保护和传承西南民间文学。

（一）采集流程标准化

1. 预备研究与计划

对目标区域进行深入的文学背景调研，明确区域内的民间文学类型、特点和分布情况。根据调研结果，明确采集的具体目的和内容，例如，是为了记录某种特定的民间故事、歌谣或是为了全面了解区域内的民间文学现状。结合实际情况，制订详细的采集计划，包括采集的时间表、地点选择、人员分工以及预期达成的目标等。

2. 设备与技术准备

根据采集需求，选择适合的采集设备，如高质量录音设备、高清摄像机等，以确保采集到的数据质量。对采集人员进行必要的技术培训，确保他们熟悉设备操作和数字处理技术，能够高效地完成采集任务。

3. 现场采集执行

采集团队需按照预先制订的计划进行采集工作，确保数据的完整性和系统性。在采集过程中或结束后，对采集到的数据进行初步筛选和整理，去除冗余或低质量的数据。

4. 数据后期处理

对原始数据进行清洗，去除噪声和无关信息，进行适当的剪辑和格式转换，使其更符合后续处理和分析的需要。为清洗后的数据添加必要的元数据标注，如采集时间、地点、讲述者信息、文学类型等，以便于后续的数据检索和分类。

5. 质量控制与审核

定期对采集到的数据进行质量检查，确保数据的准确性和完整性。建立数据审核机制，由专业人员对采集到的数据进行审核和评估，确保数据的质量和可用性。

通过以上标准化的采集流程，有效地保护和传承西南民间文学，提高数据的准确性和一致性，为后续的研究、传播和利用提供坚实的基础。同时也有助于提升数字化传承项目的整体质量和效率。

通过以上的标准化采集流程，制作一份实施方案，如下表2-4所示：

表2-4 西南民间文学数字化采集流程标准化实施方案

步骤编号	流程环节	具体内容与标准	负责人	备注
1	前期准备	确定采集目标和范围 组建采集团队 准备采集工具和材料	项目经理	确保所有准备工作就绪
2	培训与指导	对采集团队进行专业培训 明确采集要求和标准	项目经理/专家顾问	确保团队对采集流程有清晰认识
3	实地采集	按照预设计划进行实地采集 记录详细信息，包括时间、地点、人物等 收集多媒体资料（文字、音频、视频等）	采集团队	保持数据的原始性和完整性
4	数据初步整理	对采集到的数据进行初步分类和整理 检查数据质量和完整性	数据处理员	确保数据准确性和一致性

续表

步骤编号	流程环节	具体内容与标准	负责人	备注
5	数据验证与校对	对数据进行进一步验证和校对 修正错误或不完整的数据	数据校对员	提高数据的可靠性
6	数据存储与备份	按照统一格式和标准存储数据 进行数据备份,确保数据安全	数据管理员	防止数据丢失或损坏
7	后期处理与利用	对数据进行深入分析和挖掘 制作数字化产品和展示内容	研究人员/内容制作团队	实现数据的长期价值
8	反馈与改进	收集用户反馈和意见 持续优化采集流程和方法	项目经理/质量改进团队	不断提升采集质量和效率

(二) 存储流程标准化

1. 数据存储选择

根据采集到的数据类型(如文本、音频、视频等)和大小,选择合适的存储设备或云服务进行存储。并考虑数据的长期保存性和可扩展性,选择稳定可靠的存储设备或服务。

2. 数据备份策略

实施定期的数据备份计划,确保在原始数据丢失或损坏时能够及时恢复。备份数据应存储在不同的物理位置,以防止自然灾害等意外情况导致数据全部丢失。

3. 数据安全管理

采用加密技术对数据进行加密存储,增强数据的安全性,防止未经授权的访问。限制对存储数据的物理和逻辑访问权限,确保只有经过授权的人员才能访问和修改数据。

4. 数据完整性验证

定期对存储的数据进行完整性检查，通过校验和、哈希值等技术手段验证数据的完整性。建立数据损坏或丢失的预警机制，及时发现并处理数据存储中的问题。

5. 数据管理与维护

建立完善的数据管理系统，实现数据的分类、索引和检索功能，方便后续的数据利用。定期对存储环境进行维护和检查，包括温度、湿度等环境参数的控制，以延长存储介质的使用寿命。

6. 版本控制与审计追踪

对存储在系统中的数据进行版本控制，记录数据的变更历史，便于追踪和管理。并建立数据存储、修改和删除的操作日志，以便进行审计和回溯。

通过以上标准化的存储流程，有效地保护西南民间文学数字化数据的安全性和完整性，确保数据的长期保存和可持续利用。也为后续的研究、传播和开发提供了坚实的基础。

通过采集与存储的标准化流程，可以更有效地保护和传承西南民间文学。不仅提高数据的准确性和一致性，还为后续的研究、传播和利用提供坚实的基础。

第二节 共享平台：民间文学数字展示及传播

一、数字展示平台的构建与特点

随着信息技术的飞速发展，数字化展示平台成为传播和弘扬西南民间文学的新途径。通过构建数字展示平台，将丰富多彩的民间文学以更加直观、互动的方式呈现给更广泛的受众，从而实现民间文学的有效传承和传播。

（一）平台技术架构与功能设计

1. 平台技术架构

数字化展示平台的技术架构是支撑整个系统运行的基础，决定了平台的稳定性、可扩展性和安全性。构建一个高效、可靠的数字展示平台，需要考虑以下几个关键组成部分：

（1）基础设施层：主要包括硬件和网络设备，如服务器、存储设备和网络设施等。这些设备为平台提供稳定的运行环境，确保数据的安全存储和高速传输。在选择硬件设备时，考虑其性能、可靠性和扩展性，以满足平台不断增长的数据处理和存储需求。

（2）数据层：负责存储和管理平台的所有数据，包括民间文学作品、用户信息、交互数据等。为确保数据的安全性和完整性，采用先进的数据库管理系统，并实现数据的备份和恢复功能。此外，为提高数据的处理效率，还可以采用分布式数据库或云计算等技术。

（3）应用层：是实现平台核心功能的关键部分，包括内容管理、用户管理、搜索推荐、互动交流等模块。这些模块需要通过高效的算法和程序来实现，以确保平台的流畅运行和良好的用户体验。在应用层的设计中，注重模块的可扩展性和可维护性，以便根据用户需求进行功能升级和优化。

（4）接口层：接口层负责与其他系统或服务进行交互，如第三方登录、支付接口等。通过标准化的 API 接口，实现平台与其他系统的无缝对接，从而提升平台的兼容性和易用性。

（5）用户界面层：用户界面层是用户与平台交互的窗口，包括网页端、移动端等多种展示形式。在设计用户界面时，注重用户体验和可用性，确保用户可以方便地浏览、搜索和互动民间文学作品。

2. 平台功能设计

数字化展示平台的功能设计直接关系到用户的使用体验和平台的实用性。为满足不同用户的需求，需要设计多样化的功能模块，具体如下：

（1）内容展示功能：平台应提供丰富多样的内容展示方式，包括文字、图片、音频和视频等多媒体形式。用户可以方便地浏览和搜索民间文学作品，同时平台还应提供作品的详细介绍和解读，帮助用户更好地理解作品的文化内涵和艺术价值。

（2）用户交互功能：增强用户的参与感和归属感，平台提供评论、点赞、分享等社交功能。用户对作品发表自己的看法和感受，与其他用户进行交流和互动。此外，平台还设置用户等级和积分系统，鼓励用户积极参与平台的互动活动。

（3）智能推荐功能：提高用户的阅读体验和满意度，平台采用智能推荐算法，根据用户的浏览历史和偏好推荐相关的民间文学作品。不仅满足用户的个性化需求，还可以帮助用户发现更多优秀的作品。

（4）个性化定制功能：平台提供个性化定制服务，允许用户根据自己的喜好设置界面风格、字体大小等参数。让用户更加舒适地使用平台，并提高用户的忠诚度。

（5）数据分析与优化功能：平台收集并分析用户的使用数据和反馈意见，以便不断优化平台的功能和服务。通过数据分析，了解用户的真实需求和偏好，为平台的升级和改进提供有力支持。

（二）平台特点与价值

平台特点：

（1）多元化媒体展示：平台综合运用文字、图片、音频、视频等多种媒体形式，全方位、多角度地展示西南民间文学的魅力。多元化的展示方式不仅丰富了用户的感官体验，还使得民间文学更加生动、形象。

（2）高度互动性：与传统的静态文学展示不同，数字展示平台通过引入评论、点赞、分享等社交功能，鼓励用户与内容进行互动。这种互动性不仅增强了用户的参与感和归属感，还使得民间文学的传承更加活跃和有趣。

（3）智能推荐系统：平台采用先进的算法，根据用户的浏览历史和偏好，智能推荐相关的民间文学作品。这种个性化推荐不仅提高了用户的阅读体验，还有助于用户发现更多优秀的民间文学作品。

(4) 跨平台兼容性：数字展示平台支持多种终端访问，包括电脑、手机、平板等，使得用户可以随时随地浏览和体验西南民间文学。

(5) 数据化管理与分析：平台通过收集和分析用户数据，为管理者提供有关用户行为、内容偏好等方面的深入洞察，有助于优化内容策略和提升用户体验。

平台价值：

(1) 文化传承与保护：数字展示平台为西南民间文学的传承提供了一个全新的渠道。通过数字化手段，珍贵的民间文学作品得以永久保存，并广泛传播给更多的人，从而实现文化遗产的有效传承和保护。

(2) 扩大影响力：借助互联网的力量，数字展示平台能够迅速将西南民间文学传播到全球范围，扩大其影响力。不仅有助于提升西南民间文学的国际知名度，还能吸引更多的关注和资源投入。

(3) 促进文化交流与融合：数字展示平台为不同地域、不同文化背景的人们提供了一个共享的文化空间。在这里，人们可以欣赏和学习西南民间文学，进而促进不同文化之间的交流与融合。

(4) 教育与研究价值：平台为学者和研究人员提供了丰富的民间文学资源，便于他们进行深入的学术研究。同时也可以作为教育资源，帮助学生更好地了解和欣赏西南民间文学的魅力。

(5) 推动文化创意产业发展：数字展示平台不仅展示了西南民间文学的艺术价值，还激发创意产业的灵感和创新。通过平台的推广和传播，吸引更多的创作者和投资者关注西南民间文学，从而推动相关文化创意产业的发展。

数字展示平台作为西南民间文学传承与传播的新载体，具有显著的优势和潜力。通过构建功能丰富、互动性强、传播效率高的数字展示平台，可以更好地保护和传承西南民间文学这一宝贵的文化遗产。随着技术的不断进步和创新应用，数字展示平台将在民间文学的传承与传播中发挥更加重要的作用。

二、多渠道数字传播策略

在数字化时代，信息的传播方式和渠道发生了翻天覆地的变化。为了更有效地传承西南民间文学，需要探索多渠道的数字传播策略，使这些珍贵的文化遗产能够被更多人知晓、欣赏和传承。

（一）线上传播渠道

线上传播渠道在数字化时代扮演着至关重要的角色，特别是对西南民间文学这样的文化遗产来说，线上渠道不仅能够覆盖更广泛的受众，还能以更多元、互动的方式呈现内容。

1. 官方网站与APP

建立专门的西南民间文学官方网站和APP，提供全面的作品浏览、作者介绍、研究资料等功能。用户通过这些平台可以方便地获取民间文学的相关信息和资源。

2. 社交媒体平台

利用微博、微信公众号、知乎等社交媒体，定期发布关于西南民间文学的内容，如故事选读、历史背景、文化内涵等，增加用户的互动和参与度。

3. 网络视频与直播平台

在各大视频平台如腾讯视频、优酷等上传西南民间文学的讲座、朗诵、表演等视频内容。利用抖音、快手等直播平台进行线上朗诵会、讲座等，吸引观众实时参与和交流。

4. 数字阅读与听书平台

与掌阅等数字阅读平台合作，提供西南民间文学的电子书下载和在线阅读服务。在喜马拉雅、蜻蜓FM等听书平台发布西南民间文学的音频内容，满足用户多样化的阅读需求。

5. 在线教育平台

与网易云课堂、腾讯课堂等在线教育平台合作，开设西南民间文学的在线课程，提供专业的学习和研究资源。

6. 专业论坛与社区

建立或参与相关的文化论坛和社区，如豆瓣文化小组、知乎相关话题等，为爱好者提供一个交流和分享的平台。

7. 合作推广

与其他文化、艺术、教育领域的 KOL（意见领袖）或网红合作，通过他们的影响力推广西南民间文学。

通过这些线上传播渠道的综合运用，不仅有效扩大西南民间文学的知名度和影响力，还能激发更多人对这一文化遗产的兴趣和热爱，从而促进其更好地传承和发展。同时，线上渠道还能为研究者、爱好者和教育者提供丰富的资源和便捷的交流平台。

（二）线下传播渠道

线下传播渠道在推广西南民间文学方面同样起着不可或缺的作用，这些渠道通过实体活动和物料，能够让受众更加直观地感受到民间文学的魅力，增强文化传播的实效性。

1. 文化活动与展览

举办以西南民间文学为主题的文化节、朗诵会、故事分享会等活动，吸引公众参与。在博物馆、图书馆等公共场所举办西南民间文学展览，展示相关书籍、手稿、图片等珍贵资料。

2. 教育推广

将西南民间文学作为地方文化特色内容，引入中小学及高校课程，通过课堂教学和课外活动进行推广。邀请民间文学传承人或专家学者进校园举办讲座、工作坊等活动，与学生互动交流。

3. 传统媒体宣传

利用报纸、杂志、电视、广播等传统媒体进行宣传推广，发布相关报道、专访、评论等。制作关于西南民间文学的纪录片或专题节目，在电视台或网络平台播出。

4. 旅游文化推广

在西南地区的旅游景点设置民间文学展示区或文化体验区，让游客在游览景区的同时了解当地民间文学。开发以西南民间文学为主题的旅游线路和产品，如文化体验游、主题研学旅行等。

5. 合作与赞助活动

与企业、机构等合作举办文化推广活动，如赞助文学赛事、文化节等。寻求政府、企业和社会各界的资金支持，用于举办相关活动和研究项目。

6. 实体出版物与宣传品

出版西南民间文学的纸质书籍、画册等，供读者购买和阅读。制作宣传海报、传单、手册等宣传品，在公共场所和社区进行分发和张贴。

通过这些线下传播渠道的综合运用，有效地将西南民间文学推广到更广泛的受众群体中，提升公众对这一文化遗产的认知和兴趣。同时，线下活动还能够为参与者提供更加直观和深入的文化体验，促进民间文学的传承和发展。

多渠道数字传播策略是西南民间文学数字化传承的关键环节，通过线上线下的多元化传播渠道以及跨界合作与品牌化建设，可以让更多的人了解和欣赏西南民间文学的魅力，从而实现其有效传承和发展。

三、用户互动与社区建设

在数字化传承的过程中，用户互动与社区建设是提升西南民间文学影响力和生命力的重要环节。通过构建一个积极互动的用户社区，不仅能够增强用户对民间文学的兴趣和归属感，还能为这一文化遗产的传承注入新的活力。

（一）建设互动性强的在线平台

明确互动性强的在线平台对于西南民间文学传承的重要性，传统的民间文学传承方式，如口口相传、书面记录等，虽然有其独特的韵味和价值，但在现代社会中，这些方式往往受到时间和空间的制约，难以覆盖更广泛的受众。而互动性强的在线平台则能够打破这些限制，让更多的人随时随地接触到西南民间文学，感受其独特的文化魅力。

在构建互动性强的在线平台时，需要关注以下几个方面：一个优秀的在线平台要具备用户友好的界面设计。包括简洁明了的布局、易于操作的导航以及符合用户习惯的交互方式。通过优化用户体验，降低用户的学习成本，提高他们对平台的接受度和使用频率。西南民间文学丰富多样，包括歌谣、故事、传说等多种形式。在线平台应能够支持这些多元化内容的展示，让用户以更加直观和生动的方式感受到民间文学的魅力。例如，通过图文结合、音频视频等多种形式来呈现民间文学作品，让用户更加沉浸其中。为了增强用户之间的互动，平台应整合社交功能，如评论、点赞、分享等。这些功能可以让用户表达对作品的喜爱或看法，与其他用户进行交流，从而形成良好的社区氛围。此外，考虑引入用户等级制度、积分兑换等激励机制，进一步激发用户的参与热情。

随着移动互联网的普及，用户越来越倾向于使用手机等移动设备访问在线内容。平台应具备跨平台兼容性，支持多种终端访问，如电脑、手机、平板等。这样可以确保用户随时随地都能方便地浏览和体验西南民间文学。通过收集和分析用户数据，平台可以为管理者提供有关用户行为、内容偏好等方面的深入洞察，同时，可以帮助了解用户的需求和习惯，从而优化内容策略和提升用户体验。例如，根据用户的浏览历史和偏好调整推荐算法，提高推荐的准确性；还可以通过分析用户的停留时间和跳出率等指标来评估内容的质量和吸引力。在构建互动性强的在线平台时，关注用户的安全和隐私保护。平台采取必要的安全措施来防止数据泄露和恶意攻击；同时也要遵守相关法律法规，确保用户的个人信息得到妥善保护。

（二）创建用户社区

社区不仅仅是一个信息交流的平台，更是一个文化聚集、思想碰撞的空间。本章节将详细探讨如何为西南民间文学打造一个充满活力、有机互动的用户社区，以此推动文化的传承与发展。

1. 明确社区定位与目标

西南民间文学社区应该是一个专注于分享、讨论和研究民间文学的平台。这里不仅是文学爱好者的聚集地，也应该是学者、作家和普通民众共同交流思想、分享见解的空间。社区的目标是汇聚各方力量，共同推动西南民间文学的传承、保护与创新。

2. 构建社区基础设施

社区基础设施包括稳定的服务器、友好的用户界面、便捷的交流工具等。为了提供流畅的用户体验，社区应支持多种终端设备访问，并确保信息传输的安全与稳定。社区还应提供丰富的内容管理功能，如内容分类、标签系统、搜索引擎等，便于用户快速找到感兴趣的话题和内容。

3. 营造积极的社区氛围

社区管理员应定期发布讨论话题，引导用户深入探讨民间文学的内涵和价值。同时鼓励用户发表原创内容，分享自己的见解和创作。对于新用户，设置新手引导区域，帮助他们更快地融入社区。此外，通过举办线上活动、设立奖励机制等方式，可以进一步激发用户的参与热情。

4. 整合多元资源

邀请民间文学研究专家、作家等作为嘉宾，进行线上讲座、访谈等活动。同时与其他相关机构合作，共享资源，共同推动民间文学的研究与传播。这些资源的整合不仅能为社区注入新的活力，还能提升社区的专业性和影响力。

5. 建立用户反馈机制

收集用户对社区的意见和建议，及时发现并解决问题，提升用户体验。对于用户的创意和建议，积极采纳并付诸实践，让用户感受到自己的参与和贡献得到了认可。

6. 强化社区品牌建设

注重社区的品牌建设。通过设计独特的社区标识、宣传口号等，提升社区的辨识度。利用社交媒体、线下活动等多种渠道进行宣传推广，扩大社区的影响力。

7. 关注用户成长与激励

设立用户等级制度、积分系统等方式，根据用户的贡献和活跃度给予相应的奖励。这些奖励可以是虚拟货币、勋章、特权等，旨在激发用户的荣誉感和归属感。

（三）举办线上活动

线上活动是社区建设中不可或缺的一环，它能够有效促进用户之间的互动，增强社区的凝聚力。为了持续吸引用户的关注并鼓励他们积极参与，我们可以定期策划和举办各种线上活动。

例如，线上朗诵比赛就是一个很好的选择，通过这样的比赛，不仅可以听到用户们对民间文学作品的深情演绎，还能进一步感受民间文学的魅力；朗诵比赛也为朗诵爱好者提供了一个展示自己才华的平台，有助于发现并培养更多朗诵方面的人才。除了朗诵比赛，故事创作大赛也是一个极具吸引力的线上活动。这样的比赛可以激发用户的创作热情，鼓励他们以民间文学为灵感，创作出更多富有新意和时代感的作品。通过故事创作大赛，不仅能够发现新的创作人才，还能为民间文学的传承和发展注入新的活力和元素。这些线上活动不仅能够激发用户的参与热情，提升社区的活跃度，还能为民间文学的传承和发展挖掘新的人才和资源。在未来的社区建设中，将继续探索更多有趣、有意义的线上活动，为用户打造一个更加丰富多彩、充满活力的互动平台。

（四）建立激励机制

为了持续激发用户的参与感和荣誉感，并进一步提高社区的活跃度和用户黏性，可以建立一套精心设计的激励机制。这种机制的核心在于通过给予用户一定的奖励和认可，来鼓励他们更加积极地参与到社区的各项活动中。

可以为活跃用户颁发荣誉称号，这些称号根据用户在社区中的贡献、活跃度、参与度等多个维度进行评定。例如，对于那些经常发表高质量内容、积极参与讨论、为社区提供有价值的建议和反馈的用户，授予他们"社区达人""意见领袖"等荣誉称号。这些称号不仅是对用户贡献的肯定，也能进一步提升他们在社区中的影响力和地位。除了荣誉称号外，还可以为活跃用户提供一些特权服务。这些特权服务可以是社区内的一些高级功能、优先参与某些活动的机会，或者是与专家进行一对一交流等。通过这些特权服务，让用户感受到自己在社区中的特殊地位和重要性，从而进一步增强他们的参与感和荣誉感。这套激励机制的建立，旨在通过精神和物质上的双重奖励，来全面激发用户的积极性和创造力。通过这样的机制，不仅能够促进社区的繁荣发展，还能为民间文学的传承和发展培养一批忠实的拥趸和推动者。

用户互动与社区建设是西南民间文学数字化传承中不可或缺的一环，通过构建一个互动性强的在线平台和用户社区，能够更好地聚集热爱民间文学的人们，共同推动这一文化遗产的传承和发展。随着技术的不断进步和社区运营的深入，西南民间文学将在数字化时代焕发出新的生机与活力。

四、平台运营与维护的挑战与对策

在数字化时代，共享平台对于西南民间文学的传承与传播起到了至关重要的作用。然而平台的运营与维护同样面临着诸多挑战。为了确保平台的持续、稳定运行，并有效地服务于民间文学的传承，必须深入了解这些挑战，并提出相应的对策。

（一）技术与安全挑战

技术挑战主要体现在平台的稳定性、可扩展性以及技术更新的速度上。稳定性是任何在线平台的基础，对西南民间文学共享平台而言，由于其承载着大量珍贵文献和用户数据，因此必须确保服务器的持续运行，避免因技术故障导致的服务中断。此外，随着用户量的增长和内容的不断增加，平台的可扩展性也显得尤为重要。如何设计合理的架构以支持未来可能的海量数据和用户访问，是技术团队必须深思的问题。再者技术的迅速发展要求平台必须时刻保持更新，新的编程框架、数据存储技术和网络协议不断涌现，为平台提供了更高效、更安全的解决方案。然而也意味着技术团队需要不断学习新知识，及时将新技术应用到平台中，以保持平台的先进性和竞争力。

安全挑战则主要体现在数据保护和防御网络攻击两个方面，用户数据是平台的核心资产，也是最容易受到攻击的部分。如何确保用户数据的安全存储和传输，是平台运营中不可忽视的问题；包括对用户数据进行加密处理，建立严格的访问控制机制，以及定期备份数据以防止意外丢失。网络攻击是当前互联网环境中普遍存在的威胁，对于西南民间文学共享平台而言，防御各种形式的网络攻击，如DDoS攻击、SQL注入等，是确保平台安全的关键。不仅需要强大的防火墙和入侵检测系统来实时监控网络流量，还需要专业的安全团队来应对可能的安全事件。

为了应对这些技术与安全的挑战，平台需要采取一系列措施。建立专业的技术团队，不断学习和掌握新技术，以确保平台的稳定性和可扩展性；同时与业界领先的安全机构合作，共同研究和应对新的安全威胁；加强用户教育，提高用户的安全意识，鼓励用户使用强密码，并定期更换；建立完善的应急响应机制，一旦发生安全事件，能够迅速响应并将损失降到最低。

（二）内容质量与管理挑战

确保内容的真实性、准确性和深度是平台的首要任务，西南民间文学作为传统文化的重要组成部分，其内容丰富多彩，但同时也存在着诸多版本和解读。这就要求平台在收录和展示这些内容时，必须进行严格的甄别和校对，以确保呈现给用户的是真实、准确的历史文化和民间故事。这一过程的复杂性和繁琐性不言而喻，需要投入大量的人力、物力和时间资源。内容的质量还体现在其文化价值和教育意义上，平台不仅要收录和展示民间文学的内容，更要深入挖掘其背后的文化内涵和社会价值，为用户提供更加丰富和深入的文化体验。这要求平台必须拥有一支具备深厚文化素养和专业知识的团队，能够对内容进行深入的解读和阐释。保持内容的更新和时效性也是内容质量的重要方面，随着社会的变迁和文化的演进，西南民间文学也在不断地发展和变化。平台要时刻关注这些变化，及时更新内容，以保持其时效性和吸引力。

内容管理方面的挑战则主要体现在分类与标签、版权问题以及用户生成内容的管理上。对于大量的民间文学内容，如何进行合理的分类和标签化是一个巨大的挑战。由于民间文学内容的复杂性和多样性，制定一套科学、合理的分类和标签体系并非易事。这需要平台对内容进行深入的分析和研究，同时结合用户的需求和习惯来设计出符合实际的分类和标签方案。随着平台内容的不断增加，版权问题也日益凸显；如何确保所展示的内容不侵犯他人的知识产权，是平台必须面对的法律和道德挑战。用户生成内容的管理也是一个重要的挑战，随着平台的发展，越来越多的用户会参与到内容的创作和分享中来，虽然丰富了平台的内容库，但也带来了内容质量参差不齐，甚至存在不良信息等问题。

为了应对上述挑战，平台需要采取综合性的措施。一方面，加强内容质量的建设和管理，确保所展示的内容真实、准确、有深度且具有文化价值；另一方面，完善内容管理机制，包括分类与标签体系的设计、版权问题的应对以及用户生成内容的管理等。通过这些措施的实施，平台可以更好地服务于广大用户，推动西南民间文学的传承与发展。

（三）用户体验与互动挑战

平台的用户界面（UI）设计直接影响着用户的第一印象和使用意愿，一个清晰、直观且美观的界面能够极大地提升用户的满意度；反之如果界面设计复杂、混乱，或者不符合用户的使用习惯，那么用户会选择离开，转而寻找其他更加友好的平台。如何设计出既符合平台定位又能吸引用户的界面，是平台设计师需要深思熟虑的问题。平台的交互设计（UX）涉及用户与平台之间的每一次点击、滑动和输入。一个优秀的交互设计能够让用户在使用平台时感到流畅、自然，甚至能够引导用户发现更多有趣的内容；然而如果交互设计不合理，比如，响应速度慢、操作烦琐或者存在误导性的提示，那么用户的体验将会大打折扣。平台的稳定性和兼容性也是影响用户体验的重要因素，如果平台经常出现崩溃、卡顿或者与某些设备或浏览器不兼容的情况，那么用户在使用过程中就会遇到诸多困扰。

在数字化平台上，用户之间的互动是形成社区氛围和增强用户黏性的关键。如何促进用户之间的互动，也是平台面临的一大挑战。平台需要提供多样化的互动方式，以满足不同用户的需求。例如，有些用户更喜欢通过评论、点赞或者私信的方式进行交流，而有些用户更倾向于参与线上活动或者加入兴趣小组。平台需要根据用户的反馈和数据分析来不断优化互动功能，确保用户能够在平台上找到自己喜欢的互动方式。平台还需要关注用户互动的质量，有意义的互动不仅能够增强用户的归属感，还能帮助平台发现潜在的优质内容和用户；然而如果平台上充斥着大量的垃圾评论、广告或者恶意言论，那么用户的互动体验将会受到严重影响。

（四）资金与持续发展挑战

资金是任何项目或企业发展的基础，对西南民间文学共享平台这样的文化项目来说更是如此。平台的运营、维护、升级以及市场推广等各个环节都需要稳定的资金投入。在现实中，资金往往成为制约平台发展的瓶颈。平台的初期建设就需要大量的资金投入，包括服务器购置、软件开发、内容采集与整理、团队组建等多个方面。尤其是在技术日新月异的今天，保障平台的技术先进性和安全性，对硬件和软件的投入更是不能吝啬。平台运营过程中的资金需求也是巨大的，服务器的维护、内容的更新与优化、团队的薪酬与福利、市场推广的费用等，每一项都是不小的开支。特别是在用户规模逐渐扩大后，对资金的需求会进一步增加。资金筹集并非易事，一方面，文化项目的投资回报周期较长，风险相对较大，使得很多投资者望而却步。另一方面，虽然政府有相关的扶持政策，但资金分配往往难以满足所有项目的需求。

除了资金挑战外，平台的持续发展也是一大难题。在数字化时代，信息技术的更新换代速度极快，用户需求也在不断变化。这就要求平台必须保持持续的创新能力和市场敏锐度，以适应不断变化的市场环境。平台需要不断更新和优化其内容，不断创新其服务模式和功能，还需要强大的团队支撑。

为了应对资金与持续发展的挑战，平台需要采取多种措施。积极寻求政府、企业和社会各界的支持和合作，拓宽资金来源渠道。通过开展多元化的文化活动和服务来吸引更多的用户和关注度，从而提升平台的知名度和影响力。注重团队建设和管理工作的完善与提升，为平台的持续发展提供坚实的团队保障。

平台运营与维护面临着多方面的挑战，包括技术与安全、内容质量与管理、用户体验与互动以及资金与持续发展等。为了确保平台的稳定运营和有效传承西南民间文学，要采取综合性的对策来应对这些挑战。

第三节　交互融合：民间文学的虚拟现实呈现

一、虚拟现实技术在民间文学中的应用

在信息技术日新月异的今天，虚拟现实技术以其独特的沉浸式体验，为西南民间文学的传承提供了前所未有的机遇。通过 VR 技术，可以构建一个虚拟而又逼真的民间文学世界，让读者身临其境地感受民间故事的魅力。

（一）创建沉浸式民间文学场景

在场景设计中，注重细节的刻画和氛围的营造。西南地区的山川河流、古镇村落、民族建筑等特色元素都应该被巧妙地融入到场景中，以展现西南民间文学独特的地域文化和民族风情。同时通过光影效果、音效设计等手段，营造出与故事情节相符的氛围，让读者在虚拟环境中感受到民间文学的情感和韵味。沉浸式民间文学场景的创建还需要借助先进的 VR 设备和技术，头戴式显示器、传感器、3D 音效等技术的综合运用，能够为读者提供全方位的沉浸式体验。当读者戴上 VR 头盔后，将被完全带入到虚拟的民间文学世界中，与故事中的角色一起经历冒险，感受情节的起伏和变化。

除了技术和设备的支持外，沉浸式民间文学场景的创建还需要注重内容的更新和优化。随着时间的推移和读者需求的变化，不断调整和丰富场景的内容，以保持其吸引力和新鲜感。包括添加新的故事情节、角色和互动元素，以及优化场景的视觉效果和用户体验。引入人工智能（AI）技术，增强沉浸式民间文学场景的真实感和互动性。通过 AI 技术，实现虚拟角色与读者之间的自然交互和对话，使场景更加生动有趣。AI 技术还可以根据读者的行为和反馈，智能调整场景的内容和难度，以提供更加个性化的阅读体验。

创建沉浸式民间文学场景的意义不仅在于提供独特的阅读体验，更在于推动西南民间文学的传承与发展。通过这种创新的呈现方式，能够吸引更多年轻读者

对民间文学产生兴趣，从而促进其传承和保护。沉浸式民间文学场景还可以为文化旅游、教育培训等领域提供新的资源和素材，推动文化产业的发展和创新。

（二）实现与民间文学角色的互动

实现与民间文学角色的互动，依赖于高精度的角色建模和动画技术。通过3D建模软件，创建出栩栩如生的角色模型，并赋予他们丰富的表情和动作。借助动作捕捉技术，角色的动作可以更加自然流畅，增强互动的真实感。语音识别和自然语言处理技术是实现角色互动的关键，通过这些技术，读者可以与虚拟角色进行对话，而角色也能根据读者的言语做出相应的回应。这种智能化的交互方式，让读者感觉仿佛在与真实的角色进行交流。

1. 互动模式的创新

（1）对话互动：在现代科技的推动下，读者可以享受到与虚拟角色之间更为自然的对话体验。通过先进的自然语言处理技术，虚拟角色能够根据读者的提问或引入的话题进行智能回应。这种实时的、个性化的对话互动方式，不仅打破了传统阅读的静态框架，还让读者有机会更加深入地了解角色的性格特点、思维方式和丰富的故事背景。它赋予了读者更大的主动权，让每个人都可以根据自己的兴趣和想法与角色进行独特的交流。

（2）协作冒险：为了进一步增强读者的参与感和沉浸感，在一些故事情节中，读者有机会与虚拟角色携手合作，共同面对挑战，解决复杂的难题，以完成任务。这种协作模式将传统的阅读体验提升到了一个全新的层次，它不再是被动地接受故事，而是让读者成为故事中的一部分，主动参与到情节的发展中去。这种模式不仅显著增强了游戏的趣味性和挑战性，也让读者在享受娱乐的同时，更加投入和关注故事的发展。

（3）情感交流：借助先进的情感识别技术，现在的数字化文学作品能够实现虚拟角色与读者之间的情感交流。虚拟角色可以通过分析读者的语音、文字，甚至是生理反应来感知他们的情绪，并据此做出相应的反应。例如，当读者在阅读过程中表现出沮丧或失落的情绪时，虚拟角色可能会主动给予安慰和鼓励，以此来增进彼此之间的情感联系。这种互动方式不仅让读者感受到更为人性化、有温度的阅读体验，也为文学作品增添了更多的情感色彩和深度。

与民间文学角色的互动，不仅提升读者的阅读体验，还加深他们对角色和故事的理解。这种互动方式使得民间文学更加生动有趣，并且能吸引更多年轻读者的关注。角色互动还有助于培养读者的同理心和情感共鸣。通过与角色的交流，读者可以更加深入地了解角色的内心世界，从而对他们的遭遇和情感产生共鸣。

（三）促进民间文学的创新发展

传统的民间文学以口头传承和文本记载为主，其内容虽然丰富多彩，但受限于传播方式和媒介，往往难以充分展现其魅力。而 VR 技术的引入，使得民间文学的内容呈现方式发生了翻天覆地的变化。通过 VR 技术，可以将民间故事中的奇幻场景、神秘人物以及复杂情节进行三维重建和数字化再现，让读者以第一人称的视角亲身经历这些故事，从而获得前所未有的阅读体验。这种内容呈现方式的创新，不仅让读者更加直观地感受到民间文学的魅力，还激发了创作者的创作灵感。他们可以利用 VR 技术的特点，创作出更多具有沉浸感和交互性的民间文学作品，从而丰富民间文学的内容和形式。

VR 技术的引入，不仅改变了民间文学的内容呈现方式，还对其传播方式产生了深远的影响。传统的民间文学传播主要依赖于口耳相传和文本阅读，其传播范围和影响力有限。而 VR 技术则打破了这种限制，使得民间文学的传播方式更加多元化和现代化。通过 VR 技术，可以将民间文学作品制作成虚拟现实体验项目，让读者在身临其境的体验中感受民间文学的魅力。这种传播方式不仅吸引更多年轻读者的关注，还推动民间文学在更广泛的范围内传播。VR 技术还可以与社交媒体、网络平台等相结合，形成线上线下相结合的传播模式，进一步扩大民间文学的影响力和传播范围。VR 技术在民间文学教育与研究方面也展现出了巨大的潜力，传统的民间文学教育往往以文本分析和口头讲解为主，学生难以真正感受到民间文学的魅力。而 VR 技术的引入，使得民间文学教育更加生动有趣。通过 VR 技术，教师可以为学生创建一个虚拟的民间文学世界，让他们在身临其境的体验中学习民间文学知识。这种教学方式不仅提高了学生的学习兴趣和参与度，还加深了他们对民间文学的理解和感悟。同时 VR 技术也为民间文学研究提供了新的方法和手段。研究者可以利用 VR 技术对民间文学作品进行数字化重建和分析，从而更加深入地挖掘其文化内涵和价值。

VR 技术的沉浸式体验，也为作家和创作者们提供了新的灵感来源。通过亲自体验虚拟现实中的民间文学场景，创作者们能够更直观地捕捉到民间故事中的情感、氛围和细节，从而将这些元素融入到自己的作品中。这不仅有助于创作出更加生动、真实的民间文学作品，还能够推动民间文学的艺术表现力和创作手法的创新。

综上所述，虚拟现实技术在西南民间文学中的应用具有广阔的前景和深远的意义。它不仅为读者提供了沉浸式的阅读体验，还促进了民间文学的传承与创新发展。

二、沉浸式体验的设计与实现

沉浸式体验是虚拟现实技术的核心，它能够让用户感觉仿佛真正置身于一个全新的环境中，与虚拟世界进行全方位的交互。在西南民间文学的传承中，通过精心设计与实现沉浸式体验，我们可以为读者打造一个极具真实感的民间文学世界，让读者在享受新技术带来的震撼效果的同时，深刻感受到民间文学的魅力。

（一）环境构建与场景设计

构建一个逼真的虚拟环境是实现沉浸式体验的基础，这需要借助 3D 建模技术，根据民间文学的描述，还原古代村落、山川、建筑等场景。同时为了增强真实感，还需要运用高级渲染技术，模拟出真实的光影效果、天气变化和自然环境。场景设计要注重细节的刻画。每一个物件、每一处景观都要尽可能还原历史原貌，以确保读者在虚拟世界中能够感受到浓郁的历史氛围和地域特色。此外还可以通过添加动态元素和音效，如流水声、鸟鸣声等，来丰富场景的感官体验。

（二）角色设计与互动机制

在沉浸式体验中，角色是连接读者与故事的桥梁。因此根据民间文学的人物形象，设计出栩栩如生的虚拟角色。这些角色不仅要外貌逼真，还要具备鲜明的个性和生动的动作和表情。为了实现与读者的互动,设计一套完善的互动机制,读者可以通过手柄或语音指令与角色进行对话、触发特定事件或解锁隐藏剧情。这种互动方式不仅增加了游戏的趣味性,还能让读者更加深入地了解角色的内心世界和故事情节。

(三) 情感引导与故事叙述

情感引导在沉浸式体验中扮演着至关重要的角色,其目的是通过精心设计的情节和环境氛围,激发读者的情感体验,使他们在心灵深处产生共鸣。在西南民间文学的数字化传承中,情感引导尤其重要,因为它不仅关乎故事的吸引力,还直接影响到文化遗产的深层次传播和受众接纳程度。为实现有效的情感引导,需要深入了解目标受众的心理特点和文化背景。不同地域、不同年龄段的读者对于情感的接受方式和敏感度存在差异,因此情感引导策略需要因人而异。例如,对于年轻受众,采用更为激烈和高潮迭起的情感冲突来吸引他们的注意;而对于成熟受众,则更注重情感的细腻变化和深层次的心理剖析。

情感引导需要贯穿于整个沉浸式体验的始终,从读者进入虚拟环境的那一刻起,情感引导就应该开始发挥作用。通过环境氛围的营造、角色的情感表达、背景音乐的选取等多种手段来实现。例如,在展现一个悲伤的场景时,使用柔和的灯光、哀伤的旋律和细腻的角色表演来共同营造一种悲伤的氛围,从而引导读者产生共情。情感引导需要适度而不过度,过度的情感操纵会让读者感到不适或反感,因此需要在保持故事真实性和读者情感体验之间找到平衡。

故事叙述是沉浸式体验中传递信息和情感的主要手段,在西南民间文学的数字化传承中,故事叙述不仅要忠实于原著的精神内核,还要适应数字化媒介的特点,以更加生动、直观的方式展现故事情节。讲好一个故事,需要构建一个清晰而引人入胜的叙事结构。包括明确的故事线、紧凑的情节安排和丰富的角色塑造。在叙事过程中,注重节奏的把控,避免冗长和拖沓,保持读者的兴趣和参与度。故事叙述需要充分利用虚拟现实技术的优势,通过3D音效、动态视角切换、实时交互等手段,让读者更加身临其境地感受故事情节的发展。例如,在关键时刻采用第一人称视角,让读者直接参与到角色的决策和行动中,能够极大地提升故事的吸引力和沉浸感。故事叙述还需要注重文化元素的融入和传达，西南民间文学作为地域文化的重要载体，其故事内容和叙述方式都蕴含着丰富的文化内涵。在数字化传承过程中，尊重并凸显这些文化元素，让读者在享受故事的同时，也能感受到西南地区独特的文化魅力。

在沉浸式体验中，情感引导和故事叙述是相互交织、互为补充的。情感引导为故事叙述提供了情感基础和共鸣点，而故事叙述则通过具体情节和角色表现来深化和拓展读者的情感体验。

沉浸式体验的设计与实现是西南民间文学数字化传承中的重要一环，通过精心构建虚拟环境、设计逼真角色和完善互动机制等手段，可以为读者打造一个极具真实感和趣味性的民间文学世界。不仅有助于提升读者对民间文学的兴趣和参与度，还能为西南民间文学的传承与发展注入新的活力和动力。

三、用户参与度的提升方法

用户参与度是评估一个产品或服务吸引力的重要指标，它反映了用户对产品的兴趣、满意度和忠诚度。在互联网时代，提升用户参与度对于产品的成功至关重要。

（一）优化用户界面与体验

优化用户界面与体验是提升用户参与度的关键一环。一个直观、易用且美观的用户界面能够吸引用户的注意力，提高用户的满意度和使用频率。以下是一些具体的优化建议，如表2-5所示：

表2-5　优化用户界面优化建议

序号	优化方面	具体建议	目的与效果
1	简洁明了的设计	用户界面应保持简洁，避免元素过多和功能冗余	有助于用户快速找到所需的功能和信息，减少操作步骤，提高使用效率
2	一致性的设计原则	设计风格和原则应保持一致性，如颜色、字体、布局等	增强用户的熟悉感和使用舒适度，使用户能够轻松地理解和使用产品

续表

序号	优化方面	具体建议	目的与效果
3	直观的导航结构	清晰的导航结构，帮助用户了解产品整体架构，方便跳转	减少用户的迷失感和挫败感，提升用户对产品的整体把握
4	快速的页面加载速度	优化技术性能，确保页面加载迅速	提升用户体验，减少用户等待时间，降低用户流失率
5	适配多种设备和屏幕尺寸	用户界面应具备良好的响应式设计，适应各种设备和屏幕尺寸	确保用户在不同设备上都能获得良好的体验，满足移动互联网时代的需求
6	提供反馈和指引	在用户操作过程中，及时给予反馈和指引	帮助用户了解当前操作状态和下一步操作指南，减少误操作和困惑，提升用户使用信心
7	考虑可访问性和无障碍设计	确保用户界面对所有用户都易于访问和使用，包括有特殊需求的用户	提高产品的包容性和可用性，让更多人能够无障碍地使用产品

（二）提供有价值的内容

在数字化时代，无论是运营网站、应用还是社交媒体平台，提供有趣且有价值的内容始终是吸引和留住用户的核心要素。内容不仅是信息传递的媒介，更是连接用户与平台的桥梁。因此必须高度重视内容的策划与制作，确保其既能引起用户的兴趣，又能提供实质性的价值。

深入了解目标用户群体的兴趣和需求，以便创作出与他们心灵相通的内容。这样的内容能够触及用户的内心，引发他们的共鸣，进而激发他们积极参与和互动的欲望。无论是幽默诙谐的文字，还是深刻感人的故事，都应以用户为中心，紧扣他们的情感和需求。充分利用多媒体的优势，以文字、图片、视频等多种形式来呈现内容。这种多样化的内容呈现方式不仅能够满足不同用户的需求和偏好，还能极大地丰富用户的阅读体验。例如，通过生动的图片和精彩的视频，让用户更加直观地了解信息，而详细的文字描述则能提供更深入的分析和解读。最后注重内容的更新频率和时效性，定期推送新鲜、热门的内容，能够保持用户的持续关注，同时也有助于提升平台的品牌形象和影响力。

（三）加强社交互动

引入社交机制，通过评论、点赞、分享等社交互动机制，用户可以与其他用户进行交流和互动，这不仅可以增进用户的参与度和互动频率，还能形成用户社区，提升用户的归属感；设置用户间的竞赛与排行榜，通过引入用户间的竞赛和排行榜等互动模式，激发用户的竞争心理和参与欲望，进一步提升用户的参与度。

（四）及时回应用户反馈

及时回应用户的问题和反馈是建立用户信任和提升用户满意度的关键，通过给予用户满意的答复，可以增加用户对产品的信任和依赖；根据用户的反馈和需求进行持续的优化和创新，不断提升用户体验和参与度。这不仅可以满足用户的需求，还能保持产品的竞争力和吸引力。

（五）个性化推荐与定制化服务

通过分析用户的偏好和行为数据，为用户提供个性化推荐服务。帮助用户发现更多他们感兴趣的内容，提升用户的参与度和满意度。针对不同用户群体提供个性化的服务，如定制化商品、定制化学习课程等。这种定制化的服务可以满足用户的个性化需求，进一步提升用户的参与度。

（六）举办活动与促销

通过举办线下活动，可以与用户面对面交流，加深用户对产品的认知和参与感。这种活动不仅可以增强用户与品牌之间的联系，还能提升用户的忠诚度。促销活动可以通过奖励、折扣和礼品等形式吸引用户积极参与。这种活动可以激发用户的购买欲望和参与热情，进一步提升用户的参与度。

（七）持续改进与创新

密切关注市场趋势和竞争对手的动态，及时调整策略以保持产品的竞争力。确保产品始终与用户需求和市场变化保持同步。通过不断创新和完善产品功能与服务来满足用户的需求和期望，提升用户的参与度，保持产品的领先地位。

综上所述，提升用户参与度需要从多个方面入手，包括优化用户界面与体验、提供有价值的内容、加强社交互动、及时回应用户反馈、个性化推荐与定制化服务、举办活动与促销以及持续改进与创新等。通过实施这些方法，可以有效提升用户的参与度，进而提升产品的竞争力和市场份额。

四、虚拟现实呈现的未来发展

虚拟现实技术以其独特的沉浸式体验，正在逐步改变人们对于文化和娱乐的传统消费方式。对西南民间文学而言，虚拟现实不仅是一种新颖的呈现手段，更是传统与现代相结合的创新平台。未来随着技术的不断进步，虚拟现实在民间文学传承中的应用将更加广泛和深入。

（一）技术革新与体验升级

随着科技的飞速发展，虚拟现实（VR）技术正在迎来前所未有的技术革新，为西南民间文学的传承与创新带来了前所未有的机遇。技术革新不仅提升了VR设备的性能，还大幅改善了用户体验，使得民间文学呈现的虚拟现实更加生动、逼真。

从技术革新的角度来看，VR设备的硬件和软件都在不断进化。在硬件方面，新一代VR头盔正在变得越来越轻便、舒适，同时具备了更高的分辨率和更广阔的视场角（FOV）。意味着用户可以更加清晰地看到虚拟世界中的每一个细节，而且视野更加开阔，增强了沉浸感。此外VR设备的跟踪系统也越来越精确，能够实时捕捉用户的头部和眼球运动，从而提供更加自然的交互体验。在软件方面，虚拟现实技术的算法和渲染技术也在不断优化。例如，通过先进的图形渲染技术，如光线追踪和全局照明，虚拟环境中的光影效果更加逼真，大大提升了视觉效果的真实感。同时，虚拟现实系统现在能够支持更多的并发用户和更复杂的交互场景，为多人在线的虚拟现实体验提供了可能。

技术革新带来了体验升级，在传统的民间文学阅读中，读者往往只能通过文字来想象故事中的场景和人物。通过虚拟现实技术，这些故事可以被转化为极具沉浸感的视觉和听觉体验。读者不再是被动的接受者，而是可以主动地探索和互动。例如，在阅读一个关于西南少数民族的民间传说时，读者可以置身于那个神秘的世界，与故事中的人物进行对话，甚至参与其中的事件。虚拟现实技术还可以结合其他先进技术，如增强现实（AR）、混合现实（MR）等，创造出更加丰富多样的文学体验。比如，通过 AR 技术，读者可以在现实世界中看到虚拟的文学角色或场景，与之进行互动；通过 MR 技术，则可以将虚拟世界与现实世界紧密融合，为读者提供更加自然和真实的体验。

（二）内容拓展与传播途径

内容的拓展是西南民间文学虚拟现实呈现中不可或缺的一环，传统的民间文学内容虽然丰富多彩，但在现代化、全球化的冲击下，其受众范围和传播效果受到了一定的限制。因此，需要对民间文学内容进行适当的拓展和创新，以吸引更多年轻受众的关注和喜爱。

一是对传统民间文学故事进行再创作和改编，融入现代元素和时代精神，使其更加贴近当代受众的审美和价值取向。例如，在保留故事核心情节和人物设定的基础上，增加一些现代社会的元素，如网络语言、流行文化等，让传统故事焕发出新的活力。二是挖掘和整理更多未被广泛传播的民间文学资源，通过虚拟现实技术进行呈现和传播。西南地区有着丰富的民族文化和历史遗产，其中不乏许多珍贵的民间文学资源。深入民族地区，收集、整理这些资源，并利用虚拟现实技术将其呈现出来，让更多人了解和欣赏到这些独特的文化遗产。三是与其他艺术形式相结合，创作出更具表现力和感染力的虚拟现实作品。例如，将民间文学与音乐、舞蹈、戏剧等艺术形式相结合，通过虚拟现实技术呈现出更加生动、立体的艺术效果，提升受众的艺术体验和文化感知。

在内容拓展的基础上，还需要创新传播途径，让西南民间文学的虚拟现实作品能够触达更广泛的受众群体。一是利用互联网和社交媒体平台进行线上推广，通过建立官方网站、社交媒体账号等渠道，定期发布虚拟现实作品的预告片、幕后制作花絮等内容，吸引受众的关注和兴趣。同时还可以与知名博主、意见领袖等合作，进行宣传推广，扩大作品的影响力。二是与教育机构、文化馆等合作，开展线下推广活动，在学校、图书馆、博物馆等场所设立虚拟现实体验区，让受众亲身感受民间文学的虚拟现实作品，增强其对传统文化的认知和兴趣。三是考虑与旅游产业相结合，将虚拟现实技术应用于旅游景区的宣传推广中。西南地区拥有众多风景秀丽的自然景观和丰富多样的民族文化，通过虚拟现实技术呈现这些独特的旅游资源，不仅可以吸引更多游客前来游览体验，还能推动当地旅游产业的发展。四是与国际交流合作，通过参加国际电影节、文化展览等活动，展示和推广中国的民间文学虚拟现实作品，增进国际社会对中国传统文化的了解和认同。

虚拟现实技术为西南民间文学的传承与创新提供了无限可能，未来随着技术的不断发展和内容的持续创新，虚拟现实将成为民间文学传播与体验的重要媒介。通过虚拟现实技术，可以让更多的人以全新的方式感受到西南民间文学的独特魅力，从而实现传统文化的有效传承与发展。

第四节 数字档案：民间文学的数字保存处理

一、数字档案的管理与维护

随着信息技术的飞速发展，数字档案已经成为文化遗产保护的重要领域。对西南民间文学而言，数字档案不仅是保存和传承文化的重要载体，更是连接过去与未来的桥梁，数字档案的管理与维护显得尤为重要。

（一）数字档案的建立

资源的收集是数字档案建立的基础，西南民间文学资源丰富多样，散落于各个民族和地区，收集工作需要深入田间地头，与当地的民间艺人、文化传承者进行深入交流。这一过程中，要确保所收集到的民间文学作品具有代表性和真实性，能够反映西南地区的文化特色和历史脉络，同时，也要尊重原创性和知识产权，对于收集到的作品进行详细的版权登记和权益保护。对收集到的民间文学作品进行分类整理，这一步骤需要根据作品的类型、主题、地区等因素进行细致的分类，以便于后续的检索和利用。分类的过程中，遵循科学性和实用性的原则，确保分类体系的合理性和可操作性。同时也要考虑到用户的需求和使用习惯，使得分类结果更加贴近实际使用场景。

接下来是数字化转换环节，这一步骤需要将传统的纸质文档、录音带等媒介上的民间文学作品转换为数字格式，如文本、音频、视频等。数字化转换的过程中，我们要确保转换的质量和效率，尽可能保留原作的细节和特征。同时也要考虑到数字格式的兼容性和可扩展性，以便于未来的升级和维护。在数字化转换完成后，为每一份数字档案编制详细的元数据描述。元数据是描述数据的数据，包含了档案的标题、作者、创作时间、地区、主题等关键信息，是用户检索和利用档案的重要依据。在编制元数据的过程中，确保信息的准确性和完整性，同时也要遵循国际通用的元数据标准和规范。

数字档案的建立还需要考虑到数据存储和备份的问题。由于数字档案具有易复制、易传播的特性，因此需要采用专业的存储设备和技术手段来确保数据的安全性和可靠性，同时，为了防止数据丢失或损坏，我们还需要定期进行数据备份和灾难恢复演练。数字档案的建立还需要与相关的研究机构、图书馆、博物馆等文化机构进行密切合作。这些机构拥有丰富的文化资源和研究力量，可以为数字档案的建立提供有力的支持和保障。通过合作与交流，共同推动西南民间文学的数字化传承与发展。

（二）数字档案的管理

数字档案的存储管理至关重要，由于数字档案通常以电子数据的形式存在，必须选择合适的存储设备和技术手段来确保数据的安全性和可靠性。包括使用高性能的存储设备，如固态硬盘（SSD）或磁盘阵列（RAID），以确保数据的快速读写和稳定存储，同时，为了应对数据损坏或丢失风险，还应采用数据冗余技术，如 RAID 技术或分布式存储系统，以提高数据的容错能力和可恢复性。备份策略在数字档案管理中占据重要地位，为了防止意外情况导致的数据丢失，必须制订严格的备份计划并按时执行。包括定期将数字档案复制到其他存储设备或远程服务器上，以确保数据的完整性，同时，备份过程中还需注意数据的一致性和可恢复性，即在任何时间点都能够准确地恢复数据。为了实现这一目标，可以采用增量备份、差异备份或全量备份等策略，并根据实际情况进行选择和优化。

在数字档案管理中，安全性是另一个不可忽视的方面。由于数字档案具有易复制、易传播的特性，因此必须采取一系列安全措施来保护数据的安全。包括使用强密码保护存储设备、实施访问控制策略以限制未经授权的访问、定期更新和升级安全补丁以防止潜在的安全漏洞等。此外，为了防止数据被篡改或损坏，还可以采用数字签名、加密技术等手段来确保数据的完整性和真实性。权限控制也是数字档案管理中的关键环节，为了确保不同用户只能访问其被授权的数据，必须建立完善的权限控制系统。包括为用户分配不同的角色和权限级别，以控制其对数字档案的访问、修改和删除等操作，同时，为了便于管理和审计，还应建立详细的操作日志和审计记录，以追踪和监控用户对数字档案的所有操作行为。

除了上述几个方面外，数字档案的长期保存也是一个需要关注的问题。由于数字技术和存储介质的不断更新换代，为了确保数字档案在未来仍然可读和可用，必须采取一系列措施来进行长期保存。包括定期迁移数据到新的存储介质上、使用标准化的数据格式和编码方式以提高兼容性、建立数据恢复和迁移计划以应对可能的技术变革等。

（三）数字档案的维护与更新

数字档案的维护涉及数据质量的监控与保障，由于数字档案是以电子形式存储的，因此容易受到各种因素的影响，如硬件故障、软件错误、病毒攻击等。为了保持数据的完整性和可读性，必须定期进行数据质量检查，包括检查数据的完整性、一致性、可读性等。一旦发现数据存在问题，立即采取措施进行修复或恢复，以确保数字档案的稳定性和可靠性。随着研究的深入和新的民间文学作品的发现，数字档案需要不断更新以反映最新的研究成果和文化状态。更新的内容包括新增的民间文学作品、修订的元数据描述、改进的分类体系等。为了确保更新的准确性和及时性，需要建立一个完善的更新机制，明确更新的流程、责任人和时间表。同时更新的内容应经过严格的审核和验证，以确保其科学性和权威性。

在数字档案的维护与更新过程中，还需要密切关注信息技术的发展动态，及时引入新的技术和方法来提高维护与更新的效率和质量。例如，利用自然语言处理、机器学习等先进技术对民间文学作品进行自动分类、标注和检索，从而简化人工操作的复杂性并提高工作效率，同时，也可以利用云计算、大数据等技术实现数字档案的高效存储和快速访问。除了技术层面的维护与更新外，数字档案的维护与更新还需要注重与用户的互动和反馈。用户是数字档案的重要使用者，他们的需求和反馈对于数字档案的完善和发展具有重要意义。建立有效的用户反馈机制，及时收集和分析用户的意见和建议，以便针对性地改进数字档案的服务质量和用户体验。

数字档案的维护与更新还需要与相关的研究机构、文化机构等保持密切的合作关系。这些机构拥有丰富的文化资源和研究力量，可以为数字档案的维护与更新提供有力的支持和保障。通过合作与交流，共同推动西南民间文学的数字化传承与发展，实现资源共享和互利共赢的目标。在数字档案的维护与更新过程中，还需要注意保护原创性和知识产权。西南民间文学作品是珍贵的文化遗产，其版权和使用权应得到充分的尊重和保护。在进行数字档案的维护与更新时，应严格遵守相关的版权法规和使用协议，确保作品的合法使用和传播。

数字档案是西南民间文学数字化传承的重要组成部分，通过建立完善的数字档案系统和管理机制，可以更好地保护和传承这些珍贵的文化遗产。同时数字档案也为研究者、文化传承者以及公众提供了更为便捷的学习和访问途径，推动了西南民间文学的广泛传播和深入研究。在未来的工作中，继续关注数字档案技术的发展趋势，不断优化和完善数字档案的管理与维护工作，为西南民间文学的数字化传承贡献更大的力量。

二、长期保存策略与技术挑战

随着数字技术的不断进步，数字档案成为保存和传承民间文学的新方式。然而数字档案的长期保存面临着诸多挑战，包括数据格式的兼容性、存储设备的寿命、数据安全等问题。因此制定科学的长期保存策略，应对技术挑战，成为保护西南民间文学数字档案的重要任务。

（一）数据格式的兼容性与迁移

在数字档案领域，数据格式的兼容性直接影响到档案信息的可读性和可用性。如果数字档案采用的数据格式不兼容或过时，那么这些档案信息无法被未来的软硬件系统所识别和读取，从而导致珍贵的文化遗产面临丢失的风险，保持数据格式的兼容性是确保数字档案长期保存和可持续利用的关键。选择开放、标准化的数据格式是至关重要的，开放和标准化的数据格式具有广泛的兼容性和可扩展性，能够降低格式过时的风险。例如，文本文件可以采用 UTF-8 编码，图像文件可以选择 JPEG 或 PNG 等通用格式。这些格式被广泛支持，能够在各种平台和设备上轻松读取和编辑。

即使选择了开放和标准化的数据格式，仍然需要面对技术升级和标准变更带来的挑战。因此数据迁移成为解决这一问题的关键手段。数据迁移是指将数据从一种格式转换为另一种格式的过程，以确保数据的可读性和可用性不受影响。在数字档案长期保存中，数据迁移的重要性不言而喻。在进行数据迁移时，要确保迁移过程中数据的完整性和准确性。这意味着在迁移过程中不能丢失任何信息，也不能引入错误或噪声。为了实现这一目标，要对数据迁移过程进行严格的测试和验证，确保迁移算法的正确性和可靠性。其次，考虑迁移的效率和可行性，由于数字档案的数据量非常庞大，迁移过程需要高效地进行，以避免对系统造成过大的负担；同时，迁移方案也需要具有可行性，能够在现有的技术条件下实现。根据档案的重要性和访问频率来制定迁移优先级，确保重要的档案信息能够优先得到迁移和处理，平衡迁移效率和可行性之间的关系。

数据迁移还需要考虑法律和伦理问题，在迁移过程中，遵守相关的法律法规和隐私政策，确保个人信息的合法性和安全性；同时，对于涉及敏感信息的档案数据，采取额外的保护措施，如加密、脱敏等，以防止数据泄露和滥用。在实施数据迁移时,采用多种技术和工具来提高迁移的效率和准确性。例如,使用专业的数据迁移工具来进行自动化迁移,减少人工干预和错误的可能性。同时,也可以利用云计算和大数据等技术来加速迁移过程,提高数据处理的速度和规模。

除了技术和工具的支持外,人员培训和管理也是数据迁移成功的关键。由于数据迁移涉及复杂的操作和管理流程,因此需要专业的技术人员进行操作和维护。为了确保迁移过程的顺利进行,需要对相关人员进行全面的培训和教育,提高他们的技能水平和责任意识。同时也需要建立完善的管理制度和规范操作流程,确保迁移过程的可控性和可追溯性。

(二) 存储设备的寿命与维护

无论是硬盘、光盘还是其他存储介质,都有其固有的使用寿命。硬盘会因为读写次数的限制、物理磨损或电子元件老化而失效;光盘则因材料老化、划伤或污染而导致数据读取失败。这些存储设备的寿命问题,对数字档案的长期保存构成了严重威胁。

为了延长存储设备的寿命,需要从多个方面入手进行维护。一是定期检测,通过专业的检测工具和方法,定期检查存储设备的健康状况,包括读写性能、物理状态以及数据完整性等。一旦发现潜在问题,立即采取措施进行修复或更换设备,以防止数据丢失。二是存储环境,存储设备应放置在恒温、恒湿、无尘的环境中,以避免温度波动、湿度变化和灰尘污染对设备造成损害。此外,还应避免将存储设备暴露在强磁场或强烈震动的环境中,以防止数据损坏或设备故障。除了环境控制,合理的使用习惯也能有效延长存储设备的寿命。例如,避免频繁进行大量数据的读写操作,以减少设备的磨损;在数据传输过程中保持稳定的电源供应,以防止突然断电对数据造成损害;定期备份数据,以防止因设备故障而导致数据丢失。

即使采取上述措施,存储设备的故障仍然可能发生。因此建立完善的数据恢复机制至关重要。一旦存储设备出现故障,立即启动数据恢复计划,利用备份数据进行恢复操作,以确保数字档案的完整性和可用性。

(三) 数据安全与灾难恢复

数字档案，作为珍贵的文化遗产和历史记忆的载体，其安全性不仅关乎个人和机构的利益，更与整个社会的文化传承息息相关。由于数字档案通常存储在计算机系统中，因此面临着来自网络的各种威胁，如黑客攻击、病毒入侵、数据篡改等。这些威胁不仅导致数据的泄露或损坏，还会使整个档案系统陷入瘫痪。为了防范这些风险，必须采取多层次的安全措施。

物理安全层面，存储数字档案的服务器和存储设备应放置在安全的物理环境中，配备必要的监控和报警系统，防止未经授权的物理访问；同时确保电源供应的稳定和可靠，以防止因电力故障导致的数据丢失。网络安全层面，建立完善的防火墙系统，防止外部恶意攻击；对内部网络进行细分，实施严格的访问控制策略，确保只有授权人员才能访问敏感数据；定期更新和修补系统漏洞也是必不可少的，以防止黑客利用已知漏洞进行攻击。在数据加密方面，采用业界认可的加密算法对敏感数据进行加密处理。这样即使数据在传输过程中被截获，攻击者也无法轻易解读其内容；加密密钥的管理也至关重要，必须确保密钥的安全存储和传输，防止密钥泄露。除了数据加密，数据备份也是确保数据安全的重要手段。通过定期备份数据，可以在数据遭受破坏或丢失时迅速恢复。备份数据应存储在安全可靠的地方，最好是远离原数据存储地的异地备份，以防止因自然灾害等原因导致的数据丢失。

在灾难恢复过程中，数据的完整性和可用性是关键。为了确保数据的完整性，定期对备份数据进行验证和测试；同时提高数据的可用性，采用冗余存储技术，如 RAID（独立磁盘冗余阵列），以提高数据存储的可靠性和性能。除了技术和设备层面的保障措施外，人员管理和培训也是数据安全和灾难恢复的重要环节。定期对相关人员进行数据安全意识和技能培训，提高他们的安全意识和应急处理能力；建立完善的安全管理制度和操作规程。

在数字档案的长期保存过程中，需特别注意法律法规的遵守。不同国家和地区对于数据保护和隐私的法律规定可能有所不同，因此必须确保数据存储和处理活动符合相关法律要求。包括获取必要的许可、确保数据主体的知情同意，以及响应数据主体的权利请求等。

西南民间文学的数字档案是传承这些文化遗产的重要方式，长期保存数字档案面临着诸多技术挑战。通过制定科学的长期保存策略，应对数据格式的兼容性、存储设备的寿命和数据安全等问题，确保西南民间文学的数字档案得到有效保护和传承。这需要不断探索新技术、新方法，以适应数字化时代的发展需求。

三、数字档案的安全与隐私保护

随着信息技术的迅猛发展，数字档案已成为西南民间文学传承的重要载体。然而，数字化带来的便捷性同时也伴随着安全与隐私方面的挑战。数字档案的安全不仅关乎文化遗产的完整保存，还涉及知识产权和个人隐私的保护。因此建立一个既能有效保存民间文学资料，又能确保信息安全与隐私的数字档案管理系统，是当前亟待解决的问题。

（一）数字档案的安全防护措施

物理安全是数字档案安全防护的基础，数字档案的存储设备应放置在安全、稳定的环境中，远离潜在的自然灾害和人为破坏。包括但不限于地震、洪水、火灾等自然灾害，以及盗窃、破坏等人为因素。为了实现这一目标，档案存储区域应设有严格的门禁系统，仅允许授权人员进入；同时，存储设备应采用高质量的防火、防水、防尘等材料制成，以应对各种可能发生的物理损害。

网络安全是数字档案安全防护的重要组成部分，由于数字档案经常需要在网络环境中进行传输和共享，因此必须采取有效的网络安全措施来防止数据泄露、篡改或损坏，包括使用先进的防火墙技术来阻止未经授权的访问，以及利用入侵检测系统实时监控网络流量，及时发现并应对潜在的网络攻击。定期更新和升级病毒防护软件也是必不可少的，以确保数字档案在网络环境中免受恶意软件的侵害。除了物理安全和网络安全外，数据加密也是保护数字档案安全的重要手段。通过对敏感数据进行加密处理，即使在数据传输过程中被截获，攻击者也难以解密和滥用这些数据。数据加密可以采用多种算法和技术，如对称加密、非对称加密等。在选择加密算法时，综合考虑其安全性、性能和易用性等因素。密钥的管理也至关重要，必须确保密钥的安全存储和传输，防止密钥泄露给未经授权的人员。

　　为了进一步提高数字档案的安全性，还可以采取一些其他措施。建立数据备份和恢复机制，以防止数据丢失或损坏；实施访问控制和身份认证机制，确保只有授权用户才能访问敏感数据；定期进行安全审计和风险评估，及时发现并解决潜在的安全隐患等。在数字档案的安全防护过程中，关注新技术的发展和应用；随着云计算、大数据、人工智能等技术的不断发展，利用这些技术来提升数字档案的安全性，利用云计算的弹性扩展和高度可用性特点，构建更加稳定可靠的数字档案存储平台；通过大数据分析技术，实时监测和分析数字档案的使用情况和安全状态；而人工智能技术则可以帮助自动识别和应对潜在的安全威胁。

　　结合上述关于数据档案的防护措施，可绘制如下表2-6：

表2-6 数字档案的安全防护措施

防护措施	详细描述
物理安全	档案存储设备放置在安全、稳定的环境中
	远离自然灾害（地震、洪水、火灾等）和人为破坏（盗窃、破坏等）
	档案存储区域设有门禁系统，仅允许授权人员进入
	存储设备采用高质量的防火、防水、防尘材料
网络安全	防止数据在网络环境中泄露、被篡改或损坏
	使用防火墙技术阻止未经授权的访问
	入侵检测系统实时监控网络流量，应对网络攻击
	定期更新和升级病毒防护软件
数据加密	对敏感数据进行加密处理，保护数据安全
	采用对称加密、非对称加密等算法和技术
	密钥的安全存储和传输，防止密钥泄露
数据备份	建立数据备份和恢复机制，防止数据丢失或损坏
访问控制	实施访问控制和身份认证机制
	确保只有授权用户能访问敏感数据

续表

防护措施	详细描述
安全审计	定期进行安全审计和风险评估
	及时发现并解决潜在的安全隐患
利用新技术	关注云计算、大数据、人工智能等新技术的发展和应用
	利用云计算构建稳定可靠的数字档案存储平台
	大数据分析技术监测数字档案的使用情况和安全状态
	人工智能技术自动识别和应对潜在的安全威胁

(二) 隐私保护的策略与实践

1. 隐私保护策略的制定

(1) 明确隐私保护原则：包括尊重个人隐私、合法合规、透明公开等。尊重个人隐私意味着在收集、使用和处理个人信息时，必须遵循个人的意愿和权益；合法合规则要求所有操作必须符合相关法律法规的要求；透明公开则是指隐私政策和相关数据使用情况应对公众公开，确保公众的知情权和监督权。

(2) 确定隐私信息的收集范围：包括个人身份信息、联系方式、家庭住址等敏感信息。收集这些信息时，必须向个人明确说明收集目的、使用方式和保护措施，并征得个人的明确同意，同时，尽量避免收集与数字档案建设和管理无关的隐私信息，以减少隐私泄露的风险。

(3) 制定隐私信息的使用和共享规则：明确隐私信息的使用目的和范围，确保只用于必要的业务处理和数据分析。当需要共享隐私信息时，必须与接收方签订严格的保密协议，并确保接收方具备相应的数据安全保护能力；定期对隐私信息的使用和共享情况进行审计和监督，确保没有违规操作。

2. 隐私保护实践

(1) 加强技术防护手段：采用先进的技术手段，利用数据加密技术对隐私信息进行加密处理，确保在传输和存储过程中的安全性；使用访问控制和身份认证技术，确保只有授权人员才能访问敏感信息；采用匿名化处理技术，对部分隐私信息进行脱敏处理，以减少隐私泄露的风险。

（2）建立完善的隐私信息管理制度：包括制定详细的隐私信息收集、使用、存储和销毁流程，明确各环节的责任人和操作规范；同时，定期对隐私信息管理制度进行审查和更新，以适应不断变化的安全威胁和技术环境。

（3）加强员工隐私保护意识培训：员工是隐私保护工作的关键执行者，通过定期的培训和教育活动，提高员工对隐私保护重要性的认识和理解，确保他们在日常工作中能够严格遵守隐私保护策略和管理制度。

（4）建立隐私泄露应急响应机制：当发生隐私泄露事件时，迅速启动应急响应计划，及时采取措施控制泄露范围并通知相关受影响的个人和组织；同时，对泄露事件进行深入调查和分析，总结经验教训并加强相应的安全防护措施。

（5）与相关部门和机构合作：隐私保护是一个涉及多个部门和机构的问题，与相关部门和机构进行合作是确保隐私保护策略有效实施的重要途径。例如，与数据保护机构、法律机构等进行合作，共同制定和执行隐私保护政策和标准；同时，也可以与其他数字档案机构进行交流和分享经验，共同提高隐私保护水平。

数字档案的安全与隐私保护是西南民间文学数字化传承中的重要环节，通过建立完善的安全防护体系和隐私保护策略，不仅可以确保民间文学资料的完整保存，还能有效保护相关人员的隐私权益。这对于促进西南民间文学的数字化传承与发展具有重要意义。未来应持续关注新技术的发展，不断更新和完善数字档案的安全与隐私保护措施，以适应数字化时代的新挑战。

第三章　西南民间文学数字化传承现状分析

第一节　数字采集存储手段有待革新

一、革新数字采集存储技术的必要性

随着数字化技术的飞速发展，西南民间文学的数字化传承已成为一种迫切的需求。数字化不仅可以有效保存这些珍贵的文化遗产，还可以通过互联网等平台，让更多人了解并欣赏到这些富有地域特色和民族风情的文学作品。然而，当前的数字采集存储手段存在着一些问题，亟待革新。

（一）数字采集技术的挑战与机遇

1. 数字采集技术的挑战

（1）技术难题与数据质量：数字采集技术的核心是将传统的、非电子化的文学资源转换为数字化格式。在这一过程中，常常会遇到技术难题，如扫描设备的精度问题、声音和影像的清晰度问题等。这些问题会导致数据采集的不完整或失真，从而影响数据的整体质量。特别是对于西南民间文学这样的非物质文化遗产，其丰富性和多样性对采集技术提出了更高的要求。

（2）兼容性与标准化问题：在数字采集过程中，不同设备、不同软件之间的兼容性问题也是一个不容忽视的挑战。由于缺乏统一的标准和规范，不同采集设备和软件生成的数据格式各不相同，这给后续的数据处理、整合和共享带来了极大的不便。

（3）数据处理与管理的复杂性：数字采集技术产生的数据量巨大，如何高效地处理和管理这些数据也是一个重要的挑战。数据的整理、分类、标注和检索都

需要耗费大量的人力和时间。随着技术的不断进步，数据的格式和存储方式也可能需要不断更新，这进一步增加了数据处理的复杂性。

（4）隐私和版权问题：在数字采集过程中，涉及大量的个人信息和知识产权问题。如何确保个人隐私不被侵犯，如何合理合法地使用和保护知识产权，是数字采集技术面临的另一个重要挑战。特别是在处理西南民间文学这样的非物质文化遗产时，更需要尊重原创者和传承人的权益。

将数字采集技术的挑战和解决方法绘制表格，如下表 3-1 所示：

表 3-1　数字采集技术的挑战和解决方法

挑战	解决方法
技术难题与数据质量	使用高精度的扫描设备和优质的录音录像设备来提高数据采集的质量
	针对不同类型的文学资源，选择合适的采集方法和设备
	对采集到的数据进行质量检查和修正，确保数据的完整性和准确性
兼容性与标准化问题	推动制定和采用统一的数据格式和标准，以促进不同设备和软件之间的兼容性
	使用数据转换工具或中间件，将不同格式的数据转换为统一的格式
数据处理与管理的复杂性	采用高效的数据处理和管理系统，自动化整理、分类、标注和检索数据流程
	定期对数据进行备份和迁移，以适应技术更新和存储需求的变化
	培训和引进数据处理专业人才，提高工作效率
隐私和版权问题	严格遵守隐私保护法规，确保个人信息的安全和隐私不被侵犯
	与原创者和传承人进行充分沟通，明确知识产权归属和使用权限
	采用加密技术和访问控制机制，保护数据的安全性和完整性

2. 数字采集技术的机遇

尽管数字采集技术面临着诸多挑战，但它也为西南民间文学的数字化传承带来了前所未有的机遇。

（1）永久保存与广泛传播：通过数字采集技术，可以将西南民间文学以数字化的形式永久保存下来，防止因时间流逝而导致的文化遗产的流失。数字化资源可以通过互联网等渠道进行广泛传播，让更多的人了解和欣赏到西南民间文学的魅力。

（2）多样化的展示方式：数字采集技术不仅可以将文本、图像等静态信息转化为数字化形式，还可以将声音、影像等动态信息一同采集并保存下来。为西南民间文学的展示提供了更多样化的方式，使得观众可以从多个角度、更直观地感受到民间文学的艺术魅力。

（3）便于研究与利用：数字化资源便于检索、复制和分享，为学者和研究人员提供了极大的便利。通过关键词搜索、数据分析等方式，更高效地研究和利用西南民间文学资源。同时，数字化资源也为教育和宣传工作提供了丰富的素材和便利的工具。

（4）创新与发展：数字采集技术为西南民间文学的传承与创新提供了新的可能，通过数字化手段，对民间文学作品进行再创作和改编，使其以全新的面貌呈现在观众面前。同时，数字化平台也为民间文学的传播和推广提供了更多元化的渠道和方式。

（二）数字存储技术的瓶颈与发展

1. 数字存储技术的瓶颈

（1）存储容量瓶颈：随着数字化内容的不断增加，存储容量需求呈现爆炸式增长。传统的硬盘、光盘等存储设备虽然在不断提升容量，但仍然难以满足大规模数据的存储需求。尤其是在处理西南民间文学这样的海量数据时，存储容量的限制成为一个显著的瓶颈。

（2）数据存储的稳定性与持久性：数据存储的稳定性和持久性是衡量存储技术的重要指标。当前的一些存储设备在长期保存数据方面仍存在挑战，数据损坏、丢失或无法读取的风险随着存储时间的延长而增加，这对需要长期保存的西南民间文学数据来说是一个严重的问题。

（3）数据安全与隐私保护：随着数字化程度的提高，数据安全和隐私保护问题日益凸显。存储设备的安全性能直接关系到数据的保密性。在存储西南民间文学数据时，如何确保数据不被非法访问、篡改或删除，是当前存储技术面临的一个重要瓶颈。

（4）数据迁移与兼容性：随着技术的更新换代，数据迁移和兼容性问题也逐渐显现。不同存储设备、不同系统之间的数据迁移均面临格式转换、数据损失等风险。对需要长期保存的西南民间文学数据来说，如何在技术更新中保持数据的完整性和可用性是一个亟待解决的问题。

2. 数字存储技术的发展

尽管数字存储技术面临诸多瓶颈，但随着科技的不断进步和创新，也看到了许多令人鼓舞的发展趋势。

（1）存储容量的不断提升：随着纳米技术、光学存储等新技术的发展，存储设备的容量正在不断提升。未来有望看到更大容量的存储设备出现，以满足不断增长的数据存储需求。

（2）新型存储材料的研发：科学家们正在不断探索新型存储材料，如碳纳米管、石墨烯等，这些材料具有更高的存储密度和更快的读写速度，有望为数字存储技术带来新的突破。

（3）分布式存储技术的应用：分布式存储技术通过将数据分散存储在多个节点上，提高数据的可靠性和可用性。这种技术不仅可以解决存储容量问题，还能在一定程度上保障数据的安全性和隐私性。对西南民间文学这样的大型数据集来说，分布式存储技术具有重要的应用价值。

（4）数据加密与备份技术的发展：为了应对数据安全和隐私保护问题，数据加密技术正在不断发展完善。同时，数据备份技术也日益成熟，通过多重备份和远程备份等方式，可以大大降低数据丢失的风险。这些技术为西南民间文学数据的长期保存提供了有力保障。

（5）智能化存储管理：随着人工智能和机器学习技术的发展，智能化存储管理正成为可能。通过智能算法对数据进行分类、压缩和优化存储，可以更有效地利用存储空间并提高数据访问速度。这种智能化存储管理方式对于处理西南民间文学这样的大规模数据集具有重要意义。

革新数字采集存储技术对于西南民间文学的数字化传承具有至关重要的意义,通过改进采集手段和提升存储技术,不仅可以更好地保护和传承这些独特的文化遗产,还能够拓宽其传播渠道,让更多人领略到西南民间文学的魅力。因此,正视当前数字采集存储手段的不足,积极探索新的技术方法和手段,为西南民间文学的数字化传承注入新的活力。

二、新技术在数字采集存储中的应用前景

随着科技的飞速发展,新技术层出不穷,为数字采集和存储领域带来了前所未有的变革。这些新技术不仅大幅提高了数据采集的精度和效率,还为长期、安全地存储海量数据提供了可能。对西南民间文学的数字化传承而言,积极拥抱和应用这些新技术,将为其保护和传承开辟新的路径。

(一)云计算在数字采集存储中的应用

云计算,作为信息技术领域的一种重要创新和服务模式,正在逐渐渗透到各行各业,并为数据的采集、存储和处理提供了全新的解决方案。在西南民间文学的数字化传承过程中,云计算技术同样展现出了其独特的优势和应用前景。云计算的核心思想是将大量的计算资源、存储资源和网络资源进行集中管理和动态分配,从而为用户提供高效、灵活且可扩展的服务。

在数字采集存储方面,云计算的应用主要体现在以下几个方面:云计算为数字采集提供了强大的支持,传统的数字采集方式往往受到设备性能、存储空间和网络带宽的限制,而云计算则能够突破这些限制。通过云计算平台,用户可以随时随地通过网络进行数据采集,并将数据实时上传到云端进行存储和处理。这种方式不仅提高了数据采集的效率和灵活性,还大大降低了采集成本。云计算为数字存储提供了海量的空间,随着西南民间文学数字化传承的深入推进,数据量呈现出爆炸式的增长。传统的存储设备很难满足这种大规模的数据存储需求,而云计算则提供了几乎无限的存储空间。通过分布式存储技术,云计算可以将数据分散存储在多个节点上,从而实现了数据的高可用性和可扩展性。云计算还为数字存储提供了更高的安全性和可靠性,在云端,数据可以通过多重备份、加密传输

和访问控制等手段得到全方位的保护。即使在面临自然灾害或人为破坏等极端情况下，云计算也能通过数据冗余和灾备机制确保数据的安全性和完整性。

除了上述优势外，云计算还为数字采集存储带来了更多的便捷性和创新性。通过云服务，用户可以随时随地访问和管理自己的数据，无须担心数据丢失或损坏的问题。同时，还为数据的分析和挖掘提供了强大的计算能力和算法支持，有助于更深入地研究和传承西南民间文学。

（二）大数据技术在数字采集存储中的潜力

大数据技术能够实现高效的数据压缩和去重，从而优化存储空间。通过先进的算法，大数据技术可以在保证数据质量的前提下，有效地减少存储所需的空间，降低存储成本。对需要长期保存的西南民间文学数据来说，具有非常重要的意义。大数据技术提供了强大的数据索引和检索功能，通过对数据进行合理的分类和标签化，大数据技术可以帮助用户快速定位到所需的信息，提高数据的使用效率。对研究者来说，能够极大地提升研究工作的便捷性和准确性。

数据技术还能为数据的安全性和完整性提供有力保障，通过数据加密、访问控制等手段，大数据技术可以确保数据在存储过程中不被非法访问或篡改。利用数据冗余和灾备技术，大数据技术还能在数据遭受意外损坏时迅速恢复数据的完整性。除了上述潜力外，大数据技术还能为数字采集存储带来更深层次的变革，通过对海量数据的深入挖掘和分析，大数据技术可以帮助发现西南民间文学中的内在规律和特点，为文学研究和创作提供新的视角和思路。同时，大数据技术还能为文化传播和产业发展提供数据支持，推动西南民间文学的数字化传承走向更深入、更广阔的领域。

（三）人工智能在数字采集存储中的创新应用

1. 智能数据采集

在数字采集方面，人工智能技术的引入极大地提高了数据采集的效率和准确性。传统的数据采集方法往往需要人工进行大量的筛选、分类和整理工作，不仅效率低下，而且容易出错。而人工智能技术则可以通过自然语言处理（NLP）和图像识别等技术，自动对数据源进行解析和提取，实现数据的智能采集。对西南民间文学来说，意味着可以从海量的网络资源、图书馆藏书、民间传说等中自动提取出有价值的文学信息，为后续的数字化存储和研究提供丰富的素材。人工智能还可以根据用户的需求和偏好，智能推荐相关的民间文学作品，提高用户体验和满意度。

2. 智能数据存储与管理

在数字存储方面，人工智能技术的应用同样具有显著的优势。传统的数据存储方式往往只是简单地将数据保存在硬盘或云服务器上，缺乏对数据的深入分析和挖掘。而人工智能技术则可以通过机器学习和数据挖掘算法，对数据进行深入的分析和挖掘，发现数据之间的关联和规律，为数据的存储和管理提供更多的智能决策支持。对西南民间文学的数字化存储来说，人工智能技术可以更合理地规划存储空间、优化数据存储结构、提高数据访问速度等。人工智能还可以通过数据压缩和去重技术，有效地减少存储空间的占用，降低存储成本，同时实现数据的智能备份和恢复。通过对数据进行定期的备份和检查，确保数据的完整性和安全性。在数据遭受意外损坏或丢失时，人工智能可以迅速定位并恢复数据，保证数字化传承的连续性和稳定性。

3. 智能数据检索与分析

人工智能技术在数据检索和分析方面也展现出了强大的能力，通过自然语言处理和语义分析技术，人工智能可以准确地理解用户的查询意图，并从海量的数据中快速检索出相关信息，同时，人工智能还可以对数据进行深入的分析和挖掘，发现数据之间的内在联系和规律，为用户提供更有价值的信息和见解。对西南民间文学的数字化传承来说，研究者可以通过简单的查询语句或关键词，快速找到相关的民间文学作品和研究资料。人工智能还可以对民间文学作品的风格、主题、情感等进行深入的分析和挖掘，为文学研究提供新的视角和思路。表3-2是人工智能在数字采集存储中的创新应用整理。

表 3-2　人工智能在数字采集存储中的创新应用

应用领域	创新应用	具体描述
智能数据采集	自动化解析与提取	通过 NLP 和图像识别技术，自动从各种数据源中提取有价值的文学信息
	智能推荐	根据用户需求和偏好，智能推荐相关的民间文学作品
智能数据存储与管理	智能决策支持	利用机器学习和数据挖掘算法，为数据存储和管理提供智能决策支持
	存储优化	合理规划存储空间，优化数据存储结构，提高数据访问速度
	数据压缩与去重	有效减少存储空间占用，降低存储成本
	智能备份与恢复	实现数据的定期备份、检查，并在数据损坏或丢失时快速恢复
智能数据检索与分析	自然语言检索	通过 NLP 和语义分析技术，准确理解用户查询意图，并快速检索相关信息
	数据分析与挖掘	深入分析和挖掘数据之间的内在联系和规律，提供有价值的信息和见解
	文学研究支持	对民间文学作品进行深入分析，为文学研究提供新的视角和思路

新技术在数字采集存储中的应用前景广阔，为西南民间文学的数字化传承注入了新的活力。云计算、大数据和人工智能等技术的融合应用，将大幅提高数据采集的精度和效率，优化数据存储策略，降低存储成本，并为民间文学的研究和传播提供有力支持。然而，如何将这些新技术与民间文学的数字化传承紧密结合，仍需要我们不断探索和实践。

三、提升数字采集存储效率的策略建议

随着信息技术的飞速发展，数字化已成为保护和传承西南民间文学的重要手段。然而，当前数字采集与存储的效率仍然较低，无法满足大规模、高效率的数字化需求。因此，要探索提升数字采集存储效率的策略，以更好地保护和传承西南民间文学。

（一）加强技术研发，提升数字化工具性能

在西南民间文学的数字化传承过程中，技术研发是提升数字化工具性能、提高数字采集存储效率的关键。随着信息技术的不断进步，数字化工具已经成为记录、保存和传播民间文学的重要载体。针对数字化工具性能提升的研发方向，可以从硬件和软件两个方面入手。

在硬件方面，研发更高效的扫描设备和图像采集工具是关键。开发高分辨率、高速度的扫描仪，能够快速准确地捕捉民间文学作品的图像信息，提高数据采集的效率，同时，研究更先进的存储设备，以支持更大规模的数据存储需求。

在软件方面，优化数字化工具的数据处理算法，提高数据处理的速度和准确性。利用人工智能和机器学习技术，对图像进行智能识别和分类，自动提取关键信息，减少人工干预的需求；开发更智能的数据管理系统，实现数据的自动整理、归类和检索，提高数据利用的效率。

除了硬件和软件方面的研发，还需要关注数字化工具与用户的交互体验。优化用户界面，使其更加简洁易用，降低用户使用难度。同时，提供详细的操作指南和在线支持，帮助用户更好地掌握数字化工具的使用方法，提高用户满意度。在实际应用中，结合西南民间文学的特点和需求，定制化地开发数字化工具。例如，针对民间歌谣、传说故事等不同类型的文学作品，开发相应的数字化采集和存储工具，以满足不同类型作品的数字化需求。

（二）构建统一的数字化标准与规范

统一的标准与规范能够确保数字化工作的有序进行，在数字化过程中，涉及多个环节和多种技术，如果没有统一的标准，各个环节之间将难以顺畅衔接。通过制定明确的标准与规范，可以使得数字化工作更加系统化、规范化，从而提高整个数字化传承的效率和质量。统一的标准与规范有助于实现信息共享和交互，在数字化传承中，信息的共享和交互是必不可少的。然而，由于数据格式和标准的差异，不同系统之间的信息交互往往存在障碍。通过建立统一的标准与规范，消除这些障碍，使得不同系统之间的信息能够顺畅流通，从而更好地满足用户的

需求。

　　针对西南民间文学的数字化传承，构建统一的标准与规范需要从多个方面入手。一是制定数据采集标准，明确采集的内容、格式和质量要求，确保采集到的数据具有可比性和准确性。二是建立数据存储规范，规定数据的存储方式、命名规则、备份策略等，以确保数据的安全性和可访问性。三是制定数据处理和分析标准，明确数据处理的流程和方法，以及分析结果的表示和解读方式，从而提高数据处理的效率和准确性。在实施过程中，广泛征求专家意见，结合西南民间文学的特点和需求，制定切实可行的标准与规范；加强宣传和培训，提高相关从业人员对标准与规范的认识和理解，确保标准与规范得到有效执行；建立监督机制，对数字化传承过程中的标准与规范执行情况进行监督和检查。对于不符合标准与规范的行为，及时进行纠正和整改，以确保数字化传承的质量和效率。

（三）利用云计算和大数据技术优化存储管理

　　利用云计算和大数据技术优化存储管理，首先，建立一个完善的云存储平台。平台应具备高可用性、高可扩展性和强安全性等特点，能够支持海量数据的快速上传、下载和备份，同时，平台还应提供丰富的数据管理工具和服务，如数据分类、检索、可视化展示等，以方便用户对数据进行高效管理和利用。其次，运用大数据技术对数据进行深度挖掘和分析，包括对数据的清洗、整合、建模和预测等一系列操作，以发现数据中的关联性和趋势性，为文学研究和保护工作提供有力支持。利用大数据分析技术，对民间文学作品的传播路径和受众特点进行深入分析，从而制定更精准的推广策略和保护措施。云计算和大数据技术的结合还可以帮助实现数据的长期保存和灾备，通过云存储的分布式架构和数据冗余技术，确保数据的可靠性和稳定性；而通过大数据技术的实时监控和预警机制，及时发现并处理数据异常和安全隐患，防止数据丢失或损坏。

（四）加强数据安全与隐私保护

　　针对数据安全，建立多层次的安全防护体系。在数据存储方面，采用先进的加密技术，确保即使数据被盗取，也难以被解密和滥用；同时，建立完善的备份机制，以防数据丢失或损坏。在数据传输过程中，使用安全的通信协议，防止数据在传输过程中被截获或篡改；定期对系统进行安全漏洞扫描和修复也是必不可少的。

在隐私保护方面，严格遵守相关的法律法规，确保个人信息的收集、使用和处理都符合规定。对于涉及个人隐私的信息，如作者的身份信息、联系方式等，进行脱敏处理或加密存储，避免不必要的信息泄露。建立完善的用户授权机制，确保只有经过用户明确授权的情况下，才能访问和使用其个人信息。除了技术和法律层面的保障，加强人员培训也是提升数据安全和隐私保护能力的重要环节。通过定期的培训和教育，提升相关从业人员对数据安全和隐私保护的意识和技能，确保他们在处理数据时能够严格遵守规定，有效防范各种安全威胁。

与专业的信息安全机构合作，共同研究和应对数字化传承过程中遇到的各种安全挑战。通过共享信息、交流经验和技术合作，不断提升安全防护能力。建立一个持续监控和评估的机制，定期对数据安全和隐私保护工作进行检查和评估。通过收集用户反馈、分析安全事件和进行风险评估等方式，及时发现和解决问题，确保数据安全和隐私保护工作的有效性。

提升数字采集存储效率是保护和传承西南民间文学的关键环节。通过加强技术研发、构建统一标准、利用云计算和大数据技术以及加强数据安全与隐私保护等策略的实施，有效提高数字采集与存储的效率和质量，为西南民间文学的数字化传承奠定坚实基础。

第二节　数字展示传播渠道较为单一

一、现有数字展示传播渠道的分析

随着信息技术的不断发展，数字化成为西南民间文学传承与创新的重要手段。然而，在实际操作过程中，发现数字展示传播渠道仍然显得较为单一，主要体现在以下几个方面。

（一）主要依赖传统网络平台

在西南民间文学的数字化传承过程中，传统网络平台如网站、论坛等，长期扮演着关键角色。这些平台作为早期互联网的主要交流空间，曾是信息传播的重要渠道，对于民间文学的数字化保存与传播起到了积极的作用。然而，随着科技的飞速发展和新媒体的崛起，这种依赖逐渐显现出其局限性。

传统网络平台的信息呈现方式相对单一，主要以文字和图片为主，难以全面展现西南民间文学的丰富内涵和独特魅力。一些口头传统、表演艺术等非物质文化遗产，仅仅通过文字和图片是难以还原其生动场景和深厚文化底蕴的。在一定程度上削弱了民间文学的艺术感染力和文化传承的深度。传统网络平台的互动性相对较弱，用户参与度有限。在数字化传承中，互动性和用户参与是推动文化传承的重要力量。然而，传统网络平台往往只能提供单向的信息传递，缺乏即时的反馈和交流机制。使得用户难以深入参与到民间文学的传承和创新过程中，从而限制了文化传承的活力和创造力。随着移动互联网的普及和新媒体的快速发展，用户的信息获取习惯也在发生变化。越来越多的人倾向于通过移动设备随时随地获取信息，而传统网络平台在移动端的表现并不尽如人意。界面设计陈旧、加载速度慢、用户体验不佳等问题逐渐凸显，导致年轻用户对传统网络平台的兴趣逐渐减弱。

（二）缺乏创新传播方式

传统的传播方式，如书籍、报刊、广播和电视等，虽然在过去的几十年里为西南民间文学的传播做出了巨大贡献，但在数字化时代背景下，这些方式显然已经无法满足现代受众的需求。现代受众更加倾向于碎片化、快节奏的信息获取方式，而传统的传播方式在这方面存在明显的不足。

缺乏创新传播方式的直接后果就是民间文学与现代受众之间产生隔阂，许多年轻人对传统文化和民间文学并不感兴趣，部分原因就在于传播方式未能与时俱进，没有抓住年轻人的兴趣点。年轻人更倾向于通过社交媒体、短视频平台等新兴媒体来获取信息和娱乐，而传统的民间文学传播方式在这些平台上显然缺乏存在感。缺乏创新传播方式还影响了西南民间文学的国际传播，在全球化的今天，文化交流日益频繁，如何让西南民间文学走向世界，被更多人了解和欣赏，是一个值得深思的问题。然而，传统的传播方式往往受限于地域和语言，难以突破文化壁垒，阻碍了民间文学的国际传播。

（三）跨文化传播渠道有限

跨文化传播渠道有限是一个复杂的问题，涉及技术、文化、政策和商业等多个方面，但由于种种限制，其渠道并不如人们期望的那么广泛和多样。

1. 技术限制

技术层面的限制是影响跨文化传播渠道拓展的重要因素。虽然互联网的发展极大地促进了信息的全球流动，但在一些地区，尤其是偏远或欠发达地区，网络基础设施仍然薄弱，导致信息传播不畅。即使在网络覆盖较好的地区，由于网络速度、稳定性和设备普及率的差异，跨文化传播的效果也会大打折扣。比如，在一些网络速度较慢的国家，观看高清视频或参与实时在线交流变得困难重重。

2. 文化差异

是跨文化传播渠道有限文化差异的另一个重要原因，不同的文化背景下，人们对于信息传播方式、内容和风格的接受度大不相同。在某些文化中，直接、坦率的表达方式被视为恰当，而在其他文化中则被视为冒犯。这种文化差异导致在跨文化传播过程中，信息因不符合目标受众的文化习惯而被误解或排斥。例如，一些西方国家的广告在中国因文化差异而难以被接受，反之亦然。这种文化差异不仅限制跨文化传播的渠道，还容易引发文化冲突和误解。

3. 政策与法规

政策与法规是影响跨文化传播渠道的重要因素，某些国家对外部媒体或文化产品设有严格的审查和限制，以保护本国文化和避免不良信息流入。这种政策限制导致外部媒体无法直接进入这些市场，从而限制了跨文化传播的渠道。知识产权法律在不同国家之间的差异也可能导致文化传播受阻，例如，某些在一个国家合法的内容在另一个国家因版权问题而无法得到传播。

4. 商业因素

商业因素也是影响跨文化传播渠道的一个重要因素，媒体公司和文化产业出于经济考虑而选择性地推广某些内容，而忽视那些商业价值较低但具有文化价值的内容。这种选择性的文化传播策略导致某些文化内容被边缘化或忽视。跨国媒体集团因市场策略、版权问题或地方保护主义而难以进入某些市场，这也限制了跨文化传播的渠道。

5. 语言障碍

语言作为文化的核心组成部分，对跨文化传播具有重要影响。尽管英语已成为全球通用语言之一，但仍有许多地区使用不同的语言。语言障碍使得非英语国家的文化内容难以被更广泛地传播和接受。即使通过翻译工具进行转换，也可能因语境和文化背景的差异而导致信息失真。

综上所述，西南民间文学的数字化传承在数字展示传播渠道方面仍存在较大的发展空间。为了更有效地推动民间文学的传承与发展，需要积极拓展多元化的数字展示传播渠道，创新传播方式，并加强跨文化传播能力。通过充分利用新媒体技术和平台优势，可以为西南民间文学的传承注入新的活力，使其在新时代焕发出更加绚丽的光彩。

二、多元化数字展示传播渠道的需求

在数字化时代背景下，西南民间文学的传承与发展迎来了新的机遇与挑战。虽然现有的数字化技术为民间文学的传播提供了便利，但单一的数字展示传播渠道限制了其更广泛的传播与影响力。为了满足不同受众群体的需求，提升西南民间文学的知名度和影响力，多元化数字展示传播渠道的需求越发迫切。

（一）拓展多样化传播平台

社交媒体平台是拓展传播渠道的重要途径，随着社交媒体的普及，人们越来越习惯通过微信、微博、抖音等平台获取信息和娱乐。因此，可以利用这些社交媒体平台，创建专门的账号或页面，定期发布关于西南民间文学的内容，如故事、歌谣、谚语等；同时通过与网友互动，回答他们的问题，解决他们的疑惑，进一步增强他们对西南民间文学的兴趣和认同；还可以与知名文化博主或意见领袖合作，通过他们的推广，让更多人了解和关注西南民间文学。

网络视频平台也是不容忽视的传播渠道，随着网络视频的兴起，越来越多的人通过观看视频来获取信息。制作关于西南民间文学的短视频或纪录片，发布在各大视频平台上，视频包含民间故事的讲述、文学作品的朗诵、民俗活动的记录等，让观众在欣赏视频的同时，感受到西南民间文学的魅力。此外，还可以邀请知名文化学者或艺术家进行访谈或讲座，深入探讨西南民间文学的内涵和价值，提升观众对其的认知和理解。

移动应用平台也是拓展传播渠道的有效方式，随着智能手机的普及，移动应用成为人们日常生活中不可或缺的一部分。开发一款关于西南民间文学的移动应用，为人们提供丰富的文学资源、互动游戏、在线讲座等功能。用户可以通过该应用随时随地了解和学习西南民间文学，与其他文学爱好者交流心得和体验。通过与教育机构的合作，还可以将西南民间文学的内容融入课程教育中，让更多的学生了解和传承这一文化遗产。

除了以上几种平台外，还可以考虑利用虚拟现实（VR）和增强现实（AR）技术来拓展传播渠道。通过VR和AR技术，打造沉浸式的阅读体验，让读者身临其境地感受西南民间文学的场景和氛围。例如，制作VR故事片或AR图书，让读者在虚拟环境中与文学作品中的角色互动，增强阅读的趣味性和互动性。这种新颖的阅读方式不仅可以吸引更多年轻群体的关注，还可以为西南民间文学的传承注入新的活力。以下是多样化的传播平台，如表3-3所示：

表3-3　多样化的传播平台

数字展示平台	描述
官方网站/APP	通过专门的网站或应用程序展示西南民间文学内容，提供交互式的浏览和阅读体验
社交媒体	利用微博、微信、抖音等社交媒体平台，发布和传播西南民间文学相关内容，吸引更多用户关注和互动
数字博物馆/图书馆	建立数字博物馆或图书馆，集中展示西南民间文学的数字化资源，供用户在线参观和学习

续表

数字展示平台	描述
网络视频平台	在哔哩哔哩、腾讯视频等网络视频平台上发布西南民间文学相关的视频内容,扩大受众范围
电子书平台	将西南民间文学作品制作成电子书形式,在掌阅、Kindle 等电子书平台上发布,方便用户随时阅读
互动式展览	利用 AR、VR 等技术,创建互动式的西南民间文学展览,提供沉浸式的体验和学习机会

(二) 创新数字化展示方式

随着科技的进步,虚拟现实(VR)和增强现实(AR)技术为西南民间文学的数字化展示提供了前所未有的可能性。借助 VR 技术,构建一个虚拟的西南民间文学世界,让读者身临其境地体验故事情节,与作品中的人物互动。例如,通过 VR 头盔,读者进入一个仿真的西南古镇,与镇上的居民交流,听他们讲述古老的传说和故事,从而更加直观地感受西南民间文学的魅力。AR 技术则可以将虚拟信息与现实世界相结合,为读者带来全新的阅读体验。通过扫描书籍或图片上的特定标记,读者在手机或平板电脑上看到与西南民间文学作品相关的 3D 模型、动画或互动场景。这种展示方式不仅丰富了读者的视觉体验,还能激发他们对文学作品的兴趣和想象力。

除了 VR 和 AR 技术,数字化高清影像技术也可以用于西南民间文学的展示。将经典的民间故事、歌谣、谚语等制作成高清影像作品,通过投影仪或大屏幕展示,让观众在欣赏精彩影像的同时,感受到西南民间文学的韵味。此外,利用音频技术,制作高质量的有声读物,让读者在聆听中感受文学作品的魅力。在创新数字化展示方式的过程中,交互式展示也是一个值得探索的方向。通过开发互动游戏、在线问答等形式,让读者更加主动地参与到西南民间文学的学习和传承中来。例如,设计一款以西南民间文学为主题的角色扮演游戏,让玩家在游戏中扮演不同的角色,完成任务,解锁故事线索,从而深入了解西南民间文学的内涵。

深入挖掘西南民间文学的丰富资源,挑选具有代表性的作品进行数字化展示。在展示过程中，注重保持文学作品的原汁原味，同时结合现代审美观念和技术手段，进行再创作和呈现，使之更加符合当代观众的审美需求。还可以利用大数据和人工智能技术来分析观众的喜好和行为习惯，为他们推荐符合其兴趣的文学作品和展示方式。通过与观众的互动和反馈收集，不断优化数字化展示方式，提升观众的阅读体验。

（三）整合线上线下资源

在数字化时代，虽然线上资源获取和传播变得更为便捷，但线下资源同样具有不可替代的价值。对西南民间文学的数字化传承来说，整合线上线下资源显得尤为重要，不仅可以拓宽传承渠道，还能增强传承效果，使更多人亲身感受和体验到民间文学的魅力。

线上线下资源的整合，要做的是对线下资源的全面梳理和挖掘。西南民间文学植根于丰富的地域文化和民族传统之中，大量的故事、歌谣、谚语等都蕴藏在各个民族的口传心授之中。因此，组织专业的文化工作者深入田野，进行实地的采风和记录，将这些珍贵的口头文学资源转化为可数字化保存和传播的文本、音频或视频资料。在梳理线下资源的同时，建立完善的数字化档案和数据库。通过数字化技术，将这些线下采集的民间文学资料进行分类、编码和存储，不仅方便后续的检索和使用，也能有效防止这些宝贵文化的遗失。此外，利用大数据技术，分析哪些故事或歌谣在民众中最受欢迎，哪些元素最具有地域特色，从而为后续的文学创作和文化产品开发提供数据支持。

线上资源的整合则主要依赖于互联网和数字媒体技术，通过建立专门的网站、社交媒体账号或移动应用平台，将线下采集和整理的民间文学资源以数字化的形式进行展示和传播。这些平台不仅可以提供文本阅读、音频聆听、视频播放等多种形式的体验，还能通过互动式的设计，让读者参与到故事的创作和分享中来，从而增加传承的趣味性和参与度。除了单纯的线上展示，还可以通过线上活动来进一步激发公众对西南民间文学的兴趣。比如，定期举办线上的故事创作大赛、朗诵比赛或文化知识竞赛等，鼓励网友积极参与，通过比赛的形式让更多人了解和喜爱西南民间文学。同时，这些线上活动还能为线下的文化活动提供宣传和推广的渠道，吸引更多人亲身参与。

线上线下资源的整合是一个持续不断的过程，需要定期更新线上平台的内容，反映最新的田野调查成果和学术研究动态；也要根据网友的反馈和需求，不断优化线上平台的用户体验和功能设计。在线下方面，定期组织文化活动、讲座、展览等，让线上线下的传承相辅相成，形成良性的互动和循环。整合线上线下资源还需要注重版权保护和合理使用，在数字化传承过程中，要确保对原创作品的尊重和保护，避免侵犯他人的知识产权。同时也要合理使用线上线下资源，确保资源的可持续利用和发展。

多元化数字展示传播渠道是西南民间文学数字化传承的重要发展方向，通过拓展多样化传播平台、创新数字化展示方式以及整合线上线下资源等措施，有效地提升西南民间文学的影响力和知名度，为这一宝贵的文化遗产注入新的活力。在未来的发展中，积极探索更多元化、创新性的数字化传承路径，让西南民间文学在新时代焕发出更加绚丽的光彩。

三、拓展数字展示传播渠道的策略

在数字化时代背景下，西南民间文学的传承面临诸多挑战，其中之一便是数字展示传播渠道的单一性。为了更有效地推广和保护西南民间文学，我们必须积极探索和拓展多元化的数字展示传播渠道。本部分将详细探讨拓展数字展示传播渠道的策略，以期为西南民间文学的广泛传播提供有力支持。

（一）利用社交媒体平台拓宽传播范围

在数字化时代，社交媒体平台已经成为信息传播的重要渠道。对西南民间文学而言，利用社交媒体平台拓宽传播范围，不仅能够让更多人了解和欣赏这一独特的文化遗产，还能为其传承与发展注入新的活力。

社交媒体平台具有用户基数大、覆盖面广的优势，诸如微信、微博、抖音等平台，拥有数以亿计的用户，通过在这些平台上发布和推广西南民间文学的相关内容，可以迅速触达更广泛的受众群体。无论是文字、图片、视频还是直播形式，都能让西南民间文学以更加生动、直观的方式呈现在大众面前。社交媒体平台的互动性强，有助于提高受众的参与度和黏性。通过点赞、评论、转发等功能，用户可以轻松参与到西南民间文学的传播过程中，与其他文学爱好者进行交流和分享。这种互动不仅能够增强用户对西南民间文学的兴趣和认同感，还能帮助发现潜在的传承人和研究者，为西南民间文学的传承与发展储备人才。

在实施利用社交媒体平台拓宽传播范围的策略时，注重内容的质量和创意。只有制作出高质量、有趣、有教育意义的内容，才能吸引用户的关注并激发他们的分享欲望。例如，结合西南民间文学的特点和元素，创作富有创意的短视频、图文故事或互动游戏，让用户在娱乐中了解和学习西南民间文学。除了创意内容，还要制定合适的推广策略。通过与社交媒体平台上的知名博主、网红或意见领袖进行合作，邀请他们分享和推广西南民间文学的相关内容，迅速扩大其影响力和知名度。同时，利用社交媒体平台的广告投放功能，精准定位目标受众，提高内容的曝光率和点击率。

建立专门的社交媒体运营团队，拓宽社交媒体平台传播范围。这个团队将负责策划、制作和推广西南民间文学的相关内容，与受众进行互动和交流，及时处理用户的反馈和建议。通过专业的运营和管理，确保西南民间文学在社交媒体平台上的持续传播和影响力。利用社交媒体平台拓宽传播范围还需要注重数据的分析和优化，通过收集和分析用户在社交媒体平台上的行为数据，了解用户的喜好和需求，从而调整和优化传播策略。例如，根据用户的点击率、分享率和评论情况，判断哪些内容更受欢迎，哪些渠道更有效，以便更好地调整后续的传播计划。

（二）借助网络视频平台增强视觉冲击力

网络视频平台具有传播速度快、覆盖面广的特点，一部精心制作的关于西南民间文学的视频，在短短几天内就可能获得成千上万的点击量，迅速将这一文化遗产展现给全国各地的网友。而且与文字和图片相比，视频能够更直观、更生动地展现西南民间文学中的故事情节、人物形象和地域特色，使观众身临其境地感受到浓厚的文化氛围。

视频的形式多样，可以是纪录片、微电影、动画等，为西南民间文学的传播提供了更多的可能性。制作一部关于西南民间文学的纪录片，通过实地拍摄、专家访谈、情景再现等方式，深入展现其历史渊源、文化内涵和社会价值；或根据某个具体的民间故事，制作一部微电影或动画，以更加生动有趣的方式讲述故事，吸引年轻观众的眼球。在制作网络视频时，注重内容的策划和制作质量。一方面，深入挖掘西南民间文学的内涵和价值，选取具有代表性的故事或人物进行拍摄；另一方面，注重视频的剪辑、音效、配乐等后期制作，打造出高品质的视听效果。同时利用特效、动画等手段，增强视频的视觉冲击力，使观众在观看过程中获得更加深刻的感受和体验。

除了制作高质量的视频内容，还要注重视频的推广和传播。通过与知名的网络视频平台合作，将视频内容推送给更多的用户。同时，也可以利用社交媒体、短视频平台等多渠道进行推广，吸引更多的观众点击观看。此外，还可以设置一些互动环节，如观众投票、弹幕评论等，让观众更加积极地参与到视频的观看和传播过程中。

（三）开发移动应用提升互动体验

针对西南民间文学的特点和受众，设计一款集阅读、学习、互动于一体的综合性应用。该应用可提供丰富的民间文学资源，如故事、歌谣、谚语等，让用户随时随地都能沉浸在西南民间文学的世界中。

在内容呈现上，利用多媒体技术，如图文、音频、视频等，将西南民间文学的内容以更加生动、有趣的方式展现出来。用户不仅可以通过文字阅读故事，还能听到地道的方言诵读，看到相关的视频资料，全方位地感受西南民间文学的魅力。互动体验是移动应用的核心竞争力，设计多种互动功能，如用户评论、点赞、分享等，让用户能够轻松参与到西南民间文学的传播过程中；此外，还可以设置在线问答、知识竞赛等环节，激发用户的学习兴趣和参与度。通过互动功能，用户可以与其他文学爱好者进行交流和分享，共同感受西南民间文学的魅力。除了基本的阅读和互动功能，移动应用还可以结合虚拟现实（VR）和增强现实（AR）技术，为用户提供更加沉浸式的阅读体验。通过 VR 技术，用户身临其境地感受西南民间文学的场景和氛围，而 AR 技术则可以将虚拟的信息叠加到现实世界中,让用户在与现实世界的交互中感受西南民间文学的魅力。

移动应用还可以通过积分系统、勋章奖励等方式激励用户持续使用和学习。用户通过完成任务、参与互动等方式获得积分和勋章,进而解锁更高级的功能或获取更多的文学资源。这种激励机制不仅能够提升用户的参与度和黏性,还能够增强用户对西南民间文学的认同感和归属感。在开发移动应用的过程中,注重数据的分析和优化。通过收集和分析用户的使用数据、行为数据等,了解用户的喜好和需求,从而不断优化应用的功能和设计,提升用户体验,并利用这些数据为西南民间文学的传承与发展提供有力的数据支持。

(四) 运用虚拟现实和增强现实技术打造沉浸式体验

(1) 全景式体验:通过 VR 技术,构建一个全景式的虚拟环境,将西南民间文学中的经典场景、人物和故事情节进行数字化重现。用户只需戴上 VR 头盔,便能立刻置身于一个逼真的虚拟世界中,亲身感受民间文学的魅力。

(2) 交互式叙事:VR 技术允许用户在虚拟环境中进行自由探索,并通过交互式叙事的方式参与故事的发展。全新的体验方式,让用户不再是被动的观察者,而是成为故事中的一部分,从而更加深入地理解和感受西南民间文学的内涵。

(3) 情感共鸣:VR 技术的沉浸式体验能够引发用户的情感共鸣,当用户置身于虚拟的民间文学世界中,他们能够更加直观地感受到故事中的人物情感、环境氛围等,从而产生更强烈的情感共鸣和认同感。

(4) 现实与虚拟融合:AR 技术将虚拟信息叠加到现实世界中,为用户呈现出一种亦真亦幻的体验。通过将西南民间文学的元素以 AR 形式呈现,用户在现实世界中与这些元素进行互动,从而更加直观地了解和感受民间文学。

(5) 互动式学习:AR 技术为用户提供了一种全新的互动式学习方式,用户通过手机或平板等设备扫描特定的图案或标识,即可触发与西南民间文学相关的虚拟内容。这种互动式学习方式不仅能够激发用户的学习兴趣,还能够提高学习效果。

(6) 随时随地体验:AR 技术不受时间和地点的限制,用户可以随时随地通过手机等设备体验西南民间文学的魅力。这种便捷性使得更多的人能够轻松接触到民间文学，从而扩大其传播范围和影响力。

拓展数字展示传播渠道是推动西南民间文学数字化传承的关键环节，通过利用社交媒体平台、网络视频平台、移动应用以及虚拟现实和增强现实技术等多元化渠道，有效地扩大西南民间文学的传播范围，提升其在年轻群体中的知名度和影响力。

第三节　民间文学传承人数字素养不高

一、传承人数字素养的现状评估

随着信息技术的飞速发展，数字化已经成为文化传承的重要手段。然而对长期在传统环境中成长和工作的民间文学传承人来说，他们往往缺乏足够的数字技能和知识，难以适应这一变革。因此，对传承人数字素养的现状进行评估，对于推动西南民间文学的数字化传承具有重要意义。

（一）数字技能与知识匮乏

数字技能与知识，简单来说，就是与数字技术相关的操作能力和信息储备。在信息化、网络化的今天，它们已经渗透到了生活的方方面面，无论是工作、学习还是娱乐，都离不开数字技术的支持。对西南民间文学的传承人来说，掌握数字技能与知识，意味着他们能够更好地利用现代科技手段来保存、传播和发扬民间文学，使其在新的时代背景下焕发出新的生机。然而现实情况并不乐观，由于历史、地理、经济等多方面的原因，西南地区的许多民间文学传承人并没有接受过系统的数字技能与知识培训。他们中的大多数人，尤其是年纪较大的传承人，对数字技术几乎一无所知，甚至连基本的电脑操作、智能手机使用都感到困难。这种情况在很大程度上限制了他们与现代社会的有效沟通，也阻碍了西南民间文学的数字化传承。数字技能与知识的匮乏，对西南民间文学的传承人来说，意味着他们在面对数字化挑战时显得力不从心。他们无法有效地利用数字设备来记录、整理和保存民间文学作品，也无法通过网络平台来推广和传播这些珍贵的文化遗产。这不仅影响传承人自身的职业发展，更会导致西南民间文学的逐渐消失。

（二）数字意识与习惯有待培养

数字意识，就是对数字技术和数字化趋势的认识、理解和接纳程度。对长期在传统环境中生活和工作的民间文学传承人来说，他们习惯于传统的传承方式，对数字技术持有一种陌生甚至排斥的态度。这种缺乏数字意识的情况，导致他们在面对数字化传承时感到迷茫和无助。良好的数字习惯也是数字化传承中不可或缺的一部分，包括定期使用数字设备、熟练掌握数字工具、主动寻求和分享数字资源等。然而，许多传承人在这方面存在明显的不足，他们偶尔使用数字设备，但往往缺乏系统性和持续性，更谈不上利用数字技术进行创新性的传承活动。

数字意识和习惯的欠缺，对西南民间文学的数字化传承产生了不小的负面影响，它限制了传承人利用数字技术保存和展示民间文学的能力。在数字化时代，文字、音频、视频等多媒体形式可以更加生动、全面地展示民间文学的魅力。然而，缺乏数字意识和习惯的传承人往往无法充分利用这些优势，导致民间文学的展示方式单一、缺乏吸引力。数字意识和习惯的欠缺也影响了传承人与年青一代的沟通，在数字化时代长大的年轻人更加习惯通过数字渠道获取信息和娱乐。如果传承人无法适应这一变化，他们就很难与年轻人建立有效的联系，进而影响到民间文学在年青一代中的传播和认同。

为了培养传承人的数字意识和习惯，可以从以下几个方面入手：一是加强数字教育，通过培训课程、讲座等形式向传承人普及数字技术的基础知识和应用前景，帮助他们认识到数字化传承的重要性和必要性；二是提供实践机会，鼓励传承人亲身参与数字化传承项目，如数字录音、数字编辑等，让他们在实践中逐步培养数字习惯；三是建立激励机制，对在数字化传承中表现突出的传承人给予表彰和奖励，以此激发学习和应用数字技术的积极性。

当前西南民间文学传承人的数字素养普遍不高，主要表现在数字技能与知识的匮乏以及数字意识和习惯的缺失。这不仅影响民间文学的数字化保存和传播效果，也制约其在现代社会的传承与发展。因此，加强传承人的数字技能培训、提升他们的数字素养水平，并引导他们逐渐适应并拥抱数字化传承方式。同时，还应通过政策扶持、资金投入等措施为传承人提供良好的数字化传承环境和条件，共同推动西南民间文学在数字化时代的繁荣发展。

二、提高传承人数字素养的重要性

在数字化飞速发展的今天，信息技术的广泛应用已经深刻改变了文化传承的方式和手段。西南民间文学，作为中华文化宝库中的璀璨明珠，其传承与发展同样需要与时俱进，紧密结合数字技术。然而，当前许多民间文学传承人的数字素养不高，不仅限制了民间文学的传播范围和影响力，也威胁到了其长期保存与可持续发展。

（一）数字素养与民间文学传承的紧密联系

在数字化时代背景下，数字素养与民间文学传承之间的联系越发紧密。这种联系不仅体现在数字技术对民间文学传承方式的革新上，更在于数字素养对传承人能力提升和文化传承质量的深远影响。

数字素养为民间文学的传承提供了全新的手段，传统的民间文学传承方式往往依赖于口口相传或手写记录，这种方式虽然富有情感且具有独特的文化韵味，但在传播速度和范围上存在明显限制。而数字技术的运用，如数字化录音、录像、电子书等，极大地拓展了民间文学的传播渠道和受众范围。传承人如果具备了较高的数字素养，就能够熟练掌握这些数字技术，将民间文学以更加生动、真实的形式记录下来，并通过互联网平台与全世界的受众分享。数字素养有助于提升民间文学传承的准确性和完整性，在传统的传承方式中，由于人的记忆力和口述表达能力的限制，民间文学的内容在代代相传的过程中难免会出现遗漏或变形。而数字技术能够提供高清晰度、高质量的记录方式，确保民间文学的原始性和真实性得到最大程度的保留。传承人具备数字素养，就意味着他们能够更好地利用这些技术工具，对民间文学进行精确的记录和再现。

数字素养还能够增强传承人与年青一代的沟通与交流，在数字化时代，年轻人更加习惯通过网络和数字媒体获取信息。如果传承人具备较高的数字素养，他们就能够利用社交媒体、在线教育平台等数字化渠道，与年轻人进行互动和交流，激发他们对民间文学的兴趣和热爱。数字素养的提升也有助于传承人更好地应对数字化时代的挑战，随着信息技术的不断发展，数字化已经成为文化传承的重要趋势。传承人如果缺乏数字素养，就会在这场数字化浪潮中失去话语权和影响力；而具备较高数字素养的传承人则能够主动拥抱变革，利用数字技术为民间文学的传承和发展开辟新的道路。

（二）数字素养助力民间文学创新发展

数字素养为民间文学的创新提供了技术支撑，在传统的传承方式中，民间文学的形式和内容往往受到时间和空间的限制。具备高数字素养的传承人能够借助先进的数字技术，如虚拟现实（VR）、增强现实（AR）等，打破这些限制，创造出全新的艺术表现形式。例如，通过 VR 技术，观众可以身临其境地体验民间故事中的场景，这种沉浸式的体验方式无疑极大地丰富了民间文学的表现力。数字素养有助于挖掘和整理民间文学的深层价值，在数字化工具的帮助下，传承人可以更加系统地搜集、整理和分析民间文学作品，从而发现其中蕴含的深刻社会意义和文化内涵。不仅有助于提升民间文学的学术价值，还能为文化产业的创新发展提供源源不断的灵感来源。数字素养还能够促进民间文学与现代社会的有机融合，在数字化时代背景下，人们的审美需求和娱乐方式都在发生深刻变化。具备高数字素养的传承人能够敏锐捕捉到这些变化，并运用数字技术将民间文学的传统元素与现代流行文化相结合，创造出既具有时代特色又保持传统文化底蕴的新作品。这种融合不仅能够吸引更多年轻人的关注，还能够为民间文学的传承注入新的活力。

数字素养还能够帮助传承人更好地保护和利用民间文学的知识产权，在数字化时代，知识产权的保护显得尤为重要。通过数字技术对民间文学作品进行版权登记、数字水印等处理，可以有效地防止作品被非法复制和传播，从而保障传承人的合法权益。数字素养的提升还能够促进民间文学的国际交流与合作，随着全球化的深入推进，文化交流日益频繁。具备高数字素养的传承人可以利用网络平台和数字化工具，与其他国家和地区的文化传承人进行实时交流和合作，共同推动民间文学的创新发展。这种跨国界的合作不仅能够丰富民间文学的艺术风格和表现形式，还能够增强其在全球文化舞台上的影响力。

提高西南民间文学传承人的数字素养对于保护和传承这一珍贵的文化遗产具有重要意义，通过增强传承人的数字技能与知识、培养他们的数字意识和习惯，能够更好地利用数字技术为民间文学的传承与发展服务。不仅有助于扩大民间文学的传播范围和影响力，还能够激发其创新活力，为中华文化的繁荣与发展贡献力量。高度重视并采取有效措施来提高传承人的数字素养，共同推动西南民间文学在数字化时代的传承与创新。

三、培养传承人数字素养的途径与方法

在数字化时代背景下，提升西南民间文学传承人的数字素养显得至关重要。这不仅关系到民间文学的有效传承，也影响着其与现代社会的融合与发展。为了培养传承人的数字素养，需要探索多种途径与方法，确保他们能够熟练掌握数字技术，并将其应用于民间文学的传承与创新中。

（一）多元化的培养途径

1. 专业培训课程

专业培训课程是提升传承人数字素养的基础途径，针对西南民间文学传承人的特点和需求，设计一系列的数字素养培训课程。课程涵盖计算机基础操作、数字录音录像技术、数字编辑与排版以及网络平台应用等核心内容。

计算机基础操作课程旨在帮助传承人熟悉计算机的基本操作，如文件管理、文字处理、网络搜索等，这是数字素养的基础。数字录音录像技术课程则教授传承人如何使用专业设备进行高质量的音频和视频录制，这对于保存和展示民间文学至关重要。数字编辑与排版课程则培养传承人利用专业软件进行文本的编辑和排版，使其更符合现代读者的阅读习惯。网络平台应用课程则引导传承人了解并利用各种网络平台，如社交媒体、在线教育平台等，进行民间文学的传播与教

学。通过这一系列的专业培训课程，传承人可以系统地提升数字素养，更好地适应数字化时代的需求。

2. 实践操作指导

实践操作指导是提升数字素养的关键环节。为了让传承人更好地掌握数字技术，组织他们参与实际的数字化项目。例如，开展民间文学的数字化整理工作，让传承人在实践中学习如何对民间文学作品进行扫描、识别、校对等操作，同时，指导传承人在网络平台上发布和分享民间文学作品，让他们亲身体验数字技术的魅力。通过实践操作指导，传承人不仅可以在实践中巩固所学的数字技能，还能在实际操作中发现问题、解决问题，从而不断提升自己的数字素养。

3. 交流与合作学习

交流与合作学习是培养传承人数字素养的有效途径。建立专门的交流平台，如线上论坛或微信群等，鼓励传承人之间分享数字技术应用的心得和经验。这种交流不仅可以促进传承人之间的互相学习，还能及时发现并解决在数字技术应用过程中遇到的问题。还可以邀请数字技术领域的专家进行讲座或工作坊，为传承人提供与专家面对面交流的机会。这种学习方式不仅能够让传承人了解最新的数字技术动态，还能为他们提供更具针对性的指导和建议。通过交流与合作学习，传承人可以不断拓展自己的视野，吸取他人的经验和教训，从而更快地提升自己的数字素养。

4. 激励机制的建立

激励机制的建立对于培养传承人的数字素养具有重要意义。为了激发传承人学习和应用数字技术的积极性，设立一系列的奖励措施。例如，定期举办数字技术应用比赛，对表现突出的传承人给予物质奖励和荣誉证书，或者将数字技术应用能力作为评选优秀传承人的重要指标之一，还可以为传承人提供更多的展示平台，如在线展览、文化交流活动等，让他们有机会展示自己的数字技术应用成果。这种展示不仅能够提升传承人的自信心和成就感，还能吸引更多人的关注和认可。通过激励机制的建立，可以有效地激发传承人学习和应用数字技术的热情，从而推动他们不断提升自己的数字素养。

（二）创新性的培养方法

1. 情景模拟教学

情境模拟教学是一种通过模拟真实环境或场景来进行教学的方法。在培养民间文学传承人数字素养的过程中，创设与数字化传承相关的情景，如模拟数字化采集、编辑、发布等流程，让传承人在实际操作中学习和掌握数字技术。这种方法的优势在于其生动性和实用性，通过模拟真实的数字化传承场景，传承人能够更直观地了解数字技术的应用，并在实践中发现问题、解决问题。这不仅能提升传承人的数字技能，还能培养他们的实际操作能力和问题解决能力。在实施情景模拟教学时，精心设计模拟场景，确保其真实性和针对性；同时为传承人提供必要的指导和支持，帮助他们更好地融入模拟环境，并从中获得有效的学习体验。

2. 案例教学

案例教学是一种以具体案例为基础，通过分析、讨论和解决问题来进行教学的方法。在培养民间文学传承人数字素养的过程中，选取成功的数字化传承案例，引导传承人进行深入分析和学习。案例教学能够帮助传承人了解数字技术在实际传承中的应用和效果，从而激发他们的学习兴趣和动力；同时，通过对成功案例的剖析，传承人还可以学习到先进的数字化传承理念和方法，提升自己的传承水平。在实施案例教学时，选择具有代表性的案例，并引导传承人进行深入的分析和讨论。通过案例的剖析和学习，传承人可以更好地理解和掌握数字技术，提升自己的数字素养。

3. 利用在线学习资源

随着互联网技术的不断发展，大量的在线学习资源为传承人提供了便捷的学习途径。利用这些资源，为传承人提供丰富多样的学习材料，例如，推荐一些优质的在线课程、视频教程和互动学习平台，让传承人根据自己的需求和兴趣进行学习。在线学习资源的优势在于其灵活性和自主性，传承人可以根据自己的时间安排和学习进度进行学习，不受时间和空间的限制；同时，丰富的学习资源还可以满足传承人的个性化需求，提升他们的学习效果。在实施在线学习时，为传承人提供必要的学习指导和支持。同时，还应鼓励他们积极参与在线讨论和交流，分享自己的学习心得和经验。

4. 合作式项目驱动学习

合作式项目驱动学习是一种以小组为单位，通过共同完成实际项目来进行学习的方法。在培养民间文学传承人数字素养的过程中，与其他机构或企业合作，共同开展数字化传承项目。通过项目的实施，传承人可以在实践中不断提升数字素养，并培养团队合作精神和创新能力。这种方法的优势在于其实践性和合作性，通过实际项目的实施，传承人可以在实践中学习和掌握数字技术，提升自己的传承能力。同时，团队合作还可以培养他们的协作精神和团队意识，为未来的传承工作打下坚实的基础。在实施合作式项目驱动学习时，精心选择合作伙伴和项目内容，确保项目的针对性和实效性。同时，还应为传承人提供必要的指导和支持，帮助他们更好地完成项目任务并提升数字素养。

将创新性的培养方法实施方案绘制成表格，如下所示：

表 3-4 创新性的培养方法实施方案

培养方法	实施方案	优势与特点	实施建议
情景模拟教学	1. 创设与数字化传承相关的情景 2. 模拟数字化采集、编辑、发布等流程 3. 传承人在实际操作中学习和掌握数字技术	1. 生动性和实用性 2. 提升实际操作和问题解决能力	1. 精心设计模拟场景 2. 提供指导和支持
案例教学	1. 选取成功的数字化传承案例 2. 引导传承人进行深入分析和学习	1. 激发学习兴趣和动力 2. 学习先进传承理念和方法	1. 选择具有代表性案例 2. 深入分析和讨论
利用在线学习资源	1. 提供丰富多样的在线学习资源 2. 传承人根据需求和兴趣进行学习	1. 灵活性和自主性 2. 满足个性化需求	1. 提供学习指导和支持 2. 鼓励在线讨论和交流

续表

培养方法	实施方案	优势与特点	实施建议
合作式项目驱动学习	1. 与其他机构或企业合作 2. 共同开展数字化传承项目 3. 传承人在项目中提升数字素养	1. 实践性和合作性 2. 培养团队合作精神和创新能力	1. 精心选择合作伙伴和项目 2. 提供指导和支持

提升西南民间文学传承人的数字素养是一个长期且持续的过程，通过多种途径与方法的培养，帮助传承人更好地适应数字化时代的要求，推动西南民间文学在数字化背景下的繁荣发展；也应关注传承人在数字化传承过程中的需求和挑战，不断优化培养策略，确保他们能够充分利用数字技术为民间文学的传承与发展贡献力量。

四、数字时代下传承人的角色转变与挑战

随着数字技术的飞速发展，西南民间文学的传承方式正面临着前所未有的变革。在这场变革中，民间文学传承人的角色也在悄然发生变化。他们不再仅仅是传统故事的讲述者和传承者，更需要成为数字技术的掌握者和应用者。然而，这一角色转变对许多传承人来说是一个巨大的挑战，需要他们不断提升自己的数字素养，以适应新的传承环境。

（一）传承人在数字时代的角色转变

1. 从口述传承到数字记录的转变

在传统社会中，民间文学的传承主要依赖于口述。传承人通过口耳相传的方式，将一代代人的智慧和情感融入故事中，使之在时间和空间的流转中得以保存。口述传承虽然具有其独特的魅力和价值，但也存在着易受遗忘、易于失真等问题。在数字时代，传承人开始尝试将口述内容转化为数字记录，以更为稳定、可复制的方式保存和传播民间文学。

数字记录为传承人提供了更为便捷和高效的传承方式，通过音频、视频等多

媒体手段，传承人可以更真实地记录和再现民间文学的原貌，减少信息传递过程中的损失和变形。数字技术还使得这些珍贵的文化遗产能够跨越时空的限制，被更多人接触和了解。

2. 从单一传播到多元互动的转变

在传统模式下，民间文学的传播主要依赖于传承人的讲述和听众的聆听。这种传播方式是单向的，缺乏互动和反馈。而在数字时代，传承人可以利用互联网平台，实现与听众的实时互动和交流。他们通过社交媒体、在线论坛等渠道，及时获取听众的反馈和建议，从而不断调整和完善自己的传承方式；同时，数字技术还为传承人提供了更多元化的传播手段，除了传统的口述和文本传播外，他们还可以利用图像、音频、视频等多媒体形式，将民间文学以更为生动和直观的方式呈现给听众。这种多元化的传播方式不仅能够吸引更多年轻人的关注，还能够为民间文学的传承注入新的活力和创意。

3. 从地域限制到全球传播的转变

在过去，民间文学的传播往往受到地域的限制，由于交通和通信的不便，许多优秀的民间文学作品只能在特定的地域内流传。在数字时代，这一限制被彻底打破。通过互联网和移动互联网技术，传承人可以将自己的作品和表演传播到全球各地。全球传播为民间文学的传承人带来了更广阔的发展空间，他们可以通过网络平台与来自不同文化背景的人们进行交流和互动，从而拓宽自己的视野和创作思路。全球传播也使得民间文学的文化价值得到了更广泛的认可和尊重，让越来越多的人开始关注和欣赏这些具有独特魅力的文化遗产，为传承人提供了更多的展示机会和发展空间。

4. 从个体传承到集体参与的转变

在传统社会中，民间文学的传承往往依赖于少数传承人的个体努力。在数字时代，这一模式正在发生改变，随着数字技术的普及和社交媒体的兴起，越来越多的人开始参与到民间文学的传承和创新中来。集体参与为民间文学的传承注入了新的活力和创意，通过众包、众筹等方式，人们可以共同参与到民间文学的收集、整理和创新过程中来。这种集体参与的方式不仅能够汇聚更多的智慧和创意，还能够增强人们对民间文学的认同感和归属感，集体参与也使得民间文学的传承更加具有可持续性和生命力。

（二）数字素养不足带来的挑战

数字素养的不足导致传承人在信息收集与整理方面遭遇困难，在过去，民间文学的传承主要依赖口口相传和纸质记录，但在数字时代，大量的信息以数字化形式存在。传承人若缺乏数字素养，将难以有效地从海量的网络信息中筛选出有价值的民间文学资料，更无法进行系统的整理和归类。这不仅影响了民间文学的保存质量，也阻碍了其进一步的研究与传播。数字素养的欠缺使得传承人在利用数字技术进行创作与表达时感到力不从心，数字技术为民间文学的创作提供了更为丰富的手段和可能性，如数字音频、视频编辑、虚拟现实等。如果传承人没有掌握这些技术，他们就无法充分利用这些工具来增强民间文学的表现力和吸引力，不仅限制了传承人个人的创作空间，也阻碍了民间文学与现代社会的有效对接。

数字素养的不足还影响了传承人与年青一代的沟通与交流。在数字化浪潮中成长的年青一代，他们的信息获取方式、交流习惯都与前人有着显著的不同。如果传承人不能熟练掌握数字技术，他们将难以与年轻人建立有效的沟通桥梁，从而错失将民间文学传递给下一代的重要机会。这种代沟不仅会导致民间文学的受众群体日渐萎缩，还可能使这一文化遗产在年青一代中逐渐消失。数字素养的缺失还会使传承人在面对数字版权、隐私保护等复杂问题时陷入困境。在数字化过程中，民间文学作品的版权归属、使用权限等问题日益凸显。如果传承人缺乏相关的数字法律知识和操作技能，他们可能无法有效保护自己的知识产权，甚至因不当使用他人的数字化作品而面临法律风险。随着网络环境的日益复杂，如何保护个人隐私和信息安全也成为一个亟待解决的问题。

为了解决这些问题，提升传承人的数字素养显得尤为迫切。政府、学术机构和社会组织应该共同努力，为传承人提供系统的数字技能培训，帮助他们掌握基本的计算机操作、网络信息检索、数字创作与编辑等技能；同时还需要加强数字道德与法律教育，提高传承人在数字环境中的自我保护意识和能力。提升传承人的数字素养需要长期、系统的努力，结合传承人的实际情况和需求，制订个性化的培训计划，采用灵活多样的教学方式，确保他们能够真正掌握并运用数字技术为民间文学的传承与发展贡献力量。

数字素养的不足已经成为制约西南民间文学传承人发展的一大瓶颈，为了更好地传承和发展民间文学，必须正视这一问题，并采取切实有效的措施加以解决。通过提升传承人的数字素养，不仅可以帮助他们更好地适应数字时代的发展需求，还能为民间文学的传承与创新注入新的活力。这是一项长期而艰巨的任务，需要政府、社会以及传承人自身的共同努力和持续投入。只有这样才能确保西南民间文学这一宝贵的文化遗产得以代代相传，熠熠生辉。

在数字时代下，西南民间文学传承人的角色转变和挑战是不可避免的。为了适应新的传承环境并更好地保护和传承民间文学，传承人需要不断提升自己的数字素养并转变传统角色。这不仅需要他们自身的努力和学习，还需要社会各界的支持和关注。通过共同努力，我们可以期待西南民间文学在数字时代焕发出新的生机与活力。

第四节 民间文学版权保护体系不完善

一、完善版权保护体系的紧迫性

在数字化时代背景下，西南民间文学的传承与发展面临着前所未有的机遇与挑战。数字技术为民间文学的保存、传播和研究提供了便利，但同时也带来了版权保护的难题。由于缺乏完善的版权保护体系，许多珍贵的民间文学作品遭受侵权，严重影响了创作者的积极性和民间文学的传承质量。因此，完善版权保护体系迫在眉睫。

（一）版权保护现状堪忧

随着数字化时代的到来，西南民间文学的传承与发展迎来了新的机遇，但同时也面临着前所未有的挑战。其中，版权保护问题尤为突出，现状堪忧。这不仅关系到创作者的合法权益，更影响到民间文学的传承与创新。因此，必须正视这一问题，深入探讨其背后的原因，并寻求有效的解决之道。

西南民间文学的版权保护现状之所以堪忧，与其独特的传承方式密切相关。民间文学往往是通过口口相传的方式流传下来的，其创作主体和创作时间难以确定，这给版权归属的界定带来了极大的困难。在这种情况下，很容易出现版权纠纷，甚至引发恶意侵权事件。一些不法分子利用这一漏洞，肆意盗版、篡改民间文学作品，严重损害了创作者的权益和民间文学的原真性。其次，数字化传承过程中的技术漏洞也是导致版权保护现状堪忧的重要原因之一，随着数字技术的快速发展，民间文学作品的复制、传播变得更加容易，然而，这也为侵权行为提供了便利。一些不法分子利用技术手段，轻松复制、传播他人的作品，甚至对其进行恶意篡改，严重侵犯原作者的版权；同时，由于缺乏有效的技术手段来追踪和打击侵权行为，使得这种侵权行为愈发猖獗。公众对版权保护的意识淡薄也是导致版权保护现状堪忧的一个不可忽视的原因，在许多人的观念中，民间文学是公共的文化遗产，可以随意使用和传播。这种错误的观念导致了大量的无意识侵权行为发生。由于缺乏对相关法律法规的了解，许多人在侵权后甚至不知道自己的行为已经触犯了法律。

针对以上问题，可以从以下几个方面着手解决：第一，明确版权归属是解决版权保护问题的关键。对于民间文学作品，通过详细的调查和研究，确定其创作主体和创作时间，从而明确版权归属；政府和相关机构也应该建立完善的版权登记制度，为创作者提供便捷的版权保护服务。第二，加强技术手段的应用是打击侵权行为的有效途径。利用数字水印、加密技术等手段来保护民间文学作品不被非法复制和传播；建立完善的侵权行为追踪机制，及时发现并打击侵权行为。第三，提高公众对版权保护的意识也至关重要。通过宣传教育、举办相关活动等方式，普及版权保护知识，提高公众对版权保护的重视程度；加强对相关法律法规的宣传和普及，让公众了解自己的权利和义务。

为了更有效地保护西南民间文学的版权，还可以建立专门的版权保护机构或协会。这类机构可以专注于维护创作者的权益，提供法律咨询、版权登记、侵权追踪等一站式服务。还可以与政府部门、法律机构等合作，共同打击侵权行为，为民间文学的传承与发展保驾护航。

（二）完善版权保护体系的必要性

在数字化时代背景下，完善版权保护体系对于西南民间文学的传承与发展具有至关重要的必要性。随着科技的进步和信息传播的加速，民间文学面临着前所未有的挑战与机遇。而一个健全的版权保护体系，不仅能够切实保障创作者的合法权益，更能为民间文学的创新与发展提供强有力的制度支撑。

完善版权保护体系是尊重和保护创作者劳动成果的重要体现，民间文学作为人类智慧的结晶，每一部作品都凝聚了创作者的汗水与心血。这些作品不仅是创作者个人才华的展现，更是对传统文化的传承与发扬。然而，在缺乏完善版权保护的情况下，这些珍贵的作品很容易遭受侵权，被他人无偿使用或篡改，从而严重损害创作者的利益。完善版权保护体系有助于促进民间文学的创新与发展，创新是民间文学的生命线，是推动其不断发展的动力源泉。在版权保护不力的情况下，创作者的创新成果很容易被他人窃取或模仿，这不仅会打击创作者的创新积极性，更会阻碍民间文学的创新步伐。通过建立完善的版权保护体系，可以为创作者提供一个公平、公正的创作环境，保护他们的创新成果不被侵犯，从而鼓励更多具有创新精神和创造力的作品涌现。

完善版权保护体系对于维护市场秩序和促进文化产业健康发展也具有重要意义，在数字化时代，民间文学作品的市场价值日益凸显。然而，侵权行为的存在不仅损害了创作者的利益，也破坏了市场的公平竞争原则。通过加强版权保护，可以有效打击侵权行为，维护市场的公平竞争秩序，为文化产业的健康发展提供有力保障。版权保护还能推动民间文学作品的市场化进程，拓展其商业价值和应用领域，进一步促进文化产业的繁荣与发展。完善版权保护体系还有助于提升国家的文化软实力和国际竞争力，民间文学作为国家文化的重要组成部分，其保护与发展对于彰显国家文化特色、弘扬民族精神具有重要意义。通过加强版权保护，可以更好地保护和传承民间文学作品中的独特文化内涵和价值观念，进而提升国家的文化软实力和国际影响力。随着全球化进程的加速推进，国际间的文化交流与合作日益频繁。完善的版权保护体系能够为我国民间文学作品在国际市场上赢得更多的话语权和影响力,推动中华文化走向世界。

为了建立完善的版权保护体系,需要从立法、执法、司法以及社会宣传等多个方面入手。在立法层面制定更加完善、具体的法律法规来明确版权归属、使用权限以及侵权责任等问题;在执法层面加大对侵权行为的打击力度并提高执法效率;在司法层面完善相关诉讼制度以保障创作者合法权益得到有效维护;在社会宣传方面普及版权保护知识并提高公众对版权保护重要性的认识。

综上所述,完善版权保护体系对于促进西南民间文学的数字化传承具有紧迫性。应该从立法、执法、司法等多方面入手,加强版权保护力度,切实维护创作者的权益和民间文学的原真性。同时,还应加强宣传教育,提高公众对版权保护的认识和重视程度,共同营造一个尊重知识产权、保护民间文学的良好氛围,只有这样才能推动西南民间文学在数字化时代焕发出新的生机与活力。

二、构建完善的民间文学版权保护机制

在数字化时代背景下,西南民间文学的版权保护问题愈发凸显。构建一套完善的民间文学版权保护机制,确保这些珍贵的文化遗产得到有效传承。这不仅能够激发创作者的积极性,还能促进民间文学的持续创新与发展。

(一) 明确版权归属与权益分配

明确版权归属是保护创作者权益的基础,民间文学作为传统文化的重要组成部分,其创作和传承往往涉及众多参与者。在这种情况下,如何确定版权归属就显得尤为重要。根据创作、传承过程中的实际贡献,以及相关法律法规的规定,来合理划分版权归属。例如,对于一首民间歌谣,其歌词的创作者、曲调的传承人以及后续的整理者等都可能对其版权享有份额。因此,通过详细的调查和研究,明确各方在创作和传承过程中的具体贡献,进而合理划分版权归属。

明确权益分配是激发创作者积极性的关键,在明确版权归属之后,要进一步确定各方在版权收益中的分配比例。这既是对创作者劳动成果的肯定,也是激励他们继续投身于民间文学传承的重要动力。在进行权益分配时,充分考虑各方的

投入和贡献，确保分配结果既公平又合理。同时，为了鼓励更多的创作者参与到民间文学的传承中来，还可以适当提高创作者的收益比例，以激发他们的创作热情。

明确版权归属与权益分配还有助于减少版权纠纷和侵权行为的发生，在民间文学的传承过程中，由于版权归属和权益分配不明确，很容易引发各种版权纠纷。这不仅会损害创作者的利益，还对民间文学的传承造成不良影响。因此，通过明确版权归属和权益分配，可以有效减少这类纠纷的发生，为民间文学的传承提供一个和谐稳定的环境。

在明确版权归属与权益分配的过程中，还需要关注到一些特殊情况。例如对于一些流传广泛、历史悠久的民间文学作品，其版权归属难以确定。在这种情况下，可以考虑通过法律手段来明确其版权归属，如通过立法规定或司法判决等方式来解决版权争议；同时，对于一些由多个创作者或传承人共同完成的民间文学作品，要充分尊重各方的贡献和权益，确保分配结果的公平性和合理性。

（二）建立版权登记与管理制度

在西南民间文学的数字化传承中，建立版权登记与管理制度具有极其重要的意义。这一制度不仅有助于明确作品的版权归属，保护创作者的合法权益，还能促进民间文学的规范传播与合理利用，进而推动其持续健康的发展。

版权登记是版权保护的基础环节，通过版权登记，明确记录作品的创作时间、作者、内容摘要等关键信息，为后续的版权确认和维权提供确凿的证据。在西南民间文学领域，许多作品以口头传承为主，文字记录相对较少，因此，版权登记显得尤为重要。通过登记，将这些珍贵的口头文学作品以书面形式固定下来，明确其版权归属，防止因传承过程中的变化或遗忘而导致版权的流失。为有效实施版权登记，设立专门的版权登记机构或平台，负责接收和处理民间文学作品的版权登记申请。这些机构或平台应具备完善的登记流程和规范，确保登记信息的准确性和完整性。同时，为方便创作者和传承人进行版权登记，提供在线和线下两种登记方式，以满足不同人群的需求。

在版权登记的基础上，建立一套完善的管理制度来规范版权的许可、转让、质押等行为。这套制度应涵盖版权交易的各个环节，确保交易的合法性和公平性。例如，制定明确的版权许可规则，规定许可的范围、期限和费用等，以避免无序的版权使用行为。同时，对于版权的转让和质押，也应建立相应的规则和流程，以保障交易双方的权益。版权管理制度还应包括对侵权行为的处理和惩罚措施，一旦发现侵权行为，应立即采取行动予以制止，并根据侵权行为的严重程度给予相应的处罚。这不仅可以维护创作者的合法权益，还能起到警示和震慑作用，减少侵权行为的发生。

在实施版权登记与管理制度的过程中，要注意以下几个方面的问题：一是要加强宣传和教育，提高公众对版权保护的认识和意识。只有让更多的人了解版权的重要性，才能形成全社会共同维护版权的良好氛围。二是要注重平衡版权保护与作品传播的关系。在保护创作者权益的同时，也要考虑到作品的传播和利用。因此，制定合理的版权使用费用标准，以鼓励更多的人使用和传播民间文学作品。三是要不断完善和改进版权登记与管理制度，随着社会的发展和技术的进步，版权保护面临的挑战也在不断变化。密切关注这些变化，及时调整和完善相关制度，以适应新的形势和需求。四是要加强与国际社会的合作与交流，民间文学作为人类共同的文化遗产，其保护需要全球范围内的共同努力。与其他国家和地区开展合作与交流，共同打击侵权行为，推动民间文学的全球传播与发展。

建立版权登记与管理制度还要考虑到数字化技术的特点和发展趋势，随着数字化技术的不断进步和应用领域的拓展，民间文学作品的传播和利用方式也在发生变化。充分利用数字化技术的优势来完善版权登记与管理制度，如建立电子版权管理系统、使用数字水印等技术手段来保护作品的版权信息等。

（三）加强执法力度与侵权打击

1. 完善法律体系

加强执法力度，必须有完善的法律体系作为支撑。通过立法和修订法律法规，确保知识产权法律制度的完备性和前瞻性。针对当前网络环境下知识产权侵权的新特点、新问题，应及时更新法律条文，缩小法律与现实操作之间的差距。例如，明确网络服务提供商的责任和义务，规定其在发现侵权行为时应采取的必要措施，以及未采取相应措施时应承担的法律责任。

2. 加大执法投入

加大对知识产权执法部门的投入，包括人力、物力和财力等方面。增加执法人员数量，提高执法人员的专业素质和技能水平，确保他们能够有效地执行知识产权保护任务。同时，配备先进的执法设备和技术手段，提高执法的效率和准确性。此外，还应加大对侵权行为的处罚力度，让侵权者付出应有的代价。

3. 强化跨部门协作

知识产权侵权往往涉及多个领域和部门，因此，需要加强跨部门之间的协作与配合。建立跨部门的信息共享机制，实现信息资源的互通互联，提高打击侵权行为的针对性和实效性。同时，各部门之间应形成合力，共同制定和执行知识产权保护政策，确保政策的一致性和连续性。

4. 加强国际合作

在全球化背景下，知识产权保护已不再是一个国家或地区的事情，而是需要全球共同努力的问题。加强国际合作也是加强执法力度与打击侵权的重要手段，通过与其他国家和地区签订知识产权保护协议、开展联合执法行动等方式，共同打击跨国侵权行为，维护知识产权的国际秩序。

5. 提升公众意识

除了政府和相关部门的努力外，提升公众对知识产权保护的意识也是至关重要的。通过广泛开展宣传教育活动、举办知识产权保护主题活动等方式，提高公众对知识产权重要性的认识和理解。鼓励和支持社会各界参与到知识产权保护工作中来，形成全社会共同关注和支持知识产权保护的良好氛围。

6. 利用科技手段提高执法效率

随着科技的发展，可以利用更多的技术手段来提高执法的效率和准确性。例如，利用大数据和人工智能技术来分析和预测侵权行为的发生趋势和规律，为执法部门提供有针对性的线索和依据；同时也可以利用区块链等技术手段来确保知识产权信息的真实性和可追溯性，为打击侵权行为提供有力的技术支持。

（四）推广版权保护意识与教育

在当今信息化、数字化的时代，版权问题愈发凸显其重要性。随着网络技术的飞速发展，信息传播的速度和广度都大大提高，但同时也带来了版权保护的巨大挑战。因此，推广版权保护意识与教育显得尤为迫切和必要。

版权作为知识产权的一种，是创作者对其创作的文学、艺术和科学作品享有的专有权利。它不仅是创作者劳动成果的体现，也是激励创新、促进文化繁荣的重要保障。然而在现实生活中，由于公众对版权保护的意识不足，侵权行为时有发生，严重损害了创作者的合法权益，也阻碍了文化的正常交流与传播。为了改变这一现状，必须从根本上提高公众的版权保护意识。首先，要让公众明白版权的重要性。版权不仅关乎创作者的切身利益，更关系到整个社会的创新环境和文化氛围。保护版权，就是保护创新，就是促进文化的多样性和繁荣。其次，让公众了解侵权的危害。侵权行为不仅损害了创作者的利益，也破坏了市场的公平竞争环境，甚至触犯法律，面临法律的制裁。

在提高公众版权保护意识的同时，还需要加强版权教育。版权教育应该从娃娃抓起，并贯穿人们的成长过程。在学校教育中，将版权保护纳入课程体系，通过课堂教学、实践活动等多种形式，让学生了解版权的含义、重要性以及侵权的后果；利用社会宣传、文化活动等途径，向公众普及版权知识，提高大家的版权保护意识。

在实施版权教育的过程中，应该注重以下几个方面：一是要注重实践性，版权教育不能仅仅停留在理论层面，更应该通过实践活动让学生亲身体验版权保护的重要性。例如，组织学生参与版权保护的宣传活动，或者开展以版权为主题的创意比赛等。二是要注重全面性，版权教育应该涵盖版权的各个方面，包括版权的定义、历史、法律保障以及实际操作等。只有这样，学生才能对版权有一个全面而深入的了解。三是要注重持久性，版权教育不是一蹴而就的，而是需要长期坚持不懈的努力。学校应该将版权教育纳入学校教育的长效机制中，确保每一位学生都能接受到系统的版权教育。除了学校教育外，还可以通过媒体宣传、社区活动等多种途径来推广版权保护意识与教育。例如，利用电视、广播、报纸等媒体平台，定期播放或刊登版权保护的相关知识和案例；也可以在社区举办版权保护的讲座、展览等活动，吸引更多公众参与其中。政府和相关机构也应该在推广版权保护意识与教育中发挥积极作用，政府可以出台相关政策法规，为版权保护提供法律保障；相关机构则可以提供专业的版权咨询和服务，帮助公众解决版权保护方面的疑难问题。

（五）利用数字技术提升版权保护水平

随着数字技术的迅猛发展，迎来了一个信息传播极为便捷的时代。然而，这种便捷性同样给版权保护带来了前所未有的挑战。在这个背景下，利用数字技术提升版权保护水平显得尤为重要。数字技术不仅为版权保护提供了新的工具和手段，还能够更有效地打击侵权行为，保护创作者的合法权益。

1. 数字水印技术

数字水印技术是一种有效的版权保护手段，它通过在图片、音乐或电影数字内容中嵌入隐蔽的标记来标识版权信息。这种标记通常是不可见的，只有通过专用的检测工具才能提取。一旦发生侵权行为，版权所有者可以通过数字水印追踪到侵权者，为维权提供有力证据。然而，目前市场上的数字水印产品在应用方面还不够成熟，容易被破坏或破解。因此，需要进一步研发更为先进、稳健的数字水印技术，以提高其抗干扰能力和可靠性。

2. 数字版权管理（DRM）技术

DRM 技术是另一种重要的数字版权保护手段，它通过对数字内容进行加密，并控制访问权限，来防止未经授权的复制和传播。只有授权用户才能得到解密的密钥，而且密钥通常与用户的硬件信息绑定，从而有效防止非法拷贝。例如，eBook 和流媒体的 DRM 系统已经得到了广泛应用，然而 DRM 技术也面临着一些挑战，如密钥管理和用户体验等问题。需要不断完善 DRM 技术，以找到版权保护和用户体验之间的平衡点。

3. 区块链技术

区块链技术为版权保护提供了新的可能性，其去中心化、高安全性、不可篡改和公开透明的特性，使得区块链在版权保护领域具有独特的优势。通过区块链技术，可以完整地记录作品和创作者的详细信息，并盖上不可篡改的可信时间戳，为版权提供具有高法律效应的证明。区块链还可以记录使用和交易的痕迹，并追溯它们的全部过程，直至最源头的版权痕迹。这大大增加了侵权行为的成本和风险。

4. 大数据与数据挖掘技术

在版权保护中，大数据和数据挖掘技术也发挥着重要作用。通过分析海量的数据，可以发现潜在的侵权行为。例如，通过分析网络上的文本、图片等信息，发现未经授权的转载和盗版行为。这种技术手段可以帮助版权所有者及时发现并打击侵权行为。

5. 智能合约与数字指纹技术

智能合约是基于区块链技术的一种自动执行合约的机制，可以用于确保艺术家在作品被转售时获得一定的版权费用。数字指纹技术则是一种将数字媒体转化为唯一标识符的技术，可以用于追踪和监测文化作品，防止侵权行为。这些新兴技术为版权保护提供了更多可能性和创新思路。

构建完善的民间文学版权保护机制是确保西南民间文学数字化传承的重要保障，通过明确版权归属与权益分配、建立版权登记与管理制度、加强执法力度与侵权打击、推广版权保护意识与教育以及利用数字技术提升版权保护水平等多方面的努力，为西南民间文学的传承与发展创造了更加良好的环境。这不仅是对创作者和传承人的尊重与保护，更是对传统文化遗产的珍视与传承。

第五节　民间文学数字传承资金投入少

一、增加资金投入的必要性

西南民间文学作为中国文化遗产的重要组成部分，承载着丰富的历史信息和深厚的文化底蕴。然而随着现代化进程的加速，这些珍贵的民间文学资源正面临着消失的风险。数字化传承作为一种有效的保护手段,能够将这些文化遗产以数字化的形式保存下来,并通过互联网等现代传播手段,使其得到更广泛的传播和传承。然而,数字化传承需要大量的资金支持,如设备的购置、技术的研发、人力资源的投入以及后期的维护和更新等方面。

(一) 设备购置与技术研发的资金需求

在西南民间文学数字化传承的进程中,设备购置与技术研发是不可或缺的一环,而这背后蕴含着巨大的资金需求。为满足高质量数字化采集、存储及传播的需求,专业的录音、录像设备,以及高性能的计算机和存储设备是必不可少的。这些设备的购置不仅关乎数字化传承的初始质量,更影响着后续工作的顺利进行。

高质量的录音录像设备是数字化传承的基础,西南民间文学多以口头传承为主,对这些非物质文化遗产进行数字化记录时,必须保证音频和视频的清晰度与真实性。专业的录音录像设备能够捕捉到更为细腻的声音和画面,从而准确地还原民间文学的原始风貌。这样的设备往往价格不菲,但它们对于保证数字化传承的质量至关重要。高性能的计算机和存储设备也是数字化传承中不可或缺的工具,数字化传承意味着海量的数据存储和处理。高性能的计算机能够提供强大的处理能力,支持大规模的数据分析和编辑工作;而存储设备则需要具备足够的容量和稳定性,以确保数据可以长期保存。这些设备的购置同样需要大量的资金投入。

除了设备购置,技术研发也是数字化传承中资金需求的重要方面。随着科技的不断发展,数字化技术也在不断进步。为了适应西南民间文学的特点,需要开发特定的数字化工具和平台。这些研发工作不仅需要专业的技术人员,还需要相应的设备和软件支持,技术研发的资金投入也是必不可少的。技术研发的重要性在于,它能够提升数字化传承的效率和效果。通过定制化的技术解决方案,可以更有效地整理和展示民间文学资源,使其更易于被大众接受和传承。同时,技术研发还可以帮助解决数字化传承过程中遇到的技术难题,如数据格式的转换、音频视频的同步等。

设备购置与技术研发的资金需求往往超出了许多机构的预算范围，这就需要寻找多元化的资金来源，如政府资助、社会捐赠、企业赞助等，以满足数字化传承的资金需求；也可以通过合作与共享的方式，降低设备购置和技术研发的成本，提高资源的使用效率。在筹集资金的过程中，要注重资金使用的透明度和效益性，确保每一分钱都用在刀刃上。通过制定详细的预算计划和使用报告，让资助者和社会公众了解资金的使用情况，从而增强对数字化传承工作的信任和支持。设备购置与技术研发只是数字化传承的一部分，在增加资金投入的同时，还需要关注人才培养、内容创新、宣传推广等方面的工作，以全面提升数字化传承的质量和影响力。

（二）人力资源投入的资金需求

1. 专业人才引进的资金需求

数字化传承需要多种专业人才，包括但不限于数字化技术人员、民间文学研究专家、数据分析师等。这些专业人才不仅具备专业技能，还需要对西南民间文学有深入的了解和研究。为了吸引这些人才，必须提供具有竞争力的薪资待遇和福利，以及良好的工作环境和发展空间，这些都需要大量的资金投入。

2. 人才培养的资金需求

除了引进人才外，还需要对现有的人才进行持续的培养和提升。数字化技术日新月异，民间文学的研究也在不断深入，因此，需要定期为员工提供专业培训、学术交流等机会，以保持其专业水平和创新能力。这些培训活动不仅需要支付培训费用，还涉及差旅、住宿等额外支出。

3. 人才激励的资金需求

为了保持员工的工作积极性和创新精神，需要建立完善的激励机制。包括提供晋升机会、设立奖励制度、给予优秀员工额外的福利待遇等，这些激励措施的实施同样需要资金支持。

4. 跨学科合作与团队建设的资金需求

数字化传承涉及多个学科领域，如文学、计算机科学、艺术设计等。为了促进不同学科之间的交流和合作，需要组建跨学科的团队，并为之提供必要的资金支持。包括团队建设活动的费用、跨学科研究项目的经费等。

5. 资金需求的长期性和持续性

与设备和技术的投入不同，人力资源的投入是一个长期且持续的过程。从人才的引进、培养到激励，每一个环节都需要持续的资金支持。随着数字化传承工作的深入推进，对人才的需求和投入也会不断增加。

6. 资金需求的战略意义

从长远来看，对人力资源的投入不仅关乎数字化传承的短期效果，更影响着其长期的发展和竞争力。通过持续的人力资源投入，培养出一支高素质、专业化的团队，为数字化传承提供源源不断的人才支持和创新动力。

（三）后期维护与更新的资金需求

1. 数据维护与安全保障的资金需求

（1）数据存储与备份：数字化资源需要大容量、高安全性的存储设备来保存。随着数据的不断增加，对存储容量的需求也会不断增长。同时为防止数据丢失或损坏，定期的数据备份也是必不可少的，这些都需要相应的资金支持。

（2）系统安全维护：数字化资源的存储和传输过程中，安全问题是必须重视的。为了防止黑客攻击、数据泄露等安全隐患，需要投入资金用于加强系统的安全防护，如购买安全证书、升级防火墙等。

2. 软件与硬件的升级与替换

（1）硬件设备的更新换代：随着技术的不断进步，硬件设备如服务器、存储设备等需要更新换代以提高性能和效率，并预留一定的资金用于购买新的硬件设备。

（2）软件系统的升级与维护：软件系统的定期升级可以修复漏洞、增加新功能并提高系统的稳定性。随着用户需求的变化，还需要对软件进行定制化的修改和优化，都需要资金支持。

3. 内容更新与丰富

（1）新资源的采集与整合：为保持数字化资源的时效性和丰富性，需要不断采集和整合新的民间文学资源。包括对新资源的搜集、整理、数字化转换等工作，都需要投入一定的人力物力。

（2）互动与反馈机制的建立：为提高用户体验和参与度，建立用户互动和反馈机制，如在线评论、打分、建议反馈等。这些功能的开发和维护同样需要资金支持。

4. 宣传与推广的资金需求

（1）市场推广费用：为让更多的人了解和使用数字化资源平台，需要进行市场推广活动，如广告投放、线上线下活动等，需要一定的资金支持。

（2）教育与培训：提高公众对数字化民间文学资源的认识和兴趣，可以开展相关的教育和培训活动。这些活动同样需要资金支持，包括教材编写、讲师费用等。

5. 长期规划与可持续发展的资金需求

为了确保数字化传承工作的长期性和可持续性，需要制定长期的发展规划并预留相应的资金。包括对未来技术发展的预测与投入、对新资源的持续采集与整合计划、对用户需求的不断调研与满足等。

综上所述，增加资金投入对于提升西南民间文学数字化传承的效果具有重要的意义，通过加大设备购置、技术研发、人力资源投入以及后期维护和更新的资金投入，可以更有效地保护和传承西南民间文学资源，让这些珍贵的文化遗产在新的时代背景下焕发出新的生机与活力。

二、多元化资金来源的探索与建议

西南民间文学的数字化传承是一项长期且需要大量资金投入的工程，然而，目前资金投入的不足已经成为制约其发展的重要因素。为了推动这项工作的持续发展，必须积极探索多元化的资金来源，并建立稳定的资金支持体系。

（一）政府资助与政策支持

政府资助对于西南民间文学数字化传承项目来说，是启动和持续推进的关键动力。政府的直接资助可以有效地解决项目初期的资金问题，使得项目能够顺利启动。在项目进行过程中，政府的持续资助也能确保项目的稳定性和持续性，避免因资金短缺而导致的项目中断或质量下降。除了直接的资金支持外，政府还可以通过设立文化产业发展基金、文化遗产保护基金等专项基金，为西南民间文学数字化传承提供更为灵活和多样的资金支持。这些基金可以根据项目的实际需求和进展情况，提供不同形式的资助，如项目补贴、贷款贴息、奖励资金等，从而有效地降低项目的资金压力，推动项目的顺利进行。

政府的政策支持对于西南民间文学数字化传承的发展也至关重要。政策是推动文化产业发展的强大引擎，政府的政策支持可以为数字化传承提供法律保障、税收优惠、市场准入等多方面的支持。在法律保障方面，政府通过制定和完善相关法律法规，明确数字化传承的合法性和权益保护，例如，加强知识产权保护，打击盗版和侵权行为，为数字化传承提供安全的法律环境；同时，制定针对数字化传承的特殊政策，如数据共享、隐私保护等，以确保数字化传承的合规性和可持续性。在税收优惠方面，对从事数字化传承的企业或机构给予一定的税收减免或优惠，不仅可以降低企业或机构的运营成本，提高其参与数字化传承的积极性，还能吸引更多的社会资本投入到这一领域，推动数字化传承的规模化发展。在市场准入方面，放宽市场准入条件、简化审批程序、降低数字化传承的市场门槛，有助于吸引更多的企业和机构参与到数字化传承中来，形成多元化的市场主体和竞争格局，推动数字化传承的创新和发展。

政府还可以通过搭建平台、促进合作等方式，为数字化传承提供更多的资源和机会，例如，政府牵头建立数字化传承的公共服务平台或数据中心，提供数据采集、存储、处理和分析等技术支持和服务。同时，政府还可以推动产学研用深度融合，加强高校、科研机构与数字化传承相关企业的合作与交流，共同推动数字化传承的技术创新和人才培养。

（二）社会捐赠与公益基金

社会捐赠与公益基金在推动西南民间文学数字化传承过程中扮演着举足轻重的角色。随着科技的进步和数字化的普及，传统的民间文学正面临着前所未有的挑战，但同时也孕育着无限的机遇。为了保护和传承这些珍贵的文化遗产，资金的支持显得尤为重要。

社会捐赠作为一种传统的资金筹集方式，为西南民间文学的数字化传承提供了坚实的经济基础。通过建立西南民间文学数字化传承公益基金，我们向全社会发出了一个明确的信号：保护和传承民间文学，是我们共同的责任。这一基金的设立，不仅为相关的数字化项目提供了稳定的资金来源，更激发了社会各界对民间文学的关注和热情。为了吸引更多的企业和个人参与到这一伟大的事业中来，需要积极与各大企业和知名人士沟通，阐述西南民间文学的价值和意义，以及数字化传承的紧迫性。许多有识之士纷纷响应，他们不仅慷慨解囊，还利用自身的影响力，号召更多的人加入到捐赠的行列。这些捐赠不仅为数字化传承提供了必要的资金支持，更为我们的事业注入了强大的动力。除了直接的资金捐赠，还与多家慈善组织建立了紧密的合作关系。通过联合开展公益募捐活动，进一步扩大了资金筹集的渠道。这些慈善组织拥有广泛的社会影响力和丰富的资源，他们的加入无疑为这份事业增添了更多的信心和力量。在这些公益募捐活动中，不仅筹集到了大量的资金，还吸引了更多的志愿者参与到数字化传承的工作中来。

当然要让更多的人了解和支持西南民间文学的数字化传承，宣传工作是必不可少的。通过各种渠道，如社交媒体、新闻媒体、文化活动等，积极开展公益宣传，让更多的人了解到这一事业的重要性和紧迫性。如制作精美的宣传资料，拍摄感人至深的宣传片，邀请知名文化人士进行讲座和交流，等。这些宣传活动不仅提高了公众对西南民间文学数字化传承的认识和关注度，更激发了大家参与这一事业的热情和积极性。为了确保每一笔捐赠都能得到妥善的使用和管理，建立完善的捐赠管理制度和透明的资金使用机制；设立专门的财务管理团队，对每一笔捐赠进行详细的记录和公示；同时，还定期发布项目进展报告和财务审计报告，让捐赠者能够清楚地了解到他们的善款是如何被使用的。这种透明和公开的做法不仅增强了捐赠者的信心和参与度,更赢得了更多的信任和支持。

通过社会捐赠与公益基金的支持,有信心将西南民间文学的数字化传承事业推向一个新的高度。在全社会的共同努力下,这些珍贵的文化遗产将得到更好的保护和传承,为子孙后代留下丰富的精神财富。

(三) 商业合作与赞助

商业合作与赞助在推动西南民间文学数字化传承的过程中,起到了不可或缺的作用。随着市场经济的不断发展,商业力量的介入为传统文化的保护和传承提供了新的可能。通过与企业进行深层次的商业合作,不仅能够筹集到必要的资金,还能够借助企业的力量,扩大西南民间文学的影响力,实现文化传承与商业价值的双赢。

为了筹集资金并推动数字化传承项目的开展,积极与各类企业签订合作协议。这些企业是文化传媒公司、科技公司,或者是与民间文学有深厚渊源的旅游企业等。通过与这些企业共同开展数字化传承项目,得以将西南民间文学的瑰宝以更加现代、科技的方式呈现给世人。而企业则通过资金支持,参与到这一文化传承的伟大事业中,同时也提升了自身的品牌形象和社会责任感。除了直接的商业合作,还积极寻求企业的赞助或广告投入。这种合作模式更为灵活,企业可以根据自己的品牌策略和市场定位,选择适合的赞助方式。例如,企业可以在数字化平台上进行品牌推广,或者在相关的文化活动中获得冠名权等。这些赞助和广告收入,为数字化传承提供了持续的资金来源,使得能够更好地保护和传承西南民间文学。

商业合作并非没有原则,在积极寻找与西南民间文学数字化传承相关的商业合作伙伴的同时,始终注重保护民间文学的纯粹性和文化传承的严肃性。商业合作是一把双刃剑,既能带来资金支持,也会对文化的纯粹性造成威胁。因此,在商业合作中,始终保持独立性和自主性,确保所有的合作都符合文化传承的初衷和原则。为了实现这一目标,需建立一套严格的商业合作审核机制。在与企业进行合作之前,对其品牌理念、市场行为等进行全面的评估,确保其与文化传承理念相吻合,同时,还要在合作协议中明确双方的权利和义务,确保文化的纯粹性不受侵犯。

(四) 国际合作与交流

国际合作与交流在推动西南民间文学数字化传承中具有重要的战略意义,通过加强与国际文化机构的紧密合作与深度交流,不仅能够争取到更多的国际资金和技术支持,还能借鉴国际上的先进经验和成功模式,进一步提升西南民间文学数字化传承的工作水平和质量。

为了拓宽资金来源和技术支持,积极寻求与国际文化机构的合作。这些机构通常拥有丰富的文化资源和先进的技术手段,通过与他们的合作,可以引进国际先进的数字化技术,为西南民间文学的保存、研究和传播提供更有力的工具。同时,国际合作也带来了更多的资金援助,这些资金将被投入到数字化传承的关键领域,如数据采集、平台建设、技术研发等,从而推动整个项目的持续发展。除了资金和技术支持,国际合作还提供了学习和借鉴国际成功经验的机会。在国际上,许多国家和地区在民间文学数字化传承方面已经取得了显著的成果。通过与他们的交流与合作,可以深入了解他们的工作流程、技术方法和项目管理等方面的经验,进而将这些经验融入到我们的工作中,推动西南民间文学数字化传承工作向更高水平发展。此外,参与国际文化交流活动也是我们工作的重要组成部分,在这些活动中,可以充分展示西南民间文学的独特魅力和深厚的文化底蕴。通过展示也能够吸引更多的国际关注和支持,进一步提升西南民间文学在国际上的知名度和影响力。通过文化交流不仅有助于增强文化自信,还能为未来的国际合作与交流奠定坚实的基础。

为了更好地推动数字化传承的国际交流与合作项目,还将加强与国际文化机构的日常沟通与联系。通过建立定期的交流机制,及时了解国际上的最新动态和趋势,为工作提供有力的指导。积极参与国际文化机构组织的各类培训和研讨会,提升专业素养和综合能力,为西南民间文学的数字化传承贡献更多的智慧和力量。

(五) 数字产品销售与服务收入

数字产品销售与服务收入是西南民间文学数字化传承项目可持续发展的重要

资金来源之一。随着数字技术的不断进步和消费者对数字文化产品需求的增长，通过将数字化传承的成果进行商业化运营，不仅能够实现文化传承与商业价值的结合，还能为项目的长期发展提供稳定的资金支持。

在商业化运营的过程中，首要关注的是保护知识产权。确保数字化传承的内容在合法、合规的前提下被商业化运用，既尊重了原创者的权益，也为数字化传承的良性发展提供了法律保障。在此基础上，积极探索各种商业化运营模式，力求在传承文化与实现经济效益之间找到最佳平衡点。为了开发具有市场潜力的数字产品和服务，深入进行市场调研和用户需求分析。通过了解消费者的偏好、购买习惯以及支付意愿，能够更加精准地定位目标市场，并开发出符合消费者需求的数字产品。这些产品包括电子书、音频讲解、互动体验等，形式多样，内容丰富，旨在满足不同消费者的个性化需求。

除了数字产品的销售，还提供在线服务，如数字化资源的定制开发、技术咨询与支持等。这些服务为我们带来了稳定的服务费用收入，进一步拓宽数字化传承的应用领域和影响力。通过与各类机构、企业的合作，将数字化传承的成果应用于教育、旅游、娱乐等多个领域，实现文化传承与产业发展的有机融合。数字产品销售与服务收入的重要性不仅在于其直接的经济效益，更在于其为数字化传承项目的可持续发展提供了源源不断的动力。这部分收入被投入到项目的后续研发、技术升级、市场推广等方面，确保了数字化传承工作的持续性和创新性。

多元化资金来源的探索与建立是西南民间文学数字化传承的重要保障，通过政府资助、社会捐赠、商业合作、国际合作以及数字产品销售与服务收入等多种途径筹集资金，可以为数字化传承提供稳定的资金支持。在实施过程中，注重资金使用的透明度和效益性，确保每一分钱都用在刀刃上。同时也要保持文化传承的独立性和自主性，在商业合作中坚守文化传承的初心和使命。

第四章　西南民间文学数字化传承的关键技术

第一节　数据采集

一、采集技术的选择与优化

在西南民间文学数字化传承的过程中，数据采集是至关重要的一环。它涉及到从各种来源获取原始的民间文学资料，为后续的数字化处理、存储和传承奠定基础。数据采集技术的选择与优化，直接关系到数字化项目的效率和质量。因此，我们必须根据西南民间文学的特点和实际需求，来精心选择和调整采集技术。

（一）采集技术的选择

在西南民间文学数字化传承的过程中，采集技术的选择是至关重要的一个环节。它不仅关系到数字化项目的顺利进行，更影响到民间文学资源的保护和传承质量。在选择采集技术时，需要综合考虑多个方面，包括技术的适用性、便捷性、可持续性以及成本效益等。

明确西南民间文学的特点和需求，西南地区的民间文学丰富多彩，包括歌谣、传说、故事等多种形式，它们往往与当地的自然环境、社会文化紧密相连。因此，在选择采集技术时要确保能够真实、完整地记录和再现这些文学作品的原貌。例如，对于口头传承的歌谣和故事，高质量的录音设备是不可或缺的，以便准确捕捉讲述者的声音和情感；而对于一些与特定环境或仪式相关的文学作品，还需要使用视频采集技术，以记录讲述者的表情、动作以及背景环境等要素。

考虑技术的便捷性和可持续性，在田野调查中，面临各种复杂的自然环境和人文环境，因此，选择的采集技术需要具有便携性、稳定性和易用性。例如，选择轻便、高性能的录音笔或摄像机，以便随时随地记录民间文学作品，还要关注技术的可持续性，即能够随着科技的进步而不断升级和完善，以适应未来数字化传承的需求。成本效益也是一个不可忽视的因素，在选择采集技术时，要根据项目的预算和实际需求来权衡技术的性价比。一些高端设备虽然能够提供更高质量的记录效果，但成本也相对较高。如果预算有限，可以选择一些性价比较高的设备，或者通过合理的操作和优化来充分发挥现有设备的性能。

在选择采集技术的过程中，还可以借鉴其他类似项目的经验，了解各种技术的优缺点，以便做出更明智的决策。同时，也要关注新技术的发展动态，及时将新技术引入到项目中来，提高数字化传承的效率和质量。除了技术层面的考虑外，还需要关注人文层面的因素。在采集民间文学时，尊重讲述者的意愿和隐私，确保他们的声音和形象不会被滥用；同时也要尽可能地保持民间文学的原始性和真实性，避免过度加工和商业化。

在实际操作中，根据具体情况灵活调整采集方案。例如，在采集歌谣时，使用高质量的录音设备来捕捉讲述者的声音和情感；在采集传说和故事时，结合录音和视频技术来全方位地记录讲述过程；还可以利用互联网和移动技术来拓宽采集渠道，吸引更多的民间文学爱好者和研究者参与到项目中来。关注与民间文学相关的文化背景和传承环境，在采集过程中，与当地的文化机构和社区合作，共同推动民间文学的传承和发展。通过举办讲座、展览等活动，让更多的人了解和欣赏西南地区的民间文学资源，从而增强其文化自信和认同感。

对比传统采集方法与数字化采集方法，总结如下表4-1所示：

表4-1 传统采集方法与数字化采集方法对比

	传统采集方法	数字化采集方法
数据记录方式	手工记录，如纸质笔记、录音带等	数字化设备记录，如数字录音、数字摄影等
数据质量和准确性	可能受到人为因素（如字迹不清、录音质量差）影响，数据质量和准确性有限	数字化设备提供高质量的数据记录，准确度高，可避免人为因素导致的误差

续表

	传统采集方法	数字化采集方法
数据处理效率	数据处理过程繁琐，需要手工整理、分类和归档	数字化数据方便存储、检索和分析，大大提高数据处理效率
数据存储和传输	纸质资料占用空间大，传输和共享不便	数字化数据易于存储和传输，方便共享和远程访问
可视化和展示	展示方式有限，主要依赖文字和图片	可利用数字化技术进行多样化的可视化和展示，如图表、动画、虚拟现实等
可扩展性和灵活性	扩展性较差，新增数据需要重新整理和分类	数字化数据方便进行扩展和更新，灵活性更高
成本和可持续性	初期投入成本可能较低，但长期管理和维护成本可能较高	数字化采集方法初期投入较大，但长期看来可降低管理和维护成本

（二）采集技术的优化

在数字化时代，采集技术的优化对于西南民间文学的传承至关重要。优化采集技术不仅可以提高数据采集的质量和效率，还能更好地保护和传承这些珍贵的文化遗产。以下将从几个方面详细探讨采集技术的优化。

1. 提升采集设备的性能

优化采集技术需要从提升采集设备的性能入手，随着科技的进步，选择更高性能的录音、录像设备来捕捉民间文学的音频和视频信息。例如，选用具有高保真音频录制功能的设备，能够更准确地捕捉讲述者的声音细节和情感变化；高清摄像机能够记录下更丰富的视觉信息，包括讲述者的表情、动作以及背后的文化环境等。

2. 智能化采集系统的应用

随着人工智能技术的发展，智能化采集系统也逐渐应用到民间文学的采集工作中。通过引入自然语言处理和语音识别技术，可以实现音频和视频的自动转写和标注，大大提高了采集效率。智能化系统还能帮助在海量的数据中快速筛选出有价值的信息，为后续的整理和分析工作提供便利。

3. 优化采集环境

采集环境的优化也是提升采集质量的关键，在进行田野调查时，尽可能选择安静、无干扰的环境进行录制，以确保音频和视频的清晰度；同时，合适的灯光和拍摄角度也能提升视频的质量，更真实地反映民间文学的文化内涵。

4. 数据压缩与存储技术的改进

随着采集数据的不断增加，如何高效地存储和管理这些数据成为了一个重要问题。优化数据压缩技术可以在保证数据质量的前提下，减小数据文件的体积，从而节省存储空间并方便数据的传输和分享；采用分布式存储系统可以确保数据的安全性和可靠性，防止数据丢失或损坏。

5. 用户体验的优化

在优化采集技术时，还应注重用户体验的提升。设计人性化的采集界面和操作流程可以使得采集工作更加便捷和高效。例如，通过提供简洁明了的操作指南和在线帮助文档，帮助用户快速掌握采集设备的使用方法和注意事项；定期收集用户的反馈和建议也是优化采集技术的重要途径之一。

6. 跨领域合作与技术创新

为了进一步提升采集技术的水平，还可以寻求与其他领域的合作和技术创新。例如，与计算机视觉、语音识别等领域的专家进行合作，共同研发更先进的采集设备和算法；关注新技术的发展趋势，及时将最新的科技成果应用到民间文学的采集工作中来。

数据采集是西南民间文学数字化传承的基础性工作，通过合理选择和优化采集技术，不仅可以提高采集效率，还能保证数据质量，为后续的数字化工作奠定坚实基础。在未来随着技术的不断进步，期待更多创新的采集方法和技术能够应用到西南民间文学的数字化传承中。

二、数据清洗与预处理流程

在西南民间文学的数字化传承过程中，数据采集完成后，紧接着的关键步骤是数据清洗与预处理。这一环节对于后续的数据分析和利用至关重要，因为它能够确保数据的准确性、一致性和可用性。数据清洗主要是去除重复、错误或不一致的数据，而预处理则包括数据的格式化、转换和标准化等操作，以便为后续的数据挖掘和模式识别提供高质量的数据集。

（一）数据清洗的必要性

在数字化时代，数据已经渗透到我们生活的方方面面，成为决策、分析、研究的重要依据。特别是在西南民间文学数字化传承的过程中，数据的质量直接关系到传承的准确性和完整性。然而，原始数据往往存在着各种问题，如重复、错误、格式混乱等，这些问题会严重影响数据的可用性和价值。因此，数据清洗成为了一个不可或缺的环节。

数据清洗有助于提高数据的准确性，在数据采集过程中，由于各种原因，如采集设备的误差、人为操作的失误等，都会导致数据出现错误。这些错误数据如果不进行清洗，将会对后续的数据分析和利用造成误导，甚至导致错误的结论。通过数据清洗，可以发现并纠正这些错误，从而提高数据的准确性。数据清洗可以消除数据的冗余和重复，在数据采集过程中，会因为多次采集、不同来源的数据重复等原因，导致数据集中存在大量的重复数据。这些重复数据不仅占用了宝贵的存储空间，还会影响数据分析和处理的效率。通过数据清洗，可以识别和删除这些重复数据，使数据集更加精简和高效。

数据清洗还有助于统一数据格式和规范，由于数据采集的来源和方式不同，导致数据的格式和规范存在差异。这些差异会给后续的数据处理和分析带来很大的困扰。通过数据清洗，可以将数据转换成统一的格式和规范，便于后续的数据处理和分析。更重要的是，数据清洗是数据挖掘和模式识别的基础，在西南民间文学的研究中，需要通过数据挖掘和模式识别来发现其中的规律和特征。如果数据集存在大量的错误、重复和不规范数据，将会严重影响数据挖掘和模式识别的准确性和效率。通过数据清洗，得到一个高质量、标准化的数据集，为数据挖掘和模式识别提供有力的支持。

除了上述提到的几点外，数据清洗还有助于提升数据的可信度和可用性。在学术研究和实际应用中，数据的可信度和可用性是非常重要的。如果数据集存在大量的问题数据，将会严重影响研究的可信度和实际应用的效果。通过数据清洗，可以提高数据的可信度和可用性，为学术研究和实际应用提供有力的数据支持。在西南民间文学数字化传承的过程中，数据清洗的必要性还体现在对文化遗产的尊重和保护上。民间文学是传统文化的重要组成部分，它承载着丰富的历史和文化信息。如果对这些数据不进行认真的清洗和处理，就会导致对文化遗产的误解和歪曲。因此，通过数据清洗可以更好地保护和传承这些珍贵的文化遗产。

同时，也需要认识到数据清洗的复杂性和挑战性，由于西南民间文学的数据类型多样、来源广泛，数据清洗的难度也相应增加。需要根据具体的数据类型和特点，制定合适的数据清洗策略和方法。随着技术的不断进步和数据的不断增长，数据清洗的需求和挑战也在不断变化，要不断探索和完善数据清洗的技术和方法，以适应数字化传承的需求。

(二) 数据预处理的步骤

1. 数据清洗

数据清洗是数据预处理的第一步，主要是处理原始数据中存在的错误、缺失、重复、异常等问题。这一步对于后续的数据分析和数据挖掘至关重要，因为它能够确保数据的准确性和可靠性。在数据清洗阶段，需要进行以下操作：

（1）去重：检查数据集中是否存在重复的记录，删除或合并这些重复数据。在西南民间文学的数据中，存在多次采集的相同故事或歌谣，通过去重可以确保数据的唯一性。

（2）处理缺失值：数据集中存在某些数据缺失的情况，例如，某些字段没有被填写或者因为采集设备的故障而没有记录。对于缺失值，可以采取删除、替换或使用插值方法进行处理。在民间文学数据中，如果某个故事的某些部分缺失，可以考虑用其他相似故事的内容进行填补，或者根据上下文进行推测。

（3）处理异常值：异常值是指那些远离其他数据点的值，是由于采集错误或其他原因导致的。对于异常值，进行删除、替换或使用其他方法进行处理。在民间文学数据中，异常值表现为过长或过短的句子，或者与主题完全不符的内容，这些都需要被识别并处理。

（4）处理错误值：错误值是由于数据输入错误、数据类型不正确等原因导致的。例如，在民间文学数据中，存在错别字、语法错误等问题，这些都需要被纠正。

2. 数据集成

数据集成是将多个数据源中的数据整合到一起形成一个数据集的过程，在西南民间文学数字化传承项目中，需要从多个不同的地区、不同的采集者那里收集数据，因此，数据集成是必不可少的步骤。在数据集成阶段，需要进行以下操作：

（1）数据收集：从不同的数据源中收集数据，并将这些数据转换成后续处理所需的格式。在民间文学项目中，意味着从各个地区的采集者那里收集故事、歌谣等，并将它们统一成相同的格式。

（2）数据清洗与合并：在数据集成的过程中，对数据进行进一步的清洗和合并。包括去除重复数据、处理缺失数据和异常数据等。同时，还需要将多个数据源的数据合并到一个数据集中，确保数据的完整性和一致性。

3. 数据变换

数据变换是将原始数据转换成适合分析的格式或形式的过程，在西南民间文学数字化传承项目中，对文本数据进行分词、提取关键词等操作，以便进行更深入的分析。数据变换的具体步骤包括：

（1）数据格式转换：将原始数据转换成可读取和可处理的格式，如果原始数据是扫描的 PDF 文件或图片格式，需要将其转换成可编辑的文本格式。

（2）数据统一化：对于不同的数据源，进行数据的统一化处理。如果不同的采集者使用了不同的标点符号或缩写方式，需要将它们统一成相同的格式。

（3）数据规范化：对于不同的数据类型，进行数据规范化处理。在民间文学数据中，需要将所有的文本都转换成小写字母，或者去除所有的标点符号等。

（4）数据离散化：在某些情况下，需要将连续的数据转换成离散的数据。例如，将故事的长度划分为"短""中"和"长"三个类别，而不是使用具体的字数来表示。

4. 数据规约

数据规约是将数据集中的数据缩减到合理的范围内，以便于分析和处理。在西南民间文学数字化传承项目中，需要对大量的文本数据进行缩减，以便更高效地进行分析和挖掘。数据规约的具体步骤包括：

（1）数据抽样：当数据量过大时，从文本集中抽取一部分数据进行分析。既可以减少计算量，又可以保证结果的可靠性。在民间文学项目中，从不同的地区或不同的时间段中抽取代表性的故事或歌谣进行分析。

（2）数据聚集：将数据按照一定的方式进行聚合，例如，计算某个地区所有故事的平均长度、最长长度、最短长度等统计指标。

（3）数据规则建立：针对数据集中的特定属性或类别，建立相应的规则进行筛选或分类。例如，建立规则只选择那些包含特定主题或关键词的故事进行分析。

（三）数据清洗与预处理的挑战与策略

在进行数据清洗和预处理时，会遇到一些挑战，如数据量大、数据格式复杂多样等。为了应对这些挑战，可以采取以下策略：

（1）自动化工具的应用：利用现有的数据清洗和预处理工具，如 Python 中的 Pandas 库等，可以大大提高处理效率。

（2）制定明确的处理规则：针对不同类型的错误或不一致的数据，制定明确的处理规则，以确保处理结果的一致性和准确性。

（3）人工审核与校验：在自动化处理的基础上，加入人工审核的环节，以确保重要信息不被误删或误改。

数据清洗与预处理是西南民间文学数字化传承中不可或缺的一环。通过这一环节的处理，我们可以获得高质量、标准化的数据集，为后续的数据挖掘、模式识别和可视化展示等提供坚实的基础。在未来，随着技术的不断进步和数据的不断增长，数据清洗与预处理的重要性将更加凸显，我们需要不断探索和完善相关的技术和方法，以适应数字化传承的需求。

三、数据采集的质量控制

在数字化传承的背景下，数据采集的质量控制是确保项目成功的基石。高质量的数据不仅能提升后续数据处理的准确性，还能为研究者提供可靠的分析基础，因此，建立有效的质量控制机制势在必行。

（一）采集前的准备

明确采集目标是准备工作的第一步，在数字化传承项目中，要清楚地知道需要什么样的数据，这些数据将如何被用于后续的研究和展示。对于西南民间文学而言，包括各种民间故事、歌谣、谚语等。明确目标有助于更加精准地进行数据采集，避免收集到大量无关或低质量的数据。接下来是制定详细的采集计划，计划包括采集的时间表、地点、人员分工以及预期达成的目标。对于西南民间文学来说，由于地域文化的差异，需要深入到不同的村落、乡镇进行实地采集。因此，合理的时间规划和路线安排就显得尤为重要。同时，还要考虑到遇到的困难和挑战，如语言沟通障碍、地理环境复杂等，并提前制定相应的应对策略。

设计合理的采集工具也是准备工作中的一项重要任务，包括设计问卷、录音设备、摄像设备等。对于西南民间文学的数据采集，需要设计针对不同类型文学作品的问卷，以收集更详细的信息。同时，为了确保数据的真实性和完整性，高质量的录音和摄像设备也是必不可少的。这些工具的设计和使用都要经过严格的测试和优化，以确保其在实际采集过程中能够发挥最大的效用。对采集人员进行专业培训是确保数据采集质量的关键，培训内容不仅包括数据采集的基本技能和方法，还包括对西南民间文学的理解和尊重。采集人员需要了解当地的文化习俗，学会如何与当地居民进行有效的沟通，以获取最真实的民间文学作品。此外，培训还应强调数据采集的伦理道德，确保在采集过程中尊重和保护当地居民的隐私和权益。

（二）数据校验机制的建立

建立数据校验机制，相关流程如下图 4-1 所示：

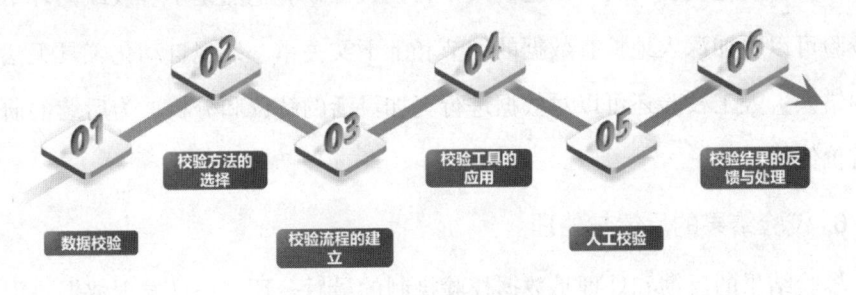

图 4-1　数据校验机制流程

1. 数据校验

数据校验是数据处理流程中不可或缺的一部分，它旨在检测和纠正数据中可能存在的错误。在西南民间文学数字化项目中，数据校验尤为重要，因为任何错误都会导致对文学作品的误解或文化信息的丢失。通过数据校验，确保所收集的数据是准确、可靠和一致的。

2. 校验方法的选择

根据数据的特性和项目的需求，选择不同的数据校验方法。例如，对于文本数据，采用文本比对和一致性检查的方法，确保录入的数据与原始数据一致；对于数值数据，采用范围检查的方法，确保数据在合理的范围内。

3. 校验流程的建立

建立一个清晰的数据校验流程，明确校验的规则和标准，包括确定哪些数据需要进行校验、校验的具体步骤以及校验结果的判定标准。指定专人负责数据校验工作，确保校验工作的专业性和准确性。建立校验结果的记录和反馈机制，以便及时发现问题并进行处理。

4. 校验工具的应用

为了提高数据校验的效率和准确性，可以借助专业的校验工具进行辅助。例如，使用自动化校验软件对数据进行批量处理，快速发现数据中的错误和不一致之处。也可以利用数据挖掘和机器学习等技术对数据进行深入分析，发现潜在的数据问题。

5. 人工校验

尽管自动化校验工具可以提高效率，但人工校验仍然是不可或缺的环节。人工校验可以更加深入地检查数据的细节和上下文关系，发现自动化工具无法检测到的错误；人工校验还可以对数据进行更加灵活的解读和分析，为后续的研究提供有价值的见解。

6. 校验结果的反馈与处理

校验结果的反馈和处理是数据校验机制的最后一环，一旦发现数据错误或不一致之处，需要及时通知相关人员进行处理。对于重大错误或疑似数据造假的情况，立刻进行深入调查并采取相应的措施。同时，校验结果的反馈也可以作为项目质量评估的重要依据，为后续的项目改进提供参考。

（三）标准化操作流程

1. 明确目标和范围

明确操作流程的目标和范围，包括确定流程要解决的问题、达成的目标以及适用的场景和人员。在西南民间文学数字化传承项目中，目标是高效地收集、整理和传播民间文学作品，范围则涵盖从数据采集到数字化存储再到线上展示的全过程。

2. 识别关键步骤和流程所有者

需要识别出整个流程中的关键步骤和负责每个步骤的流程所有者，例如，在数据采集阶段，关键步骤包括确定采集地点、设计问卷、进行实地采集等，而流程所有者可能是项目组的某个成员或小组。

3. 分析流程图和流程数据

制定流程图是理解流程全貌的重要手段。通过流程图，清晰地看到各个步骤之间的关联和依赖关系。同时，对流程中产生的数据进行分析，如采集数据的数量、质量等，有助于发现流程中的瓶颈和问题。

4. 制定具体流程

在分析了流程图和流程数据后,开始制定具体的操作流程。包括为每个步骤制定详细的操作指南、设定时间限制、明确责任人等。

5. 实施和监控

将制定的标准化操作流程付诸实施,并进行持续的监控和调整。通过实践中的反馈,不断优化和完善流程。

(四) 反馈与改进

在数据采集过程中,建立有效的反馈机制有助于及时发现问题并进行改进。通过采集人员的反馈、专家的建议以及数据分析的结果,可以不断优化数据采集的方法和工具,从而提高数据采集的质量和效率。

数据采集的质量控制是西南民间文学数字化传承项目中的关键环节,通过充分的采集前准备、建立数据校验机制、制定标准化操作流程以及建立有效的反馈机制,可以大大提高数据采集的质量,为后续的数据处理和分析奠定坚实的基础。这些措施的实施需要项目团队的密切合作和持续改进,以确保数字化传承项目的成功实施。

第二节 文本挖掘

一、文本挖掘的基本概念与技术

在数字化时代,文本数据是最为常见且易于获取的信息形式之一。西南民间文学作为中华文化宝库中的瑰宝,其传承与保护工作需要借助现代科技手段,而文本挖掘正是其中的一项关键技术。通过文本挖掘,可以更加高效地处理和分析大量的民间文学文本数据,从而挖掘出其内在的价值和规律。

（一）文本挖掘的定义

文本挖掘是指从海量的文本数据中提取出未知的、能够被理解的、并可用于达到特定探究目的的信息或知识的过程。这个过程涉及多个学科领域的技术和方法，主要以数理统计学和计算语言学为理论基础。通过文本挖掘，可以发现文本中的特征词并进行量化、结构化表示，进一步将文字形式的特征词编译为数字化的、计算机可以识别的信号，以便于应用数学模型进行建模和分析。

具体来说，文本挖掘包括以下几个关键方面：

（1）数据特征提取：文本挖掘的首要任务是从非结构化的文本中提取出有意义的特征，如词频、词义、句法结构等，这些特征将作为后续分析的基础。

（2）模式识别与知识发现：通过对提取的特征进行深入分析，文本挖掘能够识别出文本中的潜在模式，如关联规则、聚类结构等，并进一步发现其中蕴含的知识或信息。

（3）结构化表示：文本挖掘将非结构化的文本数据转化为结构化的格式，便于计算机处理和存储，同时也使得分析结果更加直观和易于理解。

（4）数学建模与应用：在特征提取和结构化表示的基础上，文本挖掘利用数学模型对文本数据进行建模和分析，以实现分类、预测、推荐等应用目标。

（二）文本挖掘的核心技术

文本挖掘作为数据挖掘的一个重要分支，其核心技术涉及多个方面，包括自然语言处理、文本预处理、特征提取、文本分类、文本聚类、关联分析以及情感分析等。这些技术在处理海量文本数据时发挥着关键作用，能够帮助从非结构化的文本中提取出有价值的信息和知识。

1. 自然语言处理（NLP）

自然语言处理是文本挖掘的基础技术之一，它主要研究能实现人与机器之间用自然语言进行通信的各种理论和方法。在文本挖掘中，NLP技术被广泛应用于文本预处理阶段，包括分词、词性标注、命名实体识别等任务。通过NLP技术，我们可以将原始的文本数据转化为计算机能够理解和处理的格式。

2. 文本预处理

文本预处理是文本挖掘过程中的一个重要环节，其主要目的是清洗和规范化原始文本数据，以便于后续的分析和挖掘。预处理步骤通常包括去除停用词（如"的""是"等常用但对意义不大的词汇）、词干提取或词形还原（将词汇还原为其基本形式）、文本分词（将句子切割成单个的词汇或短语）等。这些操作有助于减少数据噪音，提高文本挖掘的准确性。

3. 特征提取

特征提取是文本挖掘中的关键技术之一，其目的是从预处理后的文本中提取出有意义的特征，以供后续的分类、聚类等算法使用。常见的特征包括词频、TF-IDF 值（词频-逆文档频率）、n-gram（连续出现的 n 个词的序列）等。这些特征能够反映文本的主题、风格和内容等信息，对于后续的文本分类和聚类等任务至关重要。

4. 文本分类

文本分类是指根据文本的内容或主题将其自动归类到预定义的类别中，这是文本挖掘中应用最广泛的任务之一。常见的文本分类算法包括朴素贝叶斯、支持向量机（SVM）、决策树等。通过这些算法，自动地将大量的文本数据归类到不同的主题或类别中，便于后续的信息检索和分析。

5. 文本聚类

与文本分类不同，文本聚类是一种无监督的学习方法，它能够将相似的文本聚集在一起形成不同的群组或簇。常见的聚类算法包括 K-means、层次聚类等。通过文本聚类，发现文本数据中的潜在结构和关联，有助于揭示文本之间的相似性和差异性。

6. 关联分析

关联分析旨在发现文本中不同项集之间的关系或规则，例如，在购物网站的用户评论中，关联分析可以发现哪些商品经常一起被提及或购买。这种分析有助于揭示文本中的隐藏模式和关联规则，为推荐系统、广告投放等应用提供有价值的洞察。

7. 情感分析

情感分析是文本挖掘中的一个重要应用方向，其目的是识别和分析文本中表达的情感倾向。情感分析可以分为正面、负面和中性三种情感倾向的判断。通过情感分析，了解公众对某一事件、产品或服务的态度和看法，为企业决策、市场调研等提供有力支持。

以下是文本挖掘的核心技术及特点，如表4-2所示：

表4-2 文本挖掘的核心技术及特点

核心技术	描述	特点
自然语言处理（NLP）	实现人与机器之间自然语言通信的理论和方法	基础技术，用于文本预处理，将原始文本转化为计算机可理解的格式
文本预处理	清洗和规范化原始文本数据	包括去除停用词、词干提取、分词等，减少数据噪音，提高准确性
特征提取	从预处理后的文本中提取有意义的特征	常见特征包括词频、TF-IDF值、n-gram等，反映文本主题、风格和内容
文本分类	将文本自动归类到预定义的类别中	常见算法包括朴素贝叶斯、SVM、决策树等，便于信息检索和分析
文本聚类	将相似的文本聚集形成群组或簇	常见算法包括K-means、层次聚类等，揭示文本之间的相似性和差异性
关联分析	发现文本中不同项集之间的关系或规则	揭示隐藏模式和关联规则，为推荐系统、广告投放等提供洞察
情感分析	识别和分析文本表达的情感倾向	判断正面、负面和中性情感，了解公众态度和看法，支持决策和市场调研

（三）文本挖掘在西南民间文学研究中的应用

文本挖掘技术能够通过自动化处理和分析大量文本数据，揭示出其中的模式、趋势和关联。在西南民间文学研究中，这种技术可以被用来分析和挖掘民间故事、歌谣、谚语等文本资料，从而更深入地理解这些文学形式的文化内涵和社会功能。通过文本分类技术，研究人员可以将西南民间文学中的不同主题、类型和风格进行自动归类。例如，利用朴素贝叶斯、支持向量机等算法，可以将民间故事按照爱情、英雄、冒险等主题进行分类，有助于研究者系统地分析各类故事的特点和演变规律。

情感分析技术可以帮助研究者分析西南民间文学中的情感倾向和态度，通过对文本中的情感词汇和表达方式进行识别和分析，揭示出民间文学中蕴含的文化价值观、道德观念和社会态度。对于深入理解西南地区的文化传统和社会心理具有重要意义。文本聚类技术能够将相似的文本聚集在一起，从而发现西南民间文学中的不同故事流派或风格。通过聚类分析，研究者可以探索各种流派之间的共性和差异，以及它们在不同历史时期和地域文化背景下的演变过程。

关联规则挖掘技术可以帮助研究者发现西南民间文学中不同元素之间的关联和规律。例如，通过分析故事中的角色、事件和情节之间的关联规则，揭示出故事情节的发展逻辑和内在联系。对于理解故事的叙事结构、角色关系和情节转折具有重要意义。结合可视化技术，文本挖掘的结果可以以更直观的方式展现出来。利用词云图、网络图等可视化工具，清晰地展示西南民间文学中的关键词汇、人物关系和故事结构。这种交互式的研究方式不仅提高了研究效率，还使得研究者能够更深入地探索和理解文本数据。

文本挖掘作为处理和分析大量文本数据的有效工具，在西南民间文学的数字化传承中发挥着重要作用。通过运用文本挖掘的核心技术，更加深入地挖掘民间文学中的知识和智慧，为保护和传承这一文化遗产提供有力的技术支持。

二、基于文本挖掘的民间文学分类与聚类

西南民间文学内容丰富、形式多样，包括神话、传说、歌谣、谚语等。为了更好地整理、研究和传播这些文学资源，对其进行科学的分类与聚类显得尤为重要。基于文本挖掘的分类与聚类技术，提供高效、准确的方法，以揭示西南民间文学的内在规律和特点。

（一）基于文本挖掘的民间文学分类

文本分类是指根据文本的内容或主题将其自动归类到预定义的类别中。在西南民间文学的研究中，利用文本分类技术对各种文学形式进行自动归类。例如，

通过提取文本中的关键词、短语和主题等信息，结合机器学习算法，可以训练出高效的分类模型。这些模型能够自动将新的文本数据归类到相应的文学类别中，如神话、传说、歌谣等。文本分类技术还可以帮助识别和分析不同类别的民间文学在主题、风格和叙事手法等方面的差异和特点。这对于深入理解西南民间文学的多样性和独特性具有重要意义。

（二）基于文本挖掘的民间文学聚类

基于文本挖掘的民间文学聚类是一种无监督学习的方法，旨在发现文本集合中的内在结构和关联，将相似的文本聚集在一起。这种方法在民间文学研究中具有重要意义，可以帮助理解和分析民间文学作品的多样性、相似性和关联性。

1. 聚类的基本概念

聚类是一种将数据划分为多个组或簇的过程，使得同一簇内的数据尽可能相似，而不同簇之间的数据尽可能不同。在民间文学中，聚类可以用于识别具有相似主题、风格或文化背景的作品群。

2. 文本特征提取

在进行聚类之前，需要从文本中提取特征。这些特征可能包括关键词、词频、TF-IDF值等，用于量化文本之间的相似性。例如，通过词频统计，了解哪些词汇在特定的文学作品中频繁出现，从而揭示作品的主题和风格。

3. 聚类算法选择

在民间文学聚类中，选择多种聚类算法，如 K-means、层次聚类等。这些算法根据文本之间的相似性将数据划分为不同的簇。例如，K-means 算法通过迭代优化每个簇的中心点，使得同一簇内的文本接近中心点，从而实现文本的聚类。

4. 聚类结果解读

聚类完成后，对每个簇进行解读和分析。通过观察每个簇中的代表作品，了解该簇的主题、风格和文化背景。这种解读有助于发现民间文学中的潜在结构和关联规则，为深入研究提供线索。

5. 聚类在民间文学研究中的应用

聚类在民间文学研究中具有广泛的应用前景，它可以帮助发现相似的文学作品，从而揭示文学流派和风格的演变规律。通过聚类可以识别出具有代表性的作品，为文学批评和赏析提供新的视角。聚类还有助于文化遗产的保护和传承工作，让我们更加珍视和传承这些独特的文化遗产。

基于文本挖掘的分类与聚类技术在西南民间文学的研究中发挥着重要作用。这些技术不仅提高了我们整理和分析大量文本数据的能力，还为我们揭示了西南民间文学的内在规律和特点。通过科学的分类与聚类方法，我们可以更深入地理解西南民间文学的多样性、独特性和文化传承价值，为保护和传承这一珍贵的文化遗产提供有力的支持。

三、文本挖掘在民间文学研究中的价值

随着数字化技术的飞速发展，我们面临的问题不再是信息匮乏，而是信息过载。在浩如烟海的民间文学资料中，如何高效地提取出有价值的信息，成为摆在研究者面前的一大挑战。文本挖掘技术的出现，为我们提供了一种全新的解决方案。

（一）提高研究效率

在民间文学研究中，文本挖掘技术的引入显著提高了研究效率。传统的研究方法往往依赖于研究者手动翻阅、整理和分析大量的文献资料，这不仅耗时耗力，而且容易出错。通过文本挖掘技术，可以自动化地处理和分析大规模的文本数据，从而极大地提升了研究工作的效率。文本挖掘技术能够对民间文学快速扫描和识别文献资料中的关键信息，利用自然语言处理和机器学习算法，自动提取出文本中的主题、关键词、人物、事件等要素，避免了人工逐一阅读的繁琐过程。文本挖掘技术能够进行高效的数据分类和整理，通过聚类、分类等算法，将大量的文本数据按照特定的主题或类别进行自动分组，使得研究者能够更快速地定位和获取相关信息。此外，文本挖掘技术还能够辅助进行数据分析和可视化呈现，利用数据挖掘和可视化工具，轻松地生成各种图表、报告和统计数据，帮助

研究者更直观地理解文本数据，发现其中的规律和趋势。

（二）揭示文学作品的内在规律和特点

文本挖掘技术在民间文学研究中的另一大价值，是能够深入揭示文学作品的内在规律和特点。通过精细的数据分析和模式识别，这项技术可以帮助洞察作品的深层结构、风格特征以及文化内涵。

文本挖掘技术可以分析作品中的词汇使用频率、句式结构等语言学特征，从而揭示出作者的写作风格和技巧。例如，某些特定的词汇或表达方式代表了作者的独特文风，通过文本挖掘，可以精确地识别和量化这些特征。该技术还能够识别出作品中的主题、情感倾向以及人物关系等关键要素，通过对这些要素的深入分析，能够更好地理解作品的主旨和意图，以及作者是如何通过人物和情节来传达这些思想的。文本挖掘技术还能够挖掘出作品之间的相似性和差异性，通过对比不同作品或同一作者不同时期作品的文本特征，发现文学流派、风格的演变以及文化传承的轨迹。这项技术还能够揭示出隐藏在文本背后的社会文化因素，通过分析作品中的隐喻、象征等修辞手法，洞察到当时社会的价值观、信仰以及民俗风情等深层次的文化内涵。

（三）拓展研究视野和思路

文本挖掘技术不仅提高了民间文学研究的效率，也揭示了文学作品的内在规律和特点，更重要的是，它为研究者拓展了研究视野和思路。在传统的民间文学研究中，学者们往往依赖于纸质文献和人工分析方法，这在一定程度上限制了研究的广度和深度。而文本挖掘技术的引入，为研究者打开了一扇新的窗户，带来了更为广阔的研究空间。

文本挖掘技术能够帮助研究者接触和处理更大规模的文本数据，在数字化时代，大量的文学作品被转化为电子文本，使得基于计算机的数据分析成为可能。通过文本挖掘，研究者可以轻松处理数以万计甚至更多的文学作品，从而发现传统方法难以观察到的文学现象和规律。文本挖掘技术为跨学科研究提供了便利，在文本挖掘的过程中，不仅可以运用文学理论，还可以借鉴计算机科学、统计学、语言学等多个学科的知识和方法。这种跨学科的研究方法有助于发现新的问题，提出新的观点，从而推动民间文学研究的创新和发展。文本挖掘技术还可以帮助探索文学与社会、历史、文化的关联，通过分析文学作品中的主题、情感、人物等要素，洞察到作品背后的社会历史背景和文化内涵。这种跨领域的研究视野，有助于我们更全面地理解文学作品的价值和意义。

（四）促进跨学科研究

文本挖掘技术在民间文学研究中的应用，极大地促进了跨学科的研究合作与交流。民间文学作为人类文化的重要组成部分，其研究原本就涉及文学、历史、民俗学、社会学等多个学科领域。然而，传统的研究方法往往局限于单一学科的理论和工具，难以全面深入地揭示民间文学的丰富内涵。文本挖掘技术的引入，为跨学科研究提供了有力的技术支持和新的方法论视角。

文本挖掘技术融合了计算机科学、数据处理、自然语言处理等多个领域的知识，使得文学研究能够与这些领域进行深度的交叉融合。例如，计算机科学中的算法和模型可以帮助文学研究者处理和分析大规模的文本数据，揭示出文学作品的内在结构和规律。文本挖掘技术为不同学科的研究者提供了一个共同的技术平台，在这个平台上，文学研究者可以与其他学科的研究者进行合作，共同探索民间文学与社会文化、心理学、经济学等多个领域的相互关系。这种跨学科的合作不仅有助于拓宽文学研究的视野，还能够为其他学科提供新的研究材料和观点。文本挖掘技术还促进了研究方法的创新，不同学科的研究方法在文本挖掘的过程中相互借鉴和融合，产生了许多新的研究思路和方法。例如，社会学中的网络分析方法可以被引入到文学研究中，通过分析文学作品中的人物关系和情节网络来揭示作品的结构和意义。

文本挖掘在民间文学研究中的价值不言而喻，它不仅提高了研究效率，揭示了文学作品的内在规律和特点，还拓展了研究视野和思路，促进了跨学科研究的发展。随着技术的不断进步和应用领域的拓展，文本挖掘将在民间文学研究中发挥越来越重要的作用。

第三节 数字展览

一、数字展览的设计与规划

随着信息技术的迅猛发展，数字展览已成为文化传播的新趋势。对于西南民间文学而言，数字展览的设计与规划是数字化传承工作的重要环节。通过精心设计的数字展览，可以更加直观、生动地展示西南民间文学的魅力和价值，进而提升其社会影响力和传承效果。

（一）明确展览目标与主题

在设计与规划数字展览的过程中，明确展览目标与主题是至关重要的第一步。不仅为整个展览奠定基调，也为后续的内容策划、技术选择、布局设计等提供明确的方向。对于西南民间文学的数字化展览而言，目标与主题的设定更是关系到文化传承的深度与广度。

数字展览的目标应该是多方面的，既要满足文化传承的需要，也要考虑观众的需求和期望。具体而言，目标可以包括以下几个方面：

（1）文化传承与保护：通过数字展览，能够将西南民间文学的瑰宝展示给更广泛的人群，让更多的人了解和欣赏到这些独特的文化遗产。同时，数字化手段也可以有效地保护这些珍贵的文学资源，防止其因时间流逝而消逝。

（2）教育与普及：数字展览应该承担起教育和普及的职能，让观众在欣赏文学作品的同时，也能够了解到西南民间文学的历史背景、文化内涵和社会价值。不仅可以提升公众的文化素养，也有助于培养人们对传统文化的尊重和热爱。

（3）互动与参与：数字展览应该提供丰富的互动环节，让观众能够更加深入地参与到展览中来。通过互动，观众可以更加直观地感受到西南民间文学的魅力，从而增强展览的吸引力和影响力。

主题是展览的灵魂，它能够准确地反映出展览的核心内容和精神内涵。对于西南民间文学的数字化展览，可以从以下几个方面来设定主题：

（1）地域文化特色：西南民间文学作为地域文化的重要组成部分，其主题应该突出西南地区的独特文化和历史。通过展示西南地区的风土人情、民族习俗等元素，让观众更加深入地了解这片土地的文化底蕴。

（2）文学价值与艺术魅力：西南民间文学以其独特的艺术风格和深刻的思想内涵而著称，因此，展览的主题应该突出这些文学作品的独特价值和艺术魅力，让观众感受到传统文化的深厚底蕴和无限魅力。

（3）传承与创新：在设定主题时，还可以考虑将传统与现代相结合，展示西南民间文学在当代的传承与创新。通过展示现代作家对传统文学的继承和发扬，以及新创作的民间文学作品，让观众看到传统文化的生命力与创新精神。

（二）内容策划与选择

在明确了展览目标与主题后，内容策划与选择成为数字展览设计的关键环节。以下是对西南民间文学数字化展览的内容进行策划与选择的详细方案：

（1）经典作品展示：精选西南民间文学中的经典故事、歌谣、谚语等，以文字、图片、音频、视频多种形式进行数字化展示。对每部作品配以详细的背景介绍、作者信息、创作背景及在西南民间文学中的地位和影响。

（2）地域文化特色：突出西南地区独特的地域文化和民族风情，通过数字化手段重现西南地区的自然景观、民族建筑、服饰文化等元素。结合地理信息系统（GIS）技术，展示西南民间文学故事发生的具体地点，增强观众对地理空间的感知力。

（3）文学价值与艺术魅力解读：邀请文学专家、学者撰写解读文章或制作讲解视频，深入分析西南民间文学的艺术特色、主题思想、人物形象等。通过比较研究和跨文化视角，揭示西南民间文学在世界文学中的独特地位和价值。

（4）互动体验区：设计互动环节，如让观众选择故事走向、角色扮演、在线创作等，提升观众的参与感和沉浸体验。利用虚拟现实（VR）和增强现实（AR）技术，创建仿真的西南民间文学场景，让观众身临其境地感受文学氛围。

（5）当代传承与创新：展示当代作家、艺术家对西南民间文学的继承与创新作品，包括改编的现代文学作品、影视作品、音乐作品等。邀请当代作家、艺术家进行线上讲座或工作坊讲座，与观众分享创作心得和对西南民间文学的理解。

（6）教育资源整合：针对教育领域，整合关于西南民间文学的教学资源，如课件、教案、互动练习题等。提供在线教育工具，方便教师和学生进行远程学习和交流。

（7）社区交流平台：建立线上社区，鼓励观众分享对西南民间文学的看法、感受和创作，形成良好的文化交流氛围。定期举办线上活动，如征文比赛、线上讲座、读者见面会等，增强社区的活跃度和凝聚力。

通过以上策划与选择，打造一个内容丰富、形式多样、互动性强的西南民间文学数字化展览，让更多人了解和欣赏西南民间文学的独特魅力，并促进其传承与发展。

（三）数字技术的选择与应用

在西南民间文学数字化展览中，数字技术的选择与应用是至关重要的一环。以下是对数字技术选择与应用的详细规划：

1. 技术选择原则

（1）需求导向：根据展览目标和内容策划，选择能够满足展示需求、提供良好用户体验的数字技术。

（2）适应性与灵活性：所选技术应能适应不同的展示内容和场景，同时具备一定的灵活性，以便根据实际情况进行调整和优化。

（3）安全性与可靠性：确保所选技术能够保护数据安全，防范网络攻击，同时具备稳定性和可维护性。

2. 具体应用技术

（1）数字媒体技术：使用高清视频、数字音频等多媒体内容展示西南民间文学的经典作品和地域文化特色。通过大屏幕或投影仪等设备，为观众带来视听一体的沉浸式体验。

（2）互动展示技术：利用触摸屏、手势识别等技术，创建互动展区，让观众与展示内容进行实时互动。设置互动游戏、问答环节等，增强观众的参与感和体验乐趣。

（3）虚拟现实（VR）与增强现实（AR）技术：应用 VR 技术，构建虚拟展馆，让观众身临其境地体验西南民间文学的世界；使用 AR 技术，将虚拟信息叠加到现实世界中，为观众提供更加丰富的视觉体验和互动机会。

（4）数字化档案与数据库技术：将西南民间文学作品和相关资料数字化，构建数字化档案和数据库。提供在线浏览和研究功能，方便观众随时随地访问和学习。

（5）大数据与人工智能技术：利用大数据技术收集和分析观众行为数据，为展览的改进和优化提供数据支持。应用人工智能技术为观众提供个性化的参观路线推荐和智能讲解服务。

3. 技术实施与保障

（1）技术整合与测试：在展览筹备阶段，对各种数字技术进行整合与测试，确保各项技术能够无缝衔接、稳定运行。

（2）技术培训与支持：对相关工作人员进行技术培训，确保他们能够熟练掌握和应用各项数字技术；同时与技术供应商建立长期合作关系，获取持续的技术支持和服务。

（3）技术更新与升级：随着科技的不断发展，及时关注新技术动态，对展览中的数字技术进行更新和升级，以保持展览的先进性和吸引力。

通过以上规划与实施，我们将充分利用数字技术为观众带来一场精彩纷呈、互动性强的西南民间文学数字化展览。

（四）用户友好性设计

1. 界面设计

简洁明了的界面布局，确保展览平台的界面设计简洁、清晰，避免过多的视觉元素干扰用户浏览。重要信息和功能应放在显眼位置，便于用户快速找到所需内容。直观的导航结构，使用户能够轻松地浏览不同的展览板块和内容。提供清晰的面包屑导航，帮助用户了解当前所在位置。保持整个展览平台的视觉风格一致，包括色彩、字体和图标等。有助于提升用户的视觉体验，并增强展览的整体美感。

2. 交互设计

优化平台性能，确保页面加载迅速，减少用户等待时间；设计流畅的动画效果和过渡，提升用户的操作体验。当用户进行操作时，给予明确的反馈，如点击按钮后的视觉变化或声音提示。有助于用户了解操作是否成功，并增强用户的控制感。将展览内容按照逻辑顺序进行组织，提供清晰的分类和标签，帮助用户快速找到感兴趣的信息。同时提供搜索功能，便于用户直接查找特定内容。

3. 可访问性与无障碍设计

兼容多种设备和浏览器，确保展览平台在不同设备和浏览器上都能正常显示和运行，以满足更多用户的需求。为视障用户或听力障碍用户提供辅助功能，如高对比度模式、屏幕阅读器等，确保所有用户都能平等地访问展览内容。使用简洁明了的语言描述展览内容和功能，避免使用过于专业的术语或复杂的句子结构。这有助于用户更好地理解展览信息。

4. 个性化与定制化

允许用户根据自己的喜好调整展览平台的界面风格、字体大小等设置，以提高用户的满意度和忠诚度。根据用户的浏览历史和偏好，为用户推荐相关的展览内容。有助于用户发现更多感兴趣的信息，并提升展览平台的粘性。

（五）宣传与推广策略

设计与规划过程中，还需考虑如何有效地宣传和推广数字展览。利用社交媒体、网络平台等多种渠道进行宣传，吸引更多的观众参与。

数字展览的设计与规划是西南民间文学数字化传承的关键环节，通过明确展览目标与主题、精心策划内容、选择合适的技术、注重用户友好性设计以及制定有效的宣传推广策略，可以打造一场生动有趣且具有教育意义的数字展览，进而促进西南民间文学的有效传承和发展。

二、交互式展览技术的实现

随着科技的进步和观众需求的多样化，传统的静态展览方式已经无法满足现代观众的需求。交互式展览技术的出现，为观众提供了更加生动、有趣的参观体验，使得展览内容更加丰富和立体。在西南民间文学的数字化传承中，交互式展览技术的应用显得尤为重要，它不仅能够增强观众的参与感和沉浸感，还能有效地促进文化的传播和交流。

（一）交互式展览技术的基本原理

交互式展览技术是一种融合了多媒体技术、传感技术和网络技术的创新展示方式，旨在提供更加生动、有趣的参观体验，通过增强观众的参与感和沉浸感，有效地促进文化的传播和交流。其基本原理可以归纳为以下几点：

（1）多媒体技术融合：交互式展览技术的核心是利用多媒体技术，如音频、视频、动画、图像等，将展览内容以多样化的形式呈现出来。这些媒体元素不仅丰富了展览的视觉效果，还通过听觉、触觉等多种感官刺激，使观众能够更深入地了解和感受展览内容。例如，在展示西南民间文学时，可以通过多媒体技术重现故事场景，让观众仿佛置身于故事情节之中。

（2）实时交互性：交互式展览技术的另一大特点是实时交互性，通过触摸屏、红外线感应、语音识别等传感技术，观众可以自主选择感兴趣的内容进行深入了解，并与展览进行实时互动。这种交互方式打破了传统的参观模式，使观众从被动的接受者转变为主动的参与者，提高了观众的参与度和兴趣。

（3）虚拟与现实结合：交互式展览技术还常常结合虚拟现实（VR）和增强现实（AR）技术，为观众创造出身临其境的体验。虚拟现实技术可以构建一个完全虚拟的环境，让观众在其中自由探索；而增强现实技术则可以将虚拟元素叠加到现实世界中，为观众提供更加丰富的视觉体验。这些技术的应用使得观众能够更加直观地了解展览内容，增强了沉浸感和真实感。

（4）网络互联与社交互动：借助网络技术，交互式展览还可以实现观众之间的互动和交流。观众可以通过社交媒体等平台分享自己的参观体验、交流感受，甚至参与在线活动和讨论。这种社交互动不仅丰富了观众的参观体验，还扩大了展览的影响力和传播范围。

（5）个性化展示：交互式展览技术还可以根据观众的个人喜好和需求进行个

性化展示。通过数据分析和智能推荐算法，展览可以为每位观众提供定制化的内容推荐和互动体验。这种个性化展示不仅提高了观众的满意度，还使得展览更加贴近观众的实际需求。

（二）交互式展览技术在西南民间文学展览中的应用

（1）多媒体展示西南民间文学作品：通过高清大屏或投影仪等设备，展示西南民间文学的经典作品。利用视频、音频和动画等多媒体元素，重现民间故事中的精彩情节，使观众能够更直观地了解故事内容和人物性格。这种展示方式不仅提升了观众的观看体验，还加深了他们对西南民间文学的理解。

（2）触摸屏技术提供互动阅读：在展览中设置触摸屏设备，观众可以通过触摸操作选择并阅读自己感兴趣的民间文学作品。这种方式打破了传统的阅读模式，使观众能够更主动地探索和了解西南民间文学。同时，触摸屏设备还可以提供作品解读、作者介绍等相关信息，帮助观众更全面地了解作品背后的文化和历史背景。

（3）虚拟现实技术重现文学场景：借助虚拟现实技术，为观众构建一个虚拟的西南民间文学世界。观众可以戴上 VR 眼镜，身临其境地体验故事中的环境和情节。沉浸式的体验方式让观众仿佛置身于故事之中，与故事中的人物进行互动，从而更深入地感受西南民间文学的魅力。

（4）互动游戏增加观众参与度：设计基于西南民间文学作品的互动游戏，如解谜、角色扮演等。观众可以通过参与游戏来更深入地了解作品内容和人物关系。寓教于乐的方式不仅增加了观众的参与度，还让他们在娱乐中学习到西南民间文学的相关知识。

（5）社交媒体分享与交流：利用社交媒体平台，鼓励观众在参观过程中分享自己的体验和感受。观众可以通过扫描二维码或搜索相关话题，参与到线上讨论和互动中。

表 4-3　交互式展览技术在西南民间文学展览中的具体应用

技术应用	应用效果
多媒体展示	使观众更直观地了解故事内容和人物性格，提升观看体验，加深对西南民间文学的理解
触摸屏技术	打破传统阅读模式，提供主动探索和了解西南民间文学的机会，帮助观众更全面地了解作品背后的文化和历史背景
虚拟现实技术	提供沉浸式体验，让观众仿佛置身于故事中，与故事中的人物互动，更深入地感受西南民间文学的魅力
互动游戏	增加观众参与度，寓教于乐，让观众在娱乐中学习到西南民间文学的相关知识
社交媒体分享	扩大展览影响力，促进观众之间的交流和分享，增强参观体验的互动性

（三）交互式展览技术的挑战与前景

尽管交互式展览技术在西南民间文学的数字化传承中展现出了巨大的潜力，但仍面临着一些挑战。如技术更新迅速，需要不断跟进和学习新的技术；同时，观众的多样化需求也对交互式展览技术提出了更高的要求。随着技术的不断进步和观众需求的日益明确，交互式展览技术有望在西南民间文学的数字化传承中发挥更大的作用，为观众带来更加丰富多彩的文化体验。

交互式展览技术为西南民间文学的数字化传承提供了新的思路和方向，通过先进的传感技术、多媒体技术以及网络技术等的应用，实现了观众与展览内容的实时互动，提升了观众的参与感和沉浸感。尽管面临一些挑战，但交互式展览技术在未来仍有望在西南民间文学的数字化传承中发挥更大的作用。

三、数字展览的评估与反馈

数字展览的评估与反馈是数字化传承过程中不可或缺的一环。通过对数字展览的评估，我们可以了解展览的实际效果，发现存在的问题，并根据反馈进行针对性的改进。这不仅有助于提高数字展览的质量，还能更好地满足观众的需求，推动西南民间文学的有效传承。

（一）数字展览的评估标准

在数字展览的实践中，评估标准是衡量展览成功与否的重要尺度。一个全面而科学的评估体系能够帮助更好地了解展览的实际效果，发现其中的优点与不足，为后续展览的改进提供有力的依据。

观众满意度是衡量数字展览成功与否的关键指标，观众是展览的最终受益者和评判者，他们的满意度直接反映了展览的质量和吸引力。通过调查问卷、在线评价、面对面访谈等多种方式，可以收集到观众对展览内容、视觉效果、互动体验、导览服务等各方面的反馈。这些反馈不仅能帮助了解观众的喜好和需求，还能揭示展览中存在的问题和需要改进的地方。访问量和观众停留时间也是评估数字展览效果的重要指标，访问量体现了展览的吸引力和影响力，而观众停留时间则反映了展览内容的丰富程度和观众的参与度。一个成功的数字展览应该能吸引大量观众前来参观，让他们长时间停留并深入体验。

社交媒体分享和讨论情况也是评估数字展览效果的重要依据，在社交媒体时代，观众的分享和讨论能够极大地扩大展览的影响力和知名度。通过监测和分析社交媒体上的相关话题和讨论热度，了解展览在公众中的反响和关注度，从而评估展览的社会价值和影响力。展览的技术创新和应用也是评估标准之一，数字展览作为科技与文化的结合体，其技术创新和应用水平直接影响了观众的体验和感知。一个成功的数字展览应该能够充分利用先进技术，为观众带来新颖、独特的互动体验。例如，利用虚拟现实、增强现实等技术，为观众创造出沉浸式的观展环境；通过大数据和人工智能技术，为观众提供个性化的推荐和服务等。还需要关注展览的教育意义和文化价值，数字展览不仅是展示艺术品和科技成果的平台，更是传播知识、弘扬文化的重要载体。因此，在评估数字展览时，需要考察其是否具有丰富的教育内容和深刻的文化内涵，是否能够引导观众深入思考、拓宽视野。

（二）收集与处理观众反馈

为了获取准确的观众反馈，可以采用多种方式，如设置在线反馈表单、开展观众座谈会等。收集到的反馈数据需要进行分类整理，以便发现展览中存在的问题和观众的需求。针对问题和需求，及时调整展览内容、优化互动设计，甚至重新规划展览布局，以提升观众的参观体验。

（三）持续改进与迭代

在数字展览的领域中，持续改进与迭代是推动展览不断向前发展的关键动力。通过不断地反思、优化和创新，数字展览能够适应时代的变化，满足观众日益增长的需求，保持其吸引力和影响力。以下是对持续改进与迭代策略的详细探讨：

1. 反馈循环的建立

建立一个有效的反馈循环是持续改进的基础，意味着展览团队需要定期收集、分析和响应来自观众的反馈，无论是正面的赞扬还是负面的批评，都应被认真对待。通过问卷调查、在线评价、社交媒体互动等方式，持续获取观众对展览内容、视觉效果、互动体验等方面的意见和建议。

2. 问题的识别与分类

在收集到反馈后，团队对问题进行识别和分类。一些问题涉及展览内容的深度和广度，而另一些问题与展览的技术实现、用户体验或可达性有关。通过对问题的准确分类，可以更有效地分配资源并解决关键问题。

3. 优先级的设定

并非所有问题都需要立即解决，团队根据问题的严重性、影响范围和观众反馈的频繁程度来设定解决问题的优先级。紧急且重要的问题应首先得到处理，而较低优先级的问题可以在后续的迭代中逐步解决。

4. 创新与实验

持续改进不仅仅是对现有问题的修复，还包括不断尝试新的展览形式和内容。团队应保持对新技术和新趋势的敏感性，勇于在展览中引入创新元素。包括采用新的互动技术、开发独特的视觉效果，或者探索与众不同的故事叙述方式。

5. 迭代计划的制定与执行

基于问题的识别和优先级的设定，团队需要制定详细的迭代计划。包括确定改进的具体目标、分配资源、设定时间表，并监控进度。在执行过程中，团队应保持紧密的沟通与协作，确保迭代计划得以顺利实施。

6. 效果的评估与调整

每次迭代后，团队都需要对改进效果进行评估。通过比较迭代前后的观众反馈、访问量、互动次数等指标来实现。根据评估结果，调整迭代策略，进一步优化展览效果。

7. 文化的培养与传承

持续改进与迭代不仅仅是一种工作方法，更是一种组织文化。展览团队应培养一种开放、包容和勇于尝试的氛围，鼓励成员提出新的想法和建议。同时，通过文档记录、经验分享和团队建设活动等方式，确保这种文化能够在团队中得以传承。

数字展览的评估与反馈是确保展览质量、提升观众体验的关键环节。通过制定合理的评估标准、收集并处理观众反馈，以及持续改进与迭代，不断优化数字展览，为西南民间文学的传承与发展注入新的活力。在未来的数字化传承道路上，将继续探索和创新，让西南民间文学在数字世界中焕发新的光彩。

第四节 版权保护

一、数字化时代的版权问题与挑战

在数字化浪潮中，西南民间文学的珍贵资源被越来越多地转化为数字形式，以便于更广泛的传播与保存。然而，这一转变也带来了版权保护的新挑战。数字化内容易于复制和传播的特性，使得未经授权的盗版行为层出不穷，严重威胁了创作者的合法权益和民间文学的健康发展。

(一) 数字化资源的易复制性与盗版风险

随着信息技术的飞速发展，数字化资源已经成为获取信息、学习知识和享受文化的主要方式。数字化资源的易复制性，虽然极大地便利了信息的传播与共享，但同时也带来了严重的盗版风险，对知识产权的保护构成了前所未有的挑战。

数字化资源的易复制性主要体现在其可以轻易地被拷贝、粘贴、传输和分享。这种便捷性使得用户可以轻松地获取和传播信息，但同时也为盗版行为提供了极大的便利。盗版者只需简单的操作，就可以将原作者辛苦创作的作品进行无限制的复制和传播，这种行为不仅侵犯了原作者的知识产权，也损害了合法用户的利益。盗版风险的增加对数字化资源的创作者和版权所有者造成了严重的损失，盗版行为会直接导致创作者的收入减少，进而影响其创作的积极性和持续性。当创作者发现自己的作品被大量盗版时，他们会因为无法获得应有的经济回报而失去继续创作的动力。盗版行为还会破坏市场秩序，导致正版作品的销量下降，进而影响整个行业的健康发展。

(二) 网络环境下的版权监管难题

网络环境为信息传播提供了前所未有的便利，但同时也为版权保护带来了诸多新的挑战。在网络环境下，版权监管面临着一系列难题，这些难题涉及技术、法律、管理以及跨国合作等多个层面。

网络环境的匿名性和开放性加剧了版权监管的难度，网络用户可以轻松地上传、下载和分享各种数字化资源，而且往往能够保持匿名状态。这种匿名性使得盗版行为更加隐蔽，难以追踪和查处。同时，网络平台的开放性也意味着任何人都可以成为信息的发布者和传播者，这无疑增加了监管的复杂性。网络技术的迅速发展也给版权监管带来了新的问题，随着云计算、大数据、人工智能等技术的普及，数字化资源的传播和利用方式变得更加多样化和复杂化。例如，通过P2P（点对点）技术，用户可以直接在计算机之间传输文件，绕过了传统的中心服务器，这使得版权监管机构难以追踪和打击盗版行为。

网络环境下的版权法律法规体系尚不完善，虽然各国都加强了对网络版权的法律保护，但由于网络技术的快速发展和跨国性质，现有的法律法规往往难以完全适应新的版权问题。此外，不同国家和地区的版权法律制度的差异，也给跨国版权监管带来了困难。跨国合作在版权监管中也是一大难题，网络环境下的盗版行为往往跨越国界，需要各国之间的紧密合作才能进行有效打击。然而，由于政治、经济和文化等方面的差异，各国在版权保护上的态度和力度不尽相同，导致跨国版权监管合作面临诸多障碍。

（三）跨地域版权保护的困境

随着全球化的深入发展，跨地域版权保护问题日益凸显。不同地域间的文化差异、法律体系的多样性，以及数字技术的广泛应用，都为版权保护带来了前所未有的挑战。

1. 法律体系的差异

各地域的法律体系存在差异，直接影响版权的保护力度和方式。例如，欧美国家对版权的保护通常较为严格，而一些发展中国家对版权保护的重视程度相对较低。当版权纠纷跨越不同法律体系的地域时，如何协调和统一保护标准就成了一个难题。

2. 执法力度的不统一

除了法律体系外，各地域的执法力度也各不相同。一些地区可对侵权行为采取严厉的打击措施，而其他地区则较为宽松。执法力度的不统一，不仅影响版权保护的效果，也导致侵权行为的跨地域转移。

3. 文化差异的影响

文化差异也是跨地域版权保护中不可忽视的因素，在某些文化中，分享和复制他人的作品被视为一种学习和交流的方式，而不被视为侵权。然而在其他文化中，这种行为被视为严重的侵权行为。在跨地域版权保护中，需要充分考虑文化差异对版权观念的影响。

4. 数字技术的挑战

数字技术的广泛应用使得作品的传播和复制变得更加容易，但同时也为侵权行为提供了便利。在跨地域环境中，数字技术使得侵权行为更加难以追踪和打击。例如，一些盗版网站利用服务器位于不同地域的优势，规避某些地区的严格版权保护法律。

5. 国际合作的复杂性

跨地域版权保护需要加强国际合作，但国际合作往往涉及多方利益和复杂的法律程序。不同国家之间的法律体系、执法力度和文化差异都会增加国际合作的复杂性。国际合作还需要考虑语言障碍、时区差异等实际问题。

6. 司法协助的困难

在跨地域版权保护中，司法协助是必不可少的环节。然而，由于不同地域的法律体系和司法程序存在差异，司法协助往往面临诸多困难。例如，证据收集、法律文书的送达、判决的执行等都会因地域差异而变得复杂和耗时。

数字化时代为西南民间文学的传承与发展带来了前所未有的机遇，但同时也伴随着诸多版权问题与挑战。为了保护创作者的合法权益，维护市场秩序，促进西南民间文学的健康发展，必须正视这些挑战，并采取切实有效的措施加强版权保护。包括但不限于完善法律法规、提高网络监管力度、加强跨地域合作等方面。只有这样，才能在充分利用数字化技术的同时，确保西南民间文学的合法权益得到有力保障。

二、加密技术与数字水印的应用

在数字化时代，随着西南民间文学资源的数字化进程加速，如何确保这些珍贵的文化遗产不被非法复制、篡改或盗用，成为了亟待解决的问题。加密技术与数字水印作为两种重要的技术手段，为西南民间文学的版权保护提供了有力的技术支持。

（一）加密技术在版权保护中的应用

1. 加密技术的基本原理

加密技术是一种通过特定的算法，将原始信息（明文）转换为一种难以理解和解读的形式（密文）的过程。这种转换需要依赖一个密钥，只有持有正确密钥的用户才能将密文还原为原始的明文信息。在版权保护中，加密技术主要用于保护数字内容不被未授权的用户访问和使用。

2. 加密技术在版权保护中的具体应用

（1）数字内容的加密存储与传输

利用加密技术，版权所有者对数字内容进行加密处理，确保内容在存储和传输过程中的安全性。即使数据被非法获取，没有正确的解密密钥，也无法查看和使用原始内容，大大降低数字内容被非法复制和传播的风险。

（2）防止非法复制和传播

加密技术通过限制对数字内容的访问和使用，有效防止了非法复制和传播行为。未经授权的用户即使获得了加密后的数字内容，也无法进行解密和复制，从而保护了版权所有者的利益。

（3）授权访问控制

通过加密技术，版权所有者可以控制谁去访问和使用特定的数字内容。只有持有正确密钥的用户才能获得授权并解密内容。这种授权访问控制机制确保了数字内容只被合法用户使用。

（4）保护数字内容的完整性

加密技术还可以用于保护数字内容的完整性，通过对数字内容进行加密和签名处理，确保内容在传输过程中不被篡改或损坏。有助于维护数字内容的真实性和可信度。

3. 加密技术在不同领域的应用实例

（1）电子书领域

在电子书领域，加密技术被广泛应用于保护电子书的版权。出版商对电子书进行加密处理，并设置特定的授权码，用户在阅读时需要输入正确的授权码才能解密和阅读电子书，这种方式有效防止了电子书的非法复制和传播。

（2）音乐和视频领域

在音乐和视频领域，加密技术同样发挥着重要作用。通过对音频和视频文件进行加密处理，防止这些文件被非法复制和传播。同时，通过授权访问控制机制，确保只有合法用户才能访问和使用这些文件。

（3）软件和游戏领域

在软件和游戏领域，加密技术也被广泛应用。通过对软件和游戏进行加密处理，防止软件和游戏被非法复制、破解和盗版，这有助于保护软件开发者和游戏开发者的权益。

（二）数字水印在版权保护中的作用

数字水印作为一种信息隐藏技术，近年来在版权保护领域发挥着越来越重要的作用。数字水印技术通过将特定的信息嵌入到数字媒体中，如图像、音频、视频等，以实现版权保护、追踪溯源、内容认证等多重功能。

1. 版权标识与验证

数字水印的首要作用是标识数字媒体的版权信息，通过嵌入代表版权所有者的标识、序列号或特定信息，数字水印能够在不影响数字媒体正常使用的情况下，为作品提供一个隐形的"身份证"。这种标识是永久性的，即使数字媒体经过编辑、压缩或转换格式，水印信息仍然能够保留下来。因此一旦发生版权纠纷，版权所有者可以通过提取数字水印来证明其所有权，从而维护自己的合法权益。

2. 追踪与溯源

除了版权标识外，数字水印还可以用于追踪和溯源。当数字媒体被非法复制或传播时，版权所有者可以通过提取数字水印中的信息，追踪到侵权行为的来源和传播路径。对于打击盗版行为、维护市场秩序具有重要意义。例如，在发现盗版内容时，版权所有者可以提取盗版内容中的数字水印，通过分析水印信息，找到盗版行为的源头，进而采取法律手段维护自己的权益。

3. 防止非法篡改

数字水印还可以用于防止数字媒体被非法篡改，通过在数字媒体中嵌入脆弱水印，即一种对篡改敏感的水印，可以在数字媒体被修改时检测出篡改行为。这种脆弱水印能够在数字媒体受到任何微小改动时发生变化，从而提醒版权所有者注意可能的侵权行为，对于保护数字媒体的完整性和真实性具有重要意义。

4. 促进数字媒体的合法使用

数字水印技术的广泛应用还有助于促进数字媒体的合法使用，通过在数字媒体中嵌入使用限制或版权声明等水印信息，可以提醒用户遵守版权法规，减少非法复制和传播行为的发生。同时，数字水印还可以为数字媒体提供额外的增值服务，如提供与作品相关的链接、注释或推广信息等，丰富用户的使用体验。

5. 辅助法律诉讼

在涉及版权纠纷的法律诉讼中，数字水印可以提供有力的证据支持。由于数字水印具有不可见性和鲁棒性等特点，使得其难以被篡改或去除。因此，在法庭上通过提取涉嫌侵权的数字媒体中的数字水印信息，可以证明该媒体是否有非法复制或传播等行为，为版权所有者提供有力的法律武器。

6. 打击网络盗版行为

随着网络技术的不断发展，网络盗版行为也日益猖獗。数字水印技术在打击网络盗版行为方面发挥着重要作用。通过将数字水印与网络技术相结合，实现对网络盗版行为的自动检测和追踪。例如，在发现某个网站存在盗版内容时，可以通过提取盗版内容中的数字水印信息，自动定位到侵权行为的源头并采取相应的法律措施进行打击。

加密技术和数字水印作为两种重要的技术手段，在西南民间文学的版权保护中发挥着不可或缺的作用。加密技术通过保护数字化资源的内容安全，防止了非法访问和拷贝；而数字水印则通过嵌入特定的信息，实现了对作品的标识、鉴别和追踪。这两种技术的结合应用，为西南民间文学的数字化传承提供了全方位的版权保护方案。随着技术的不断发展，也需要不断更新和完善这些技术手段，以应对日益复杂的版权保护挑战。

三、版权管理与追踪系统的建立

在数字化时代，西南民间文学的版权保护面临着前所未有的挑战，为了有效管理和追踪数字化内容的版权信息，建立一个完善的版权管理与追踪系统显得尤为重要。这样的系统不仅能保障创作者的合法权益，还能为数字化传承提供一个规范、有序的环境。

（一）系统架构与功能模块

1. 系统架构

该系统的整体架构可以采用分布式的设计，以确保系统的高可用性和可扩展性。系统主要由前端界面、后端服务以及数据库组成，并通过 API 接口进行交互。前端界面负责与用户进行交互，展示版权信息并提供操作入口；后端服务负责处理业务逻辑，与数据库进行交互并返回处理结果；数据库则负责存储和管理版权相关数据。

2. 功能模块

（1）版权登记与认证模块：提供用户上传数字内容的功能，并为其生成唯一的版权标识符。通过特定的算法和技术手段，对上传的数字内容进行认证，确保其原创性和真实性。将认证后的版权信息写入数据库中，以便后续查询和追踪。

（2）版权追踪与监控模块：利用数字指纹技术、水印技术等，对数字内容进行标记，以便在发现侵权行为时进行追踪。实时监控网络上的版权侵权行为，一旦发现侵权行为，立即触发报警机制并记录侵权证据。提供版权追踪报告，帮助版权所有者了解其作品在网络上的传播和使用情况。

（3）版权交易与管理模块：提供一个安全的交易平台，支持版权作品的买卖、授权等操作。管理版权交易过程中的费用结算、合同签署等环节，确保交易的合法性和公平性。记录每一笔交易信息，包括交易双方、交易时间、交易金额等，以便后续查询和审计。

（4）用户管理与权限控制模块：管理不同类型的用户，如版权创作者、版权购买者、系统管理员等，并为他们分配相应的权限。提供用户注册、登录、找回密码等基本功能，确保用户信息的安全性。记录用户的操作日志，以便在出现问题时进行追溯和排查。

（5）数据分析与可视化模块：对系统中存储的版权数据进行深入分析，包括版权作品的数量、类型、交易情况等。提供可视化的数据报表和图表，帮助用户更直观地了解版权市场的动态和趋势,为版权政策的制定和调整提供数据支持。

(二) 技术应用与集成

1. 数字水印技术

数字水印技术被广泛应用于版权管理与追踪系统中,以实现对数字内容的鉴别和追踪。通过将不可见的标识信息嵌入到数字内容中,如音频、视频或图像,数字水印能够帮助确认内容的版权归属,并在发现侵权行为时提供追踪线索。此技术需要确保水印的鲁棒性,使其在数字内容经历压缩、转换等处理后仍能保留并被准确检测。

2. 数字签名技术

数字签名技术用于验证数字内容的完整性和来源,通过对数字内容进行签名,系统可以确保内容在传输和存储过程中未被篡改,从而保护版权的真实性。在版权交易和授权过程中,数字签名还可以作为法律效力的证明。

3. 加密技术

加密技术用于保护版权信息的传输和存储安全,通过采用先进的加密算法,系统可以确保版权信息在网络传输过程中不被窃取或篡改。同时,加密技术还可以用于控制对版权内容的访问权限,防止未经授权的访问和使用。

4. 分布式存储与云计算

分布式存储技术可以提高系统的可靠性和可扩展性,通过将数据分散存储在多个节点上,系统能够抵御单点故障,并确保数据的可用性。云计算则为系统提供了强大的计算和存储能力,以支持大规模版权数据的处理和分析。

5. 大数据分析与人工智能

大数据分析技术用于挖掘版权数据中有价值的信息,如用户行为模式、市场趋势等。人工智能算法则可用于自动化识别和追踪侵权行为,提高版权保护的效率。通过结合这两种技术,系统可以为版权所有者提供更精准的市场分析和侵权应对策略。

(三) 用户体验与界面设计

在构建一个高效的版权管理与追踪系统的过程中，用户体验与界面设计是不可或缺的关键环节。一个出色的系统，除了具备强大的功能和稳固的安全性，还必须让用户爱上使用系统的过程，这就是用户体验设计的魅力所在。

界面设计要简洁明了，过于复杂的界面会让用户感到困惑和不耐烦，设计目标是让用户一眼就能理解并快速上手。通过合理的布局、清晰的字体和直观的图标，确保每个功能区域都一目了然，用户可以迅速找到他们需要的功能。操作便捷性也是设计的重点，用户在使用过程中，希望减少点击和操作步骤。优化流程，减少冗余操作，使得版权登记、查询、追踪等操作都能够轻松完成。这种设计理念不仅提高用户的工作效率，也让他们在使用系统时感到更加愉悦。一个完善的系统还需要提供详细的用户指南和帮助文档，这些文档不仅可以帮助新用户快速熟悉系统，还能为老用户提供进阶操作和问题解决的指南。确保这些文档内容丰富、翔实，并且以用户友好的方式呈现，使得用户在遇到问题时能够迅速找到解决方案。

(四) 合作与信息共享

合作与信息共享在版权管理与追踪系统中起着至关重要的作用，为了提高系统的整体效果，必须积极寻求与相关机构和部门的深度合作与信息共享。与版权局、公安机关等部门的紧密合作是不可或缺的，通过建立稳固的信息共享机制，及时获取和处理侵权信息，确保版权得到迅速而有效的保护。这种合作不仅有助于迅速应对侵权行为，更能为后续的版权追踪和法律追究提供有力支持。与各大数字平台的合作也是关键，数字平台作为内容传播的重要渠道，对于打击侵权行为具有举足轻重的地位。通过与这些平台进行合作，共同制定和执行更加严格的版权保护措施，从源头上遏制侵权行为的发生。这种合作还能更广泛地收集和分析侵权数据，进一步提升版权管理与追踪系统的准确性和效率。此外，还应积极拓展与其他相关机构的合作领域，如知识产权代理机构、律师事务所等。这些机构在版权保护方面拥有专业知识和丰富经验，能够为我们提供宝贵的法律和技术支持。通过与他们的合作，可以共同研究和应对复杂的版权问题，为创作者提供更加全面和专业的保护。

建立一个完善的版权管理与追踪系统是保护西南民间文学数字化传承的重要措施之一，通过整合先进技术、优化用户体验和加强合作与信息共享，可以构建一个高效、便捷的版权管理与追踪系统。为西南民间文学的数字化传承提供有力的保障，将有助于激发创作者的创作热情，推动西南民间文学的繁荣发展。

四、法律与政策在版权保护中的作用

在数字化时代背景下，版权保护对于维护创作者的合法权益，促进文化产业的健康发展具有不可替代的作用。西南民间文学作为中华文化的重要组成部分，其数字化传承过程中的版权问题不容忽视。法律和政策作为版权保护的重要手段，应当得到充分的重视和应用。

（一）提供法律依据

法律为版权保护提供了明确的定义和范围，通过相关法律法规的制定，版权的内涵和外延得到了清晰的界定。包括版权的主体、客体、权利内容以及限制等方面，使得创作者在创作过程中能够明确自己的权益边界，也为后续的权利维护提供了法律依据。法律规定了版权的归属和使用方式，在西南民间文学的数字化传承中，涉及到众多创作者、传承者、使用者等，他们之间的权益关系错综复杂。法律明确了版权的归属原则，即原创作者对其作品享有原始的版权，同时规定了版权的许可使用、转让等制度，为各方当事人提供了明确的行为准则。

法律对侵权行为进行了明确的界定，并规定了相应的法律责任。在数字化传承过程中，盗版、抄袭等侵权行为屡见不鲜，严重损害了创作者的合法权益。通过法律对侵权行为的打击，可以有效地保护创作者的劳动成果，维护市场的公平竞争。法律还为版权纠纷的解决提供了途径，在数字化传承中，由于信息传播的快速性和广泛性，版权纠纷也呈现出复杂化和多样化的特点。法律规定了版权纠纷的解决机制，包括协商、调解、仲裁和诉讼等方式，为当事人提供了多元化的纠纷解决渠道。

更为重要的是，法律在提供版权保护的同时，也注重平衡各方利益。它既要保护创作者的合法权益，又要考虑社会公众的利益和文化传承的需求。法律在设定版权保护制度时，充分权衡了创作者、传播者、使用者之间的利益关系，力求达到一种动态的平衡。

（二）规范数字化传承行为

规范数字化传承行为有助于维护民间文学的真实性和完整性，在数字化过程中，民间文学的内容往往需要通过扫描、录入等方式进行转化。如果传承行为不规范，就会导致信息的丢失、变形或错误解读。制定严格的操作规程和技术标准，确保数字化过程中数据的准确性和完整性，对于保护民间文学的原貌至关重要。规范数字化传承行为可以防止民间文学原貌被恶意篡改和滥用，在数字化时代，信息的复制和传播变得异常容易，但也给不法分子提供了可乘之机。他们会利用数字技术对民间文学进行篡改、盗用或传播虚假信息，从而达到混淆视听、误导公众的目的。通过规范传承行为，可以明确传承者的责任和义务，防止他们利用数字技术从事不法行为。

规范数字化传承行为有助于建立良好的文化传承环境，数字化传承不仅仅是技术的转换，更是一种文化的传承和发展。在这个过程中，传承者需要遵循一定的道德规范和职业操守，以确保民间文学得到尊重和珍视。通过规范传承行为，可以推动形成一种积极、健康的文化传承氛围，促进民间文学的长远发展。规范数字化传承行为还有助于提升公众对民间文学的认知和尊重，当公众看到传承者以严谨、认真的态度对待民间文学时，他们会更加信任和尊重这种文化形式，有助于增强民间文学在公众心目中的地位和影响力，进而推动其更广泛地传播和发展。

（三）促进版权意识的提升

提升版权意识有助于维护创作者的合法权益，在数字化时代，信息传播的速度和范围都大大扩展，使得版权问题变得更加复杂和突出。如果缺乏足够的版权意识，创作者的作品很容易被非法复制、传播，甚至被恶意篡改，导致创作者的权益受到严重侵害。通过加强版权教育，让更多人认识到版权的重要性，可以有效减少侵权行为的发生，保护创作者的合法权益。版权意识的提升有助于推动文化产业的发展，文化产业是一个创意密集型产业，其核心资源就是创意和知识产权。如果社会上普遍存在对版权的忽视和侵犯，那么创作者的创作热情和积极性将会受到严重打击，文化产业的创新和发展也将受到阻碍。相反如果社会大众都尊重版权，愿意为正版内容付费，那么就能形成一个良性循环，激励更多的创作者投入到文化创作中去，从而推动文化产业的繁荣和发展。版权意识的提升也有助于培养社会的法治精神，版权法是知识产权法的重要组成部分，规定了创作者和使用者的权利和义务。通过宣传和教育，让人们了解和遵守版权法，不仅可以保护创作者的权益，也可以促进社会的法治建设。当人们都习惯于遵守法律、尊重他人的知识产权时，整个社会的法治氛围也会更加浓厚。

（四）推动文化产业发展

版权保护鼓励了文化创新，在西南民间文学的数字化传承过程中，版权保护为创作者提供了法律保障，确保了他们的智力成果能够得到应有的回报。这种保障极大地激发了创作者的创作热情和积极性，促使他们不断创作出更多具有西南地域特色和文化内涵的民间文学作品。这些作品不仅丰富了人们的精神文化生活，也为文化产业的发展注入了新的动力。版权保护促进了文化产业链的完善，在数字化传承的背景下，西南民间文学作品的创作、传播、消费等各个环节都更加紧密地联系在一起，形成了一个完整的产业链条。版权保护确保了创作者在产业链中的核心地位，使得他们能够从中获得合理的经济回报，进而有更多资源和动力投入到新的创作中。同时，版权保护也规范了文化市场的秩序，防止了盗版和侵权行为对产业链的破坏，为文化产业的健康发展提供了有力保障。

版权保护推动了文化产业与其他产业的融合发展，在数字化时代，文化产业与旅游、教育、科技等产业的融合趋势日益明显。西南民间文学作为地域文化的重要载体，其数字化传承和版权保护有助于提升地域文化的知名度和影响力，进而吸引更多游客前来体验和学习。通过与科技产业的结合，西南民间文学的数字化传承还可以开发出更多具有互动性和趣味性的文化产品，满足消费者多元化的文化需求。版权保护还有助于提升文化产业的国际竞争力，随着全球化的深入发展，文化产业已成为国家软实力的重要组成部分。西南民间文学作为中华文化的瑰宝，其数字化传承和版权保护有助于提升我国文化产业的国际知名度和影响力。通过加强版权保护，可以更好地保护和推广西南民间文学，使其在国际文化市场上占据一席之地，进而推动整个文化产业的国际化发展。

法律和政策在西南民间文学数字化传承的版权保护中发挥着至关重要的作用，它们不仅为版权保护提供了法律依据，规范了数字化传承行为，还提升了公众的版权意识，推动了文化产业的发展。因此，在推进西南民间文学数字化传承的过程中，必须充分认识到法律和政策的重要性，切实加强版权保护工作，为文化的传承和发展提供良好的法治环境。

第五节　社交互动

一、社交媒体在民间文学传播中的角色

在数字化时代，社交媒体以其即时性、互动性和广泛性的特点，正逐渐成为文化传播的重要渠道。对于西南民间文学而言，社交媒体不仅提供了一个展示其独特魅力的舞台，还通过用户之间的互动，增强了民间文学的吸引力和影响力。

（一）社交媒体作为传播平台

在数字化时代背景下，社交媒体以其独特的魅力和强大的功能，正逐渐成为信息传播和文化交流的重要平台。对于西南民间文学的传承与发展而言，社交媒体发挥了举足轻重的作用。以下将从多个方面详细阐述社交媒体作为传播平台的优势和影响。

1. 广泛的覆盖范围

社交媒体具有广泛的用户基础，能够覆盖各个年龄层、职业和地域的群体，这使得西南民间文学能够通过社交媒体平台，快速触达大量潜在受众。无论是微

博、微信还是抖音等社交平台，都拥有数以亿计的用户，为民间文学的传播提供了广阔的空间。

2. 多样化的传播形式

社交媒体支持文字、图片、视频等多种媒体形式，为西南民间文学的传播提供了极大的便利。通过生动的图片和视频，可以更加直观地展示民间文学的内容和魅力，吸引更多用户的关注和兴趣。同时，社交媒体还支持直播功能，可以实时展示民间文学活动，让观众更加深入地了解和感受民间文化的魅力。

3. 高效的传播速度

社交媒体的信息传播速度极快，一条信息可以在短时间内被大量用户转发和分享，这种高效的传播速度为西南民间文学的传承提供了有力支持。当有关民间文学的内容在社交媒体上发布后，可以迅速引发用户的关注和讨论，从而扩大其影响力。

4. 精准的推荐算法

现代社交媒体平台通常配备先进的推荐算法，能够根据用户的兴趣和偏好，为其推送相关内容，这一特点使得西南民间文学能够更精准地触达目标受众。当用户对民间文学表现出兴趣时，社交媒体会自动为其推送更多相关内容，从而加深用户对民间文学的了解和喜爱。

5. 强大的互动性

社交媒体具有强大的互动性，允许用户进行评论、点赞和分享等操作。这种互动性不仅增加了用户对民间文学内容的参与度，还使得传播者能够及时了解受众的反馈和需求。通过互动，进一步激发用户对西南民间文学的兴趣和热情，同时也有助于完善和优化传播内容。

6. 降低传播成本

相比传统媒体，社交媒体传播的成本更低。无论是个人还是机构，都可以通过社交媒体平台免费或低成本地发布和推广民间文学内容，大大降低了传播的门槛和成本，使得更多有关西南民间文学的内容能够得以传播和被了解。

（二）社交媒体促进互动与交流

随着信息技术的飞速发展，社交媒体已经渗透到了人们日常生活的方方面面，尤其在文化传承领域，社交媒体的作用日益凸显。对于西南民间文学而言，社交媒体不仅是一个高效的传播平台，更是一个促进互动与交流的重要工具。这种互动与交流对于民间文学的传承与发展具有深远的意义。

社交媒体打破了传统的时间和空间限制，让不同地域、不同文化背景的人们能够随时随地交流和分享。在西南民间文学的传承过程中，这种跨时空的互动为人们提供了一个共同探讨、学习和传承民间文化的平台。无论是研究者、文化传承者还是普通爱好者，都可以通过社交媒体发表自己的观点、分享自己的发现，从而形成一个多元、开放的交流环境。通过社交媒体，人们可以更加方便地参与到西南民间文学的讨论中，分享自己的见解和感受。这种即时的互动不仅增加了传承活动的趣味性和参与度，还使得民间文学的传承更加贴近普通人的生活。同时，社交媒体上的互动也为研究者提供了宝贵的田野调查资料，有助于他们更深入地了解民间文学在当代社会的传播和接受情况。

社交媒体上的互动与交流还促进了西南民间文学的创新发展，在多元文化的碰撞与交融中，新的创作灵感和思路不断涌现。通过社交媒体，创作者及时了解受众的反馈和需求，从而调整自己的创作方向，使作品更加符合当代人的审美和价值取向。这种以受众为中心的创作模式，不仅提高了作品的传播效果，还增强了民间文学的时代感和生命力。社交媒体还为西南民间文学的传承者提供了一个相互学习、共同进步的平台，传承者之间可以通过社交媒体交流经验、分享资源，共同提升传承水平和质量。这种合作与分享的精神，不仅有助于提升传承者的专业素养，还进一步推动了民间文学传承事业的繁荣发展。社交媒体上的互动与交流也为西南民间文学的传承培养了大量的潜在受众，通过参与讨论、分享和转发，越来越多的人开始关注和了解西南民间文学，进而成为其传承与发展的重要力量。这种自发的传播和推广，无疑为民间文学的传承注入了新的活力和动力。

社交媒体在西南民间文学的传承中发挥着越来越重要的作用，它不仅是一个高效的传播平台，能够迅速将民间文学作品推送给更广泛的受众，还通过其强大的互动功能，促进各方之间的交流与合作。随着社交媒体技术的不断创新和发展，它将在民间文学的传承中发挥更加重要的作用。

二、社交互动对民间文学传承的影响

社交互动技术的迅猛发展，改变了人们获取和分享信息的方式，同时也对传统文化的传承产生了深远的影响。西南民间文学，作为中华民族文化宝库中的璀璨明珠，其传承方式亦随着社交互动技术的引入而发生了显著变化。本部分将深入探讨社交互动如何对西南民间文学的传承产生积极影响。

（一）拓宽传承渠道，增强传播力度

社交平台如微信、微博、抖音等，以其用户基数大、覆盖面广的特点，为西南民间文学的传播提供了前所未有的机会。通过这些平台，民间文学作品可以迅速触达数以亿计的用户，实现跨地域、跨文化的广泛传播。这种传播方式的效率和影响力是传统方式所无法比拟的。社交互动技术还通过多样化的传播形式，如文字、图片、视频等，让民间文学以更加生动、形象的方式呈现在受众面前。这种多媒体的传播方式不仅提升了受众的阅读体验，还使得民间文学的魅力得以更充分地展现。特别是对于一些年轻人来说，新颖、有趣的传播方式更容易吸引他们的关注，从而进一步推动民间文学的传承。社交互动技术还通过用户之间的互动和分享，形成了口碑传播效应。当受众对某一民间文学作品产生共鸣或喜爱时，会自发地将其分享给自己的社交圈，从而扩大作品的传播范围。这种基于信任和情感的口碑传播，往往比单纯的广告宣传更具说服力和影响力。

（二）丰富传承形式，提升受众体验

借助先进的音视频技术，西南民间文学中的故事、歌谣、谚语等可以通过高质量的录音、录像进行保存和传播。不仅使得受众能够更真实、更生动地感受到民间文学的魅力，还确保了传承的准确性和完整性。比如，一首传统的民间歌谣，在专业的录音和混音技术处理下，其旋律和歌词的韵味能够得到完美的展

现，给受众带来极致的听觉享受。虚拟现实（VR）和增强现实（AR）技术的应用，为受众提供了沉浸式的体验。通过这些技术，受众仿佛能够置身于民间文学所描述的场景之中，与故事中的人物互动，感受那种独特的文化氛围。这种体验方式无疑比单纯的文字或图片更具吸引力，也更容易引发受众的情感共鸣。社交互动技术还使得线上线下的结合成为可能。线上，受众通过各种社交平台随时随地欣赏和学习民间文学；线下，则可以参与各种与民间文学相关的活动，如讲座、展览、演出等。这种线上线下的互补，不仅丰富了传承的形式，也让受众有了更多选择和参与的机会。互动式的传承方式也是社交互动技术带来的一大亮点，受众不再是被动的接受者，而是可以参与到民间文学的创作和演绎中来。如在一些社交平台上，受众可以为民间故事提供新的结局或情节发展建议，甚至参与到故事的创作中来。这种互动式的传承方式不仅提升了受众的参与度，也为民间文学的创新和发展注入了新的活力。

（三）促进文化交流，激发创新灵感

社交互动技术打破了地域和民族的界限，使得西南民间文学能够与全国各地的民间文化以及世界其他地区的文学形式进行对话。这种跨文化的交流为民间文学的传承者提供了更广阔的视野，使他们能够吸收不同文化的精髓，丰富自身的创作内容。比如，一首西南地区的山歌，在与北方民谣或世界其他地区的民谣交流中，会融入新的旋律和表达方式，从而诞生出全新的艺术形式。社交平台上的文化交流还促进了民间文学与现代文学、艺术形式的结合，传承者通过与当代作家、艺术家的互动，探索民间文学与现代文学、艺术相结合的新的可能。这种跨时代的文化碰撞，不仅有助于民间文学在现代社会中的传播和接受，还能为其注入新的艺术元素和审美观念。

社交互动技术还为民间文学的传承者和研究者提供了一个便捷的学术交流平台，他们可以通过社交平台分享研究成果、探讨学术问题，从而推动民间文学研究的深入发展。这种学术层面的交流不仅有助于提升民间文学的理论水平，还可能激发出新的研究思路和方法。社交互动技术还促进了民间文学与年轻一代的沟通，年轻人是文化传承的重要力量，通过社交平台，可以更加方便地了解和参与

到民间文学的传承中来。这种代际间的文化交流不仅有助于民间文学在年轻人中的普及和传播，还能激发出他们对传统文化的新的理解和创新。

（四）构建传承社群，凝聚传承力量

通过社交平台，西南民间文学的传承者可以轻松地找到彼此，建立起紧密的联系。这些传承者分散在全国各地，甚至海外，但社交互动技术将他们紧密地连接在一起，形成了一个跨越时空的虚拟社群。在这个社群中，传承者可以分享自己的经验、知识和资源，共同探讨民间文学的传承问题，从而形成一个团结、互助、共同进步的氛围。

社群还为传承者提供了一个展示和交流的平台，他们可以在社群中分享自己的研究成果、创作作品或者表演技艺，接受同行的评价和反馈。这种互动不仅有助于提升传承者的技艺水平，还能够激发他们的创作热情和动力。同时，社群中的交流和分享也有助于民间文学的传播和推广，吸引更多的人关注和参与到民间文学的传承中来。社群还为传承者提供了组织和参与线下活动的机会，通过社交平台，传承者可以方便地组织和参加各种与民间文学相关的研讨会、展览、演出等活动，进一步加强彼此之间的联系和合作。这些活动不仅有助于提升传承者的专业素养和技能水平，还能够增强他们对民间文学传承的责任感和使命感。社群的存在也为新的传承者的培养提供了有力的支持，在社群中，老一辈的传承者可以将自己的技艺和经验传授给年轻一代，而年轻一代也可以通过与前辈的交流和学习，更快地成长和进步。这种代际间的传承和合作，为西南民间文学的传承注入了源源不断的活力。

社交互动技术对西南民间文学的传承产生了深远的影响，它拓宽了传承渠道、丰富了传承形式、促进了文化交流并构建了传承社群。在数字化时代背景下，应该充分利用社交互动技术的优势，为西南民间文学的传承与发展注入新的动力。同时也应警惕技术可能带来的冲击和挑战，确保民间文学在传承过程中保持其原汁原味和独特魅力。

第六节　智能推荐

一、智能推荐系统的基本原理

智能推荐系统，作为大数据和人工智能技术结合的产物，已广泛应用于各类互联网平台。在西南民间文学数字化传承中，智能推荐系统能够根据用户的历史行为、兴趣和偏好，智能地推荐相关的民间文学作品，从而满足用户的个性化需求。

（一）用户画像与数据分析

在西南民间文学的数字化传承过程中，用户画像与数据分析是两项核心技术。通过构建用户画像，能够更深入地了解目标受众的特点和需求；而通过数据分析，可以洞察用户行为模式，优化传承策略。

1. 用户画像构建

用户画像是根据用户的基本信息、社会属性、行为习惯、兴趣爱好等多个维度，对用户进行标签化的模型。在西南民间文学的传承中，构建用户画像可以帮助我们更精准地定位目标受众。

（1）基本信息：包括用户的年龄、性别、地域等，这些信息有助于我们了解民间文学受众的基本特征。

（2）社会属性：涉及用户的职业、教育背景等，这些属性反映了用户的社会地位和文化层次。

（3）行为习惯：通过分析用户在平台上的浏览、搜索、购买等行为，可以揭示其对民间文学的兴趣和偏好。

（4）兴趣爱好：通过标签化用户的兴趣点，如喜欢的文学类型、主题等，为个性化推荐提供依据。

2. 数据分析应用

数据分析是对用户画像的深化应用，它通过对大量用户数据的挖掘和分析，揭示出用户行为的规律和趋势。

（1）用户行为分析：通过分析用户在平台上的点击、浏览、购买等数据，了解用户对民间文学的需求和偏好，为内容优化和推广策略提供依据。

（2）内容偏好分析：通过对用户喜爱的民间文学作品类型、风格等进行分析，指导创作者创作出更符合用户需求的内容。

（3）传播效果评估：通过数据分析评估传承活动的传播效果，及时调整策略，提高传承效率。

（二）推荐算法的设计与应用

在西南民间文学的数字化传承中，推荐算法的设计与应用是至关重要的环节。有效的推荐算法能够大幅提升用户对民间文学作品的发现与接触率，从而促进文学的传承。以下是对推荐算法设计与应用的具体分析：

1. 基于人口统计的推荐

根据用户的基本信息如年龄、性别、地区等进行分类，然后将相关的民间文学作品推荐给同类用户。

应用实例：若系统发现用户 A 与用户 B 年龄相近且性别相同，当用户 A 喜欢某部民间传说时，系统可以将这部作品推荐给用户 B。

2. 基于商品属性的推荐

根据民间文学作品的属性，如类型、风格、主题等进行分类，然后推荐相似属性的作品给用户。

应用实例：如果用户 C 喜欢神话类的民间故事，系统可以推荐其他神话类或相似风格的作品给用户 C。

3. 基于用户的协同过滤推荐

通过分析用户的喜好，将喜好相似的用户归为一类，然后根据这些相似用户的喜好来推荐作品。

应用实例：如果用户 D 和用户 E 都喜欢西南地区的某几部民间歌谣，当用户 D 喜欢一首新的歌谣时，系统可以将这首歌谣推荐给用户 E。

4. 基于商品的协同过滤推荐

通过分析用户对作品的喜好，将作品进行分类，然后推荐同一类别的其他作品给用户。

应用实例：如果喜欢作品 F 的用户同时也喜欢作品 G，那么当有新用户喜欢作品 F 时，系统可以推荐作品 G 给这位新用户。

（三）实时反馈与优化

智能推荐系统的魅力在于其动态性和适应性，这主要体现在系统的实时反馈与优化能力上。一个优秀的智能推荐系统并不仅仅停留在提供初始的推荐列表，它更能够根据用户的实时行为和反馈进行不断的自我调整和优化。

当用户与智能推荐系统进行交互，比如，对推荐的民间文学作品做出正面或负面的评价，或者进行点赞、收藏、分享等其他形式的互动，系统都会敏锐地捕捉到这些信号。这些用户反馈是宝贵的数据资源，直接反映了用户对推荐内容的喜好和满意度。智能推荐系统会利用这些反馈数据，通过复杂的算法和模型，实时地分析用户的行为模式和偏好变化。然后系统根据这些分析结果，动态地调整其推荐策略。如果用户多次对某一类型的民间文学作品表现出浓厚的兴趣，系统就会增加这类作品的推荐频率；反之如果用户对某类作品持负面态度，系统则会减少或避免推荐类似的内容。这种实时反馈与优化的机制，使得智能推荐系统能够持续地学习和进化，从而更好地理解用户的需求，提供更加精准和个性化的推荐。因此，实时反馈与优化是智能推荐系统中不可或缺的一环，它赋予了系统强大的自适应能力和高度的智能化水平。

智能推荐系统在西南民间文学数字化传承中发挥着重要作用，通过构建用户画像、运用先进的推荐算法以及实时反馈优化，系统能够为用户提供个性化的民间文学推荐服务，从而增强用户对民间文学的兴趣和参与度。不仅有助于提升民间文学的传承效率，还能为传承者提供更广阔的受众群体和更精准的传播路径。

二、用户画像与推荐算法的结合

在数字化时代，智能推荐系统已经成为连接用户与内容的桥梁。对于西南民间文学的传承来说，如何精准地将适合用户的文学作品推送给每一个人，就显得尤为重要。用户画像与推荐算法的结合，正是实现这一目标的关键所在。

（一）推荐算法的选择与优化

1. 推荐算法的选择

（1）协同过滤算法：此算法通过分析用户的历史行为和兴趣，找出相似的用户或物品，然后进行推荐。在民间文学领域，可以基于用户对不同类型的故事、歌谣的喜好，找出相似兴趣的用户群体，然后推荐他们可能感兴趣的作品。

（2）内容过滤算法：该算法根据物品的内容和用户的偏好进行匹配推荐，对于民间文学，可以通过分析作品的主题、风格、地域特色等，将其与用户的历史偏好进行匹配，实现精准推荐。

（3）混合推荐算法：结合协同过滤和内容过滤，以及其他多种推荐技术，提高推荐的准确性和满足度。

2. 推荐算法的优化

（1）实时反馈调整：根据用户的实时反馈，如点赞、评论、分享等，对推荐算法进行动态调整，使其更贴合用户的当前需求。

（2）多样性推荐：为了避免用户陷入信息茧房，推荐系统需要引入多样性策略，如推荐不同风格、不同地域的民间文学作品，以丰富用户的阅读体验。

（3）冷启动问题的解决：对于新用户或新作品，可以采用热门推荐、编辑推荐等方式，先为用户提供一批优质作品，然后根据用户的反馈逐步优化推荐。

（4）数据稀疏性的处理：在民间文学领域，用户的行为数据可能较为稀疏。因此，可以采用矩阵分解、深度学习等技术来充分挖掘和利用有限的数据。

（二）用户画像与推荐算法的深度融合

用户画像和推荐算法并不是孤立的，而是需要深度融合。将用户画像中的各个维度，如年龄、性别、地域、兴趣等，与推荐算法进行有机结合。这样推荐系统不仅能够理解用户的当前兴趣，还能预测其未来的兴趣变化，从而实现更加精准和个性化的推荐。

用户画像与推荐算法的结合，为西南民间文学的数字化传承提供了强有力的技术支持。通过精细构建用户画像、选择和优化推荐算法，以及实现两者的深度融合，能够更精准地将适合的民间文学作品推送给每一个用户。这不仅提升了用户体验，也有效促进了西南民间文学的传承和发展。

三、个性化推荐在民间文学中的应用

随着信息技术的迅猛发展，个性化推荐系统已成为各领域提升用户体验和服务质量的关键工具。在西南民间文学的传承过程中，个性化推荐技术的应用同样具有重大意义。它不仅能够根据用户的个人喜好和行为习惯，为其推送更符合需求的民间文学作品，还能有效促进文学的传承与发展，让更多人了解和欣赏到西南地区的丰富文学瑰宝。

（一）提升用户体验

在西南民间文学领域，个性化推荐系统的应用具有深远的意义。这一系统通过深入分析用户的历史浏览记录、搜索行为以及评论反馈等多维度信息，能够精确地洞察每位用户的独特兴趣与偏好。这种精准的用户画像构建，为系统提供了为用户量身打造个性化阅读清单的基础。

当用户沉浸在西南民间文学的数字世界中，个性化推荐系统正默默发挥着它的魔力。系统根据用户的兴趣图谱，智能地筛选出那些最符合用户口味的民间故事、歌谣、谚语等内容。这些内容不仅仅是文字的传递，更是文化的传承，它们承载着西南地区深厚的历史底蕴和独特的民族风情。当用户打开阅读平台，映入眼帘的是一份根据他们的喜好精心挑选的西南民间文学阅读清单。这种被理解和被重视的感觉，无疑将极大提升用户的阅读体验。他们不再需要在浩如烟海的内容中寻找自己感兴趣的部分，而是可以直接享受到系统为他们量身定制的文化大餐。这种个性化的服务方式不仅提升了用户的阅读体验，还进一步激发了对西南民间文学的兴趣和热爱。用户会因为这些贴心的推荐而更加深入地了解和传播这些珍贵的文学作品，从而让更多的人感受到西南民间文学的魅力。个性化推荐系统在提升用户体验的同时，也为西南民间文学的传承和发展注入了新的活力。

（二）促进文学传承

个性化推荐技术在促进西南民间文学传承方面发挥着至关重要的作用，西南民间文学，作为中华民族文化宝库中的璀璨明珠，蕴含着深厚的地域文化和鲜明的民族特色。这些文学作品，无论是动人的民间故事、优美的歌谣，还是富有哲理的谚语，都承载着西南地区独特的历史记忆和民族精神。随着社会的快速发展和文化的多元化，西南民间文学正面临着传承的困境。许多年轻人对这些传统文化知之甚少，甚至有些人对其毫无了解。在这样的背景下，个性化推荐技术的应用显得尤为重要。

个性化推荐系统通过深度学习和数据分析，能够精准地识别出对西南民间文学感兴趣的人群，并将这些珍贵的文学作品推送给他们。这种精准推送的方式，不仅让更多人有机会接触到这些文学作品，还能根据个人的兴趣偏好进行深度推荐，从而引发更深入的了解和兴趣。当这些文学作品被精准地推送给感兴趣的人群时，他们会被其中的故事、情感和哲理所吸引，进而激发对西南民间文学的热爱。这种热爱不仅会让他们更加珍视这些文化遗产，还会促使他们主动参与到保护和传承这些文化遗产的行动中来。个性化推荐技术不仅提升了用户对西南民间文学的认知和兴趣，更有效地促进了文学的传承。它像一座桥梁，连接着过去与未来，让更多人能够跨越时空的障碍，感受到西南民间文学的独特魅力，并共同参与到保护和传承这些宝贵文化遗产的伟大事业中来。

（三）拓宽文学受众

在传统的文学传播模式下，西南民间文学的受众范围往往受限于地域和传播渠道。这些珍贵的文学作品，尽管内涵丰富、艺术价值高，但囿于传统的传播手段，其影响力往往局限于特定的地域和群体，难以触及更广泛的读者。个性化推荐技术的出现，为西南民间文学的传播带来了革命性的变化。借助互联网平台，个性化推荐系统能够将西南民间文学作品精准地推送给全球各地的用户，无论身处何地，都能通过智能推荐接触到这些璀璨的文学瑰宝。这种推荐方式不仅极大地拓宽了西南民间文学的受众范围，使其跨越地域和文化的界限，更广泛地传播到世界各地，而且显著提升了这些作品的影响力和知名度。全球各地的读者通过互联网平台，能够轻松地领略到西南民间文学的独特魅力，进而增进对不同地域文化的了解和欣赏。

个性化推荐技术还有助于增强西南民间文学的国际影响力，当这些作品被更多地展示在世界舞台上，它们所蕴含的深厚文化底蕴和独特艺术风格将得到更广泛的认可和赞誉，从而进一步推动西南民间文学在全球范围内的传播和发展。

个性化推荐技术在西南民间文学数字化传承中发挥着举足轻重的作用，它不仅能提升用户体验，促进文学的传承与发展，还能有效拓宽文学的受众范围。随着技术的不断进步和应用场景的拓展，个性化推荐将在未来为西南民间文学的传承与发展注入更强劲的动力。

第五章 西南民间文学数字化传承路径研究

第一节 技术创新，推进民间文学数字化处理

一、技术创新在民间文学数字化中的作用

在信息技术飞速发展的时代背景下，数字化技术为西南民间文学的传承提供了新的机遇。技术创新不仅改变了传统文化的保存和传播方式，也为民间文学的研究与传承注入了新的活力。

（一）数字化技术的引入提升了民间文学的保存质量

在数字化技术引入之前，西南民间文学的保存主要依赖传统的纸质记录或口口相传，这些方法容易受到时间侵蚀、环境变化和人为因素的影响，从而导致文学内容的失真或遗失。纸质文档因受潮、老化或火灾等而损坏，而口口相传则因传承人的去世或记忆衰退而中断。数字化技术的引入，为民间文学的保存带来了革命性的变化。通过高分辨率扫描、音频和视频录制等手段，民间文学的内容可以被高精度地转化为数字信息，存储在稳定可靠的媒介上，如硬盘、光盘或云存储。稳定的媒介不仅保证了信息的长期保存，还能有效防止内容在传承过程中的失真。数字化技术还允许对民间文学作品进行多重备份，即使在极端情况下，原始数据受到损害，也能通过备份迅速恢复。大大提高了数据的安全性，也为未来的研究和传承提供了坚实的基础。

（二）技术创新扩大了民间文学的传播范围

互联网提供了一个全球性的平台，使得数字化的民间文学作品可以迅速传播

到世界各地。通过互联网，人们可以轻松地访问和分享这些文学作品，无论他们身处何地。互联网的发展不仅打破了地理限制，还让更多人有机会接触到丰富多彩的西南民间文学。社交媒体和移动应用的普及也进一步推动了民间文学的传播，人们可以通过手机或平板电脑随时随地阅读和分享这些作品，从而增加民间文学的曝光度和受众群体。技术创新还使得民间文学能够以更多元化的形式呈现，如图文结合、音频、视频等，这些多媒体形式更易于被大众接受和理解，进一步促进了民间文学的传播。

（三）数字化为民间文学研究提供了新的方法和视角

数字化技术的引入不仅改变了民间文学的保存和传播方式，还为民间文学研究提供了全新的方法和视角。在传统的民间文学研究中，学者们主要依赖纸质文献和田野调查来收集和分析资料。随着数字化技术的不断发展，研究方法和视角也随之发生了深刻的变革。

数字化技术使得民间文学作品的整理和归类变得更加便捷，通过数字化工具，研究人员可以轻松地搜索、筛选和整理大量的民间文学作品，从而提高研究效率。数字化技术还可以对作品进行文本分析和数据挖掘，揭示出隐藏在文本背后的深层结构和文化意涵。数字化技术为民间文学研究提供了全新的可视化工具，借助计算机图形学和虚拟现实技术，研究人员可以构建三维场景、模拟人物动作和对话，以更加直观的方式展示民间文学的内容和情境。这种可视化的研究方法不仅有助于深入理解作品，还能为观众提供更加生动的阅读体验。数字化技术还促进了跨学科的研究合作，通过数字化平台，不同领域的学者可以方便地共享和交流研究资料，从而推动民间文学与其他学科的深度融合。这种跨学科的研究方法有助于学者们发现新的研究问题和提出创新的观点。

（四）交互式技术增强了民间文学的互动性和吸引力

交互式技术的快速发展和应用，为民间文学的传承与创新带来了新的契机，显著增强了民间文学的互动性和吸引力。

首先，交互式技术通过创建互动平台和社区，使读者能够更积极地参与到民间文学的阅读、分享和讨论中。在线论坛、社交媒体和移动应用等提供了便捷的渠道，让读者能够即时发表自己的观点、感受，甚至参与到作品的创作过程中。这种互动性不仅提升了读者的参与感和归属感，也促进了民间文学作品的多样化解读和创新性发展。交互式技术还通过引入虚拟现实（VR）、增强现实（AR）等先进技术，为读者提供了更加沉浸式的阅读体验。通过这些技术，读者可以身临其境地感受民间文学作品中的场景和情感，从而更深刻地理解作品的文化内涵和艺术价值。这种沉浸式的阅读体验不仅增强了民间文学的吸引力，也激发了年轻一代对传统文化的兴趣和热爱。此外，交互式技术还为民间文学的创作者和表演者提供了更多的创作手段和表演空间。例如，利用数字音频和视频编辑技术，创作者可以制作出更具表现力和感染力的民间文学作品；而借助交互式投影和动作捕捉技术，表演者可以呈现出更加生动和逼真的表演效果。这些创新性的创作和表演方式不仅丰富了民间文学的艺术形式，也为其传承和发展注入了新的活力。

（五）技术创新为民间文学的创作提供了新平台

现代的文字处理软件和写作工具为创作者提供了强大的支持，这些软件不仅具有文本编辑、格式排版等基本功能，还提供了拼写检查、语法纠正、自动完成等智能辅助功能，大大降低了创作的难度，提高了创作效率。首先，创作者可以更加专注于内容的构思和情感的表达，而不用过多地纠结于技术细节。其次，网络创作平台如博客、微博、微信公众号等，为民间文学创作者提供了便捷的发布渠道。这些平台不仅可以让创作者的作品迅速被更多人看到，还能通过读者的反馈和互动，激发创作者的创作灵感。最后，这些平台还提供了丰富的多媒体支持，如图片、音频、视频等，使得民间文学的创作形式更加多样化。虚拟现实（VR）和增强现实（AR）技术的兴起，也为民间文学创作带来了新的可能。创作者可以利用这些技术，创造出沉浸式的文学体验，让读者仿佛置身于作品所描绘的世界中。这种全新的创作方式，不仅提升了读者的阅读体验，也为创作者提供了更大的想象空间和创作自由度。技术创新还推动了民间文学与其他艺术形式的融合，通过数字音乐制作软件，创作者可以将民间故事或歌谣与音乐相结合，创作出富有民族特色的音乐作品。这种跨界的创作方式,不仅丰富了民间文学的表现形式,也为其注入了新的艺术生命力。

技术创新在推进西南民间文学数字化处理中发挥着至关重要的作用,它不仅提升了民间文学的保存质量,扩大了传播范围,还为研究提供了新的方法和视角。同时通过交互式技术,增强了民间文学的互动性和吸引力,为创作者提供了更加便捷的创作平台。随着技术的不断进步,数字化将为西南民间文学的传承与发展带来更多的可能性。

二、数字化技术的最新发展与应用

随着科技的飞速发展,数字化技术日新月异,为西南民间文学的传承与保护带来了新的机遇。最新的数字化技术不仅提高了信息处理的速度和准确性,还为民间文学的传承与创新提供了强大的技术支持。

(一)人工智能与大数据技术的应用

近年来,人工智能(AI)和大数据技术得到了广泛应用。在西南民间文学的传承中,这些技术可以用于文本的自动识别、分类和存储,大大提高了工作效率。此外,AI技术还能辅助研究人员进行文本分析和数据挖掘,揭示出民间文学中的深层结构和文化意涵。

人工智能与大数据技术在西南民间文学的传承中发挥了重要作用,主要体现在以下几个方面。

(1)文本识别与分类:利用人工智能技术,自动识别、分类和存储大量的民间文学作品,极大提高了工作效率。通过自然语言处理技术,机器能够理解和分析文本内容,从而对作品进行准确的归类和标注。

(2)数据挖掘与分析:大数据技术使得对海量的民间文学数据进行深度挖掘成为可能,揭示出作品中的文化模式、叙事结构和社会意义。通过词频分析、情感分析等手段,研究人员可以更深入地理解作品的主题和情感倾向。

(3)内容创新与再创作:人工智能的创作能力已经被证明,它可以在分析大量文学作品的基础上,生成新的文本内容,为民间文学的再创作提供灵感。通过与人类的合作，人工智能可以参与到作品的创作过程中，提供新的故事情节、角色设定等创意。

（4）个性化推荐与传播：基于大数据的用户画像构建，可以为读者提供个性化的阅读推荐，满足他们不同的阅读需求和兴趣。通过分析用户的阅读行为和偏好，可以更精准地推送相关的民间文学作品，扩大作品的影响力和传播范围。

（5）保护与修复：人工智能技术还可以应用于民间文学作品的保护与修复工作。例如，对于受损的纸质文献或口头传承的记录，可以利用图像识别和修复技术来恢复其原始面貌。

（二）3D扫描与虚拟现实技术的结合

3D扫描技术能够高精度地捕捉物体的三维信息，而虚拟现实（VR）技术则能创建出逼真的虚拟环境。将这两者结合，可以重建西南民间文学中的历史场景，让读者身临其境地体验传统文化，从而加深对民间文学的理解和兴趣。

（1）高精度重现历史场景：通过3D扫描技术，可以高精度地捕捉历史建筑、服饰、道具等物体的三维信息和纹理细节。这些数据随后被导入到虚拟现实环境中，高精度重现历史场景，使读者能够身临其境地体验传统文化氛围。

（2）提升阅读和研究的互动性：在虚拟环境中，读者可以自由地探索虚拟场景，与虚拟角色互动，从而更加深入地了解民间故事和传统文化的背景。研究人员也可以利用这些三维模型对民间文学进行更深入的分析和研究，推动民间文学学术研究的进步。

（3）创新展示方式：传统的民间文学往往通过文字或图片来展示，而3D扫描与VR技术的结合则提供了一种全新的三维展示方式。这种展示方式不仅可以吸引更多年轻人的关注，还能让传统文化以更加生动有趣的形式传承下去。

（4）教育和推广：在教育领域，这种技术结合可以被用于开发互动式的教学材料，让学生在虚拟环境中学习民间文学，提升学习兴趣和效果。对于文化的推广来说，这种新颖的技术手段也能吸引更多人对西南民间文学产生兴趣，从而促进其传播和发展。

（5）保存和保护文化遗产：3D扫描技术可以记录文化遗产的当前状态，为未来的修复和保护工作提供重要数据。虚拟现实环境则可以为这些珍贵的文化遗产提供一个安全的展示空间，避免实体文物在展示过程中受到损坏。

（三）数字化出版与多媒体技术的应用

数字化出版与多媒体技术在西南民间文学的传承中扮演了重要角色，它们的应用不仅丰富了文学作品的呈现方式，还拓宽了作品的传播渠道。以下是这些技术在民间文学传承中的具体应用：

1. 数字化出版

（1）电子书与在线阅读：民间文学作品通过数字化出版，转化为电子书格式，便于读者在任何设备上随时阅读。不仅降低了传播成本，还大大提高了作品的可及性。

（2）互动性与个性化：数字化出版物可以融入互动元素，如注释、超链接、视频嵌入等，增强读者的阅读体验。同时，根据读者的阅读习惯和兴趣，可以提供个性化的阅读推荐。

2. 多媒体技术

（1）富媒体内容：在民间文学作品中加入音频、视频、动画等多媒体元素，使故事更加生动有趣。例如，通过插入相关音乐、音效和民族风格的插画，让读者更加沉浸于作品的文化氛围中。

（2）可视化呈现：利用多媒体技术，可以将民间文学中的故事情节、人物形象等以图形、图表或动画的形式展现出来，帮助读者更直观地理解作品内容。

3. 跨平台传播

（1）社交媒体与短视频：通过社交媒体平台和短视频应用，将民间文学的精彩片段或故事梗概以多媒体形式分享给更广泛的受众。

（2）移动应用：开发专门的移动应用，集合民间文学作品、互动游戏、文化知识等元素，吸引年轻一代的关注和参与。

4. 辅助教学与研究

（1）多媒体教学资源：为教师提供丰富的多媒体教学资源，如课件、教案、视频讲解等，帮助学生更好地理解和学习民间文学。

（2）研究资料库：建立数字化的民间文学研究资料库，整合文本、图像、音频、视频等多种资料，为学者提供便捷的研究工具。

（四）社交网络与移动应用的推广

社交网络和移动应用是现代社会信息传播的重要途径，通过这些平台，可以迅速推广西南民间文学作品，吸引更多年轻人的关注。同时，这些平台还能为研究者、创作者和读者提供一个交流和互动的空间。

数字化技术的最新发展与应用为西南民间文学的传承与创新带来了前所未有的机遇。人工智能、大数据、3D扫描、虚拟现实、数字化出版以及社交网络和移动应用等技术的综合运用，不仅提高了民间文学的保存和研究效率，还丰富了其表现形式和传播途径。随着技术的不断进步和创新应用的深入探索，数字化将为西南民间文学的传承与发展注入新的活力。

三、OCR、NLP 等技术在民间文学数字化中的应用实例

随着科技的不断发展，OCR（光学字符识别）和NLP（自然语言处理）等技术在文化遗产数字化方面展现出了巨大的潜力。这些技术为西南民间文学的数字化传承提供了新的路径和方法，使得珍贵的民间文学作品能够以更高效、准确的方式被保存、分析和传播。

（一）OCR 技术在民间文学文献识别中的应用

OCR（光学字符识别）技术在民间文学文献识别中发挥了重要作用，具体应用如下：

（1）文字识别与转换：OCR 技术能够高效地将纸质民间文学文献中的文字识别并转换为可编辑的电子文本，便于存储、编辑和传播。这对于保护和传承民间文学具有重要意义，因为电子化的文本更易于长期保存和广泛分享。

（2）版面分析与结构化输出：OCR 技术不仅能识别文字，还能对文献的版面进行分析，提取出标题、段落、插图等关键信息，并将其结构化输出，有助于

研究人员更方便地整理和分析民间文学作品。

（3）提高识别准确率：随着 OCR 技术的不断发展，其识别准确率也在不断提升。针对民间文学文献中可能存在的字迹模糊、纸张老化等问题，OCR 技术能够通过算法优化和图像预处理技术来提高识别准确率。

（4）批量处理与效率提升：OCR 技术能够实现对大量民间文学文献的批量扫描和识别，极大提高了文献数字化的效率。对于大规模整理和挖掘民间文学资源具有重要意义。

（5）辅助研究与教学：通过 OCR 技术识别后的电子文本可以方便地用于民间文学的研究和教学活动。研究人员可以利用这些文本进行更深入的分析和研究，而学生则可以通过电子文本更方便地学习民间文学作品。

综上，OCR 技术在民间文学文献识别中的应用为民间文学的传承、保护和研究提供了有力支持。通过 OCR 技术，能够更好地将珍贵的民间文学作品转化为电子形式，便于存储、传播和研究。

（二）NLP 技术在民间文学文本分析中的应用

NLP（自然语言处理）技术在民间文学文本分析中应用广泛，具体表现在以下几个方面。

（1）文本分类与主题识别：NLP 技术可以通过对民间文学文本的分析，自动将其分类到不同的主题或类型中，如爱情、英雄传奇、神话故事等。这种分类有助于研究者系统地整理和分析民间文学作品，更深入地理解其文化内涵。

（2）情感分析与观点挖掘：利用 NLP 技术，可以对民间文学文本进行情感分析，识别文本中表达的情感倾向和情感色彩。对于研究民间文学中的情感表达、人物性格以及文化背景等具有重要意义。

（3）命名实体识别与关系抽取：NLP 技术能够识别民间文学文本中的人名、地名、机构名等命名实体，并进一步抽取实体之间的关系。有助于构建民间文学的知识图谱，揭示作品中的角色关系、事件发生地点等信息。

（4）文本摘要与关键信息提取：NLP 技术可以自动生成民间文学文本的摘要，提取关键信息和主要情节，帮助读者和研究人员快速了解作品的核心内容。

（5）语言模型与文本生成：基于 NLP 的语言模型可以学习和模拟民间文学的语言风格和叙事结构，进而生成新的文本或故事。对于民间文学的创作和传承具有创新性意义。

（6）信息抽取与事件识别：NLP 技术能够从民间文学文本中抽取关键信息，如时间、地点、人物行为等，进而识别作品中的事件和故事情节，对于深入理解作品情节和发展脉络非常有帮助。

综上，NLP 技术在民间文学文本分析中的应用涵盖了分类、情感分析、命名实体识别、摘要生成、语言模型以及信息抽取等多个方面。这些应用不仅提升了民间文学研究的效率和深度，还为民间文学的传承和创新提供了新的方法和视角。

OCR 和 NLP 等技术在西南民间文学数字化传承中发挥了重要作用，通过这些技术的应用实例，可以看到数字化技术在文化遗产保护方面的巨大潜力。

四、技术创新对民间文学保存与传承的影响

随着科技的迅猛发展，数字化技术正逐渐渗透到文化传承的各个领域。在西南民间文学的传承过程中，技术创新尤其是数字化技术的引入，不仅极大地改变了传统的传承方式，还对民间文学的保存、传播和研究产生了深远的影响。

（一）保存方式的革新

数字化技术的引入对西南民间文学的保存方式带来了革新性的影响，具体表现在以下几个方面。

（1）电子文档与数据库存储：传统的纸质文档易受潮湿、虫蛀、老化等因素的影响，而数字化技术允许将民间文学作品转化为电子文档，存储在数据库中。这种方式不仅节省了物理存储空间，还提高了信息的持久性。通过扫描和 OCR 技术，可以将古籍、手稿等快速准确地转化为可编辑和搜索的电子文本。

（2）长期保存与备份：数字化技术提供了长期保存和备份的解决方案，利用云存储和分布式存储技术，可以确保民间文学作品的安全存储，并提供数据冗余，以防止数据丢失。这种保存方式远比传统的物理存储更为可靠和持久。

（3）减少物理损耗：纸质文档在频繁的借阅和搬运过程中容易受损，而数字化副本则完全避免了这种物理损耗。无论多少次查阅或复制，数字文件都能保持原样，不会因使用而磨损。

（4）便捷的访问与分享：数字化使得民间文学作品可以随时随地通过互联网进行访问和分享。不仅方便了学者和研究人员的工作，也让更多人有机会接触到这些宝贵的文化遗产。

综上，数字化技术的引入为西南民间文学的保存方式带来了革新，实现了从传统的物理存储到现代的电子存储的转变，大大提高了保存的效率和安全性，同时也促进了民间文学的传播和研究。

（二）传播范围的扩展

数字化技术的引入对西南民间文学的传播范围产生了显著的扩展效果，这种扩展主要体现在以下几个方面。

（1）跨越地域限制：传统的民间文学传播受限于地理位置，只能在特定区域内流传。数字化技术打破了这一限制，使得西南民间文学能够通过网络迅速传播到全球各地。人们只需通过互联网平台，就能随时随地欣赏和学习这些文学作品，无论他们身处何地。

（2）社交媒体与网络平台的推广：社交媒体和网络平台为西南民间文学的传播提供了更广泛的渠道。通过微博、微信、抖音等社交媒体，人们可以轻松地分享和转发民间文学作品，从而吸引更多人的关注和参与。

（3）多媒体形式的呈现：数字化技术使得西南民间文学能够以多种媒体形式呈现，如图文、音频、视频等。多媒体的呈现方式更加生动有趣，能够吸引更多年轻人的关注。例如，通过制作相关的动画、短片或音频节目，可以让年轻人在娱乐中学习到民间文学的知识。

（4）在线教育与文化交流：数字化技术还为在线教育提供了便利，使得西南民间文学能够成为网络教育课程的一部分。通过在线教育平台，人们可以系统地学习民间文学知识，并与其他文化爱好者进行交流和讨论。跨文化的交流有助于推广西南民间文学，并增进不同文化之间的了解与尊重。

数字化技术显著扩展了西南民间文学的传播范围，不仅打破了地域限制，还通过社交媒体、网络平台以及多媒体形式等多种渠道，让更多人有机会接触到这些宝贵的文化遗产，传播范围的扩展对于保护和传承西南民间文学具有重要意义。

（三）研究方法的创新

数字化技术为西南民间文学的研究方法带来了显著的创新，这些创新主要体现在数据收集与分析、文献检索与整理、文本挖掘与可视化以及虚拟现实与模拟实验等方面。

（1）数据收集与分析的自动化：利用数字化工具，如网络爬虫和数据抓取软件，研究人员高效地收集大量的民间文学数据，包括文本、音频、视频等多种形式。通过自然语言处理（NLP）技术，研究人员对这些数据进行自动分词、词性标注、语义分析等处理，从而更深入地理解文本内容和结构。使用数据挖掘和机器学习算法，发现文本间的关联规则、趋势和模式，为文学研究提供新的视角和洞见。

（2）文献检索与整理的智能化：数字化图书馆和文献数据库使得文献检索变得更加便捷，研究人员可以通过关键词、作者、标题等多种方式进行快速检索。智能推荐系统能够根据研究人员的搜索历史和偏好，推荐相关的文献资源，提高研究效率。文献管理工具可以帮助研究人员自动整理、归类和引用文献，减少手动操作的繁琐。

（3）文本挖掘与可视化的应用：文本挖掘技术能够从大量文本数据中提取出有价值的信息和知识，利用词频分析、共词分析等方法，揭示出民间文学中的主题、情感和人物形象等。可视化工具可以将文本挖掘的结果以直观、易理解的方式呈现出来，如词云图、关联图等。

（4）虚拟现实与模拟实验的结合：虚拟现实（VR）技术为研究人员提供沉浸式的阅读和研究环境。通过 VR 设备，研究人员身临其境地体验民间文学中的场景和情节。模拟实验方法用于测试和验证文学理论或假设，通过模拟不同情境下的读者反应，研究民间文学作品的接受度和影响力。

（四）互动性与参与性的增强

数字化技术的迅猛发展，对民间文学的传承方式产生了深远的影响。通过引入虚拟现实、增强现实等前沿技术手段，民间文学的呈现方式得以焕然一新，为读者带来前所未有的沉浸式体验。

借助这些技术，读者仿佛能够穿越时空，身临其境地置身于民间文学作品所描绘的场景之中。无论是古老的村落、热闹的市井，还是静谧的山林、潺潺的溪流，读者都能通过虚拟现实设备感受到每一个细节，深刻体会作品中的情感和氛围。这种全新的阅读方式，不仅让读者更加直观地理解作品内容，还极大地提升了阅读的趣味性和吸引力。

此外，数字化平台还为读者提供了参与创作和改编民间文学的机会，传统的民间文学传承方式往往是由老一辈人口头传授给年轻人，而现在任何人都可以通过网络平台参与到文学作品的创作和改编中来。这种全新的参与方式，不仅激发读者的创造力，还使得民间文学的传承过程变得更加动态和多元化。在数字化技术的推动下，民间文学的传承不再局限于特定的时间和地点，而是可以随时随地进行。这种便捷性和灵活性，极大地促进了民间文学的传播和普及。同时，数字化技术还为民间文学的研究和保存提供了新的方法和途径，使得更好地保护和传承这些珍贵的文化遗产。

技术创新对西南民间文学的保存与传承产生了深远的影响，它不仅改变了传统的保存方式，扩展了传播范围，还创新了研究方法并增强了互动性与参与性。可以预见的是，随着技术的不断进步和创新应用的深入探索，数字化将在未来民间文学的传承与发展中发挥更加重要的作用。

第二节 开拓平台，加快民间文学数字化传播

一、现有数字化传播平台的评估与改进建议

随着信息技术的迅猛发展，数字化传播平台在民间文学的传承中扮演着越来

越重要的角色。然而当前西南民间文学在数字化平台上的传播仍存在诸多问题，如对目标受众定位不准确、内容更新缓慢、互动性差等。为了提升西南民间文学在数字化时代的传播效果，需要对现有数字化传播平台进行全面评估，并提出针对性的改进建议。

（一）平台评估

在对西南民间文学数字化传播平台进行评估时，主要从以下几个方面进行深入分析。

（1）受众定位精准度：评估平台是否对目标受众进行了精准定位，以及平台内容是否与受众兴趣相匹配。通过分析用户数据，如用户活跃度、留存率等，可以间接反映受众定位的准确度。

（2）内容质量与更新频率：考察平台提供的内容是否丰富多样，且质量上乘，能够满足不同受众群体的需求。内容的更新频率也是评估的重要指标，频繁的更新可以保持平台的活力和用户的持续关注。

（3）用户互动性与参与度：平台是否提供了用户评论、分享、点赞等互动功能，以及这些功能的使用情况。用户参与度的高低可以通过观察用户在这些互动功能中的活跃程度来判断。

（4）技术支持与用户体验：评估平台的界面设计是否友好，操作是否便捷，以及在不同设备上的兼容性。考察平台的稳定性和安全性，如是否存在加载缓慢、崩溃或数据泄露等问题。

（5）数据分析与用户反馈：平台是否具备完善的数据分析工具，以便追踪用户行为、分析用户喜好，从而优化内容推送策略。用户反馈渠道的建立及响应速度也是评估平台服务质量的重要指标。

综合以上几个方面的评估，对西南民间文学数字化传播平台进行全面的评价，并针对存在的问题提出具体的改进建议，以提升平台的传播效果和用户满意度。

（二）改进建议

基于对现有数字化传播平台的深入评估，对西南民间文学数字化传播平台提出几点改进建议。

（1）增强内容多样性与地域特色展示：丰富平台内容，涵盖更多类型的民间文学作品，如神话、传说、歌谣等，确保文化的全面展示；突出西南地域特色，设置专题或栏目，深入挖掘和展示西南地区独特的民间文学资源。

（2）优化用户体验与界面设计：更新平台界面，使其更加现代化、简洁易用，提升用户的第一印象；确保平台在不同设备上的兼容性，提供流畅的阅读和浏览体验。

（3）提升互动性与用户参与度：增设用户评论区，鼓励读者分享阅读感受、提供反馈，形成良好的社区氛围；定期举办线上活动，如征文比赛、故事接龙等，激发用户的创造性和参与度。

（4）精准推送与个性化服务：利用数据分析工具，根据用户的浏览历史和偏好，实现内容的个性化推送；提供定制化的阅读体验，如字体大小、背景色等可调节选项，满足不同用户的需求。

（5）加强技术支持与安全保障：投入更多资源进行技术升级，确保平台的稳定性和快速响应；增强数据安全意识，采取必要的加密措施，保护用户信息和内容安全。

（6）拓展合作与宣传渠道：与其他文化机构、媒体等进行合作，共享资源，扩大平台的影响力。利用社交媒体、短视频等平台进行宣传推广，吸引更多潜在用户。

（7）建立专业的运营团队：组建专业的内容运营团队，负责策划、更新、维护平台内容；提供定期培训，确保团队对民间文学有深入了解，并能有效传播相关知识。

通过实施这些改进建议，西南民间文学数字化传播平台将能够更好地服务用户，促进民间文学的广泛传播。

通过对现有数字化传播平台的评估与改进，可以更好地满足用户需求，提升用户体验，从而加快西南民间文学在数字化时代的传播速度。不仅有助于保护和传承西南地区的文化遗产，还能促进文化多样性和文化创新的发展。因此，积极关注数字化传播平台的改进与优化，为西南民间文学的传承贡献力量。

二、新媒体平台在民间文学传播中的应用

新媒体平台,以其交互性、即时性和广泛性等特点,为民间文学的传播提供了新的可能。西南民间文学,作为中华民族文化的重要组成部分,急需通过新媒体平台拓宽其传播渠道,让更多人领略其魅力。

(一)新媒体平台的优势与民间文学传播

新媒体平台在民间文学传播中具有显著优势,优势主要体现在以下几个方面:

(1)传播速度快,覆盖面广:新媒体的传播速度非常快,信息可以在短时间内迅速传播到大量用户。例如,通过社交媒体、短视频等新媒体平台,一则民间文学故事在几小时内就能达到数万甚至数百万的浏览量,这种快速传播的能力有助于民间文学在更广泛的受众中得到欣赏和传承。

(2)互动性强:新媒体平台允许用户轻松地发表自己的观点和意见,进行实时互动。这种互动性不仅增强了传播者与受众之间的联系,还有助于及时了解受众的反馈和需求,从而调整传播策略,使民间文学的传播更加精准有效。

(3)精准定位:新媒体平台可以利用数据分析和关键词优化等手段,实现精准定位目标受众。意味着民间文学的传播可以更有针对性地触达其感兴趣的人群,提高传播效率和效果。

(4)内容多样化:新媒体平台支持文字、图片、音频、视频等多种形式的内容展示。这种多样化的表达方式可以让民间文学以更加生动、有趣的方式呈现给受众,增强受众的阅读体验和兴趣。

(5)成本低廉:相比传统媒体,新媒体平台的运营成本相对较低。降低了民间文学传播的门槛,使更多有志于传承民间文化的人士和组织能够参与其中。

新媒体平台凭借其独特的优势,在民间文学传播中发挥着越来越重要的作用。通过充分利用新媒体平台的这些优势,可以更好地传承和发扬民间文学这一宝贵的文化遗产。

（二）新媒体平台上民间文学内容的创新呈现

在新媒体平台上，民间文学内容的创新呈现方式多种多样，充分利用了新媒体的特点和技术优势。以下是具体的创新呈现方式：

(1) 多媒体融合展示：结合新媒体的多媒体化特点，民间文学内容可以通过文字、图片、音频、视频等多种形式进行融合展示。将传统的民间故事制作成动画视频，配以生动的音效和解说，让读者在视觉和听觉上都能获得丰富的体验。

(2) 互动式故事叙述：借助新媒体的互动性，民间文学故事可以采用互动式叙述方式。读者可以通过点击、滑动等操作，主动参与故事的进展，甚至影响故事的结局，这种互动式故事叙述能够增强读者的参与感和沉浸感。

(3) 虚拟现实（VR）体验：通过虚拟现实技术，为读者打造身临其境的民间文学场景。读者戴上 VR 眼镜，就可以进入虚拟的民间故事世界中，亲身体验故事的情节和环境。这种创新的呈现方式能够带给读者更加真实和深刻的体验。

(4) 社交化阅读：新媒体平台上的民间文学内容还可以结合社交功能，让读者在阅读故事的同时，能够与其他读者进行交流和讨论。例如，在故事页面设置评论区或弹幕功能，让读者分享自己的感想和见解，形成社区氛围。

(5) 个性化推荐与定制：利用大数据和人工智能技术，新媒体平台可以根据读者的阅读习惯和兴趣偏好，推荐符合其口味的民间文学内容。同时也可以提供个性化的定制服务，让读者选择自己感兴趣的故事主题、人物角色等，打造独一无二的阅读体验。

新媒体平台上民间文学内容的创新呈现方式多种多样，旨在为读者提供更加生动、有趣和个性化的阅读体验。这些创新方式不仅有助于传承和发扬民间文学，还能吸引更多年轻读者对传统文化产生兴趣。

（三）新媒体平台在民间文学传播中的实践案例

1. 满族文化的短视频传播

在短视频平台上，如抖音，有关满族文化的视频内容受到了广泛关注。这些视频涵盖了满族的民间故事、传统歌舞、剪纸艺术等。例如，某个专注于满族文化的抖音账号，通过发布一系列关于满族传统节日、服饰、歌舞的短视频，吸引了数万粉丝的关注。这些视频不仅展示了满族文化的独特魅力，还通过互动功能让观众更加深入地了解这一文化。

2. 微信平台上的民间文学传播

微信公众号成为传播民间文学的重要渠道。一些专注于民间文学的公众号定期发布故事、传说、歌谣等内容，配以精美的插图和音频，为读者提供丰富的阅读体验。某个民间文学公众号发布了一篇关于西南地区少数民族神话传说的文章，通过引人入胜的叙述和生动的插图，吸引了大量读者的阅读和分享。

3. 网络电台与民间文学的结合

网络电台如喜马拉雅FM等平台上，也可以找到大量关于民间文学的音频内容。这些音频节目通常以讲故事的形式呈现，主播用生动的语言讲述各种民间故事和传说。某个专注于民间文学的网络电台节目，每期都会邀请一位嘉宾讲述自己家乡的民间故事，这种形式既丰富了节目的内容，也让听众感受到了不同地域文化的魅力。

4. 数字化项目与民间文学的传播

一些数字化项目致力于将民间文学资源进行数字化整理和保护，如"中国民间文学数字化工程"等。这些项目通过扫描、录入等方式，将珍贵的民间文学资料转化为数字格式，便于保存和传播。同时，这些数字化项目还通过在线展览、虚拟现实等方式，让读者能够身临其境地感受民间文学的魅力。某个数字化项目制作了一个关于西南地区少数民族神话传说的虚拟现实展览，让读者能够通过VR眼镜亲身体验这些神话故事中的场景和情节。

新媒体平台为西南民间文学的传播提供了广阔的空间和无限的可能。通过充分利用新媒体平台的优势，可以将民间文学的瑰宝展示给更多人，进一步推动文化的传承与发展。随着技术的不断进步和新媒体平台的不断创新，西南民间文学的传播将迎来更加美好的前景。

三、跨文化、跨语言的数字化传播策略

在全球化的今天，文化交流与融合成为不可逆转的趋势。西南民间文学，作

为中国丰富多彩的文化遗产之一,如何跨越文化和语言的障碍,走向世界,成为亟待解决的问题。数字化传播技术的发展提供了前所未有的机遇,通过制定有效的跨文化、跨语言的传播策略,可以将西南民间文学的瑰宝展示给更广泛的国际受众。

(一) 跨文化传播策略

在全球化的语境下,跨文化传播成为推动文化交流与理解的重要手段。西南民间文学,作为中国独特的地域文化表达,其丰富的故事、深邃的寓意和独特的艺术风格对于世界文化多样性具有重要意义。由于其深厚的文化背景和地域特色,跨文化传播成为一项挑战。以下是针对西南民间文学的跨文化传播策略:

(1) 文化阐释与注解:为西南民间文学作品提供详细的文化阐释和注解,帮助国际受众理解其中的文化内涵、象征意义和地域特色。制作配套的文化背景资料,包括历史、民俗、宗教信仰等,以便读者更好地理解作品背后的社会文化环境。

(2) 故事普适性提炼:提炼西南民间文学中具有普适性、全人类共通的主题,如爱与牺牲、勇敢与智慧、正义与邪恶等,以引起国际受众的共鸣。通过改编或重构故事,使其情节和主题更加贴近国际受众的价值观和生活经验,同时保持原作的文化精髓。

(3) 视觉化表达与呈现:利用数字化技术,将西南民间文学作品转化为视觉化的形式,如图画、动画、虚拟现实等,降低语言和文化障碍,增强作品的直观性和吸引力。与国际知名艺术家或设计师合作,为西南民间文学创作具有国际化风格的视觉艺术作品,提升其国际影响力。

(4) 合作与交流项目:开展国际合作与交流项目,邀请国际学者、作家、艺术家等参观西南地区,亲身体验和学习当地文化,进而推动西南民间文学的国际传播。举办国际民间文学研讨会、展览等活动,为国内外学者和艺术家提供交流与合作的平台。

(5) 社交媒体与网络推广:利用社交媒体平台,如 Facebook、Twitter、Instagram 等,定期发布关于西南民间文学的内容,吸引国际受众的关注和互动。与国际知名的文化推广机构或网站合作，推出西南民间文学的专栏或特辑，扩大其国际曝光度。

跨文化传播策略的制定需要充分考虑目标受众的文化背景、审美习惯和传播渠道。通过文化阐释、故事普适性提炼、视觉化表达、合作与交流项目以及社交媒体与网络推广等策略的综合运用，可以有效地推动西南民间文学在全球范围内的传播与认同。

（二）跨语言传播策略

跨语言传播是克服语言障碍，使内容能够在不同语言群体间传递的关键。针对西南民间文学的跨语言传播，提供了多种策略可供参考：

（1）多语种翻译与本地化：将西南民间文学作品翻译成多种语言，尤其是英语、法语、西班牙语等国际通用语言，以覆盖更广泛的受众。在翻译过程中，注重语言的本地化，确保译文符合目标语言的表达习惯和文化背景，保持原作的情感和风格。

（2）利用机器翻译与人工校对结合：借助先进的机器翻译技术，快速将西南民间文学作品翻译成不同语言。通过人工校对，修正机器翻译的误差，确保译文的准确性和流畅性。

（3）开发多语言互动平台：构建一个多语言互动平台，让不同语言的读者能够方便地阅读和交流西南民间文学作品。提供多语言切换功能，满足不同语言用户的需求。

（4）合作与出版多语言版本：与国际出版社合作，推出多语言版本的西南民间文学作品集。针对不同国家和地区的市场需求，调整作品的选择和编排方式。

（5）语言学习与文化交流活动：结合西南民间文学的特点，开发相关的语言学习材料和课程，让读者在学习语言的同时了解文化背景。举办以西南民间文学为主题的文化交流活动，如朗诵会、研讨会等，促进不同语言群体间的文化交流与理解。

（6）社交媒体与在线平台的利用：在社交媒体和在线平台上发布多语种的西南民间文学内容，吸引不同语言的受众关注。利用这些平台的互动功能，鼓励读者分享自己的阅读体验和见解，形成良好的社区氛围。

跨语言传播策略的制定需要注重多语种翻译与本地化、机器翻译与人工校对的结合、多语言互动平台的开发、合作出版多语言版本以及语言学习与文化交流活动的举办等方面。通过这些策略的综合运用，可以有效地推动西南民间文学在全球范围内的跨语言传播与被认可度。

跨文化、跨语言的数字化传播策略是推动西南民间文学走向世界的关键，通过文化适应性调整、文化元素融合以及多元文化展示等跨文化传播策略，有效消除文化差异带来的传播障碍。同时，利用多语种翻译与传播、语言本土化和互动式语言学习等跨语言传播策略，让更多的国际受众领略到西南民间文学的魅力。在未来的数字化传承路径中，继续探索和创新跨文化、跨语言的传播方式，为西南民间文学的国际传播贡献力量。

第三节　智力支持，提升民间文学传承人素养

一、传承人数字技能培训的重要性

在数字化时代背景下，西南民间文学的传承方式正面临深刻的变革。传承人是民间文学活态传承的关键，他们的技能与素养直接影响着民间文学的传承效果。随着数字技术的飞速发展，提升传承人的数字技能已成为推动西南民间文学有效传承的当务之急。

（一）数字技能与民间文学传承的结合

数字技能与民间文学传承的结合，是传统文化与现代科技相互融合的一个重要方面。利用数字技术对民间文学进行记录和保存，可以确保故事的完整性和原始性。通过高分辨率扫描和数字化录音，将古老的书籍、手稿和口述历史永久保存，并方便后续的研究和传播。数字技能使得民间文学能够以图像、音频、视频等多媒体形式呈现，增加了故事的生动性和吸引力。利用动画、虚拟现实（VR）

等技术，为观众提供更加沉浸式的体验，使他们更好地理解和欣赏民间文学的内涵。通过数字化平台，读者可以更加主动地参与到民间文学的学习和传承中来。例如，开发互动式电子书、在线课程或游戏，让读者在互动中深入了解和学习民间文学。数字技术可以帮助学者们对大量的民间文学资料进行数据分析和挖掘，从而发现新的研究视角和规律。利用文本挖掘技术对大量的民间故事进行主题分析、情感分析等，为民间文学研究提供新的思路和方法。通过社交媒体和网络平台，民间文学迅速传播到全球各地。在抖音、微信等社交媒体上分享民间故事的视频、图文等内容，吸引更多年轻人的关注，促进民间文学的传承与发展。

数字技能与民间文学传承的结合为传统文化的保护、传播和创新提供了新的可能性和路径。通过充分利用数字技术，更好地传承和发展民间文学这一宝贵的文化遗产。

（二）数字技能培训助力传承人专业素养提升

数字技能培训对于提升传承人的专业素养具有显著作用，通过专业的数字技能培训，传承人可以更好地适应数字化时代的需求，提高传承和保护非物质文化遗产的能力。以下是数字技能培训如何助力传承人专业素养提升的具体方面：

（1）增强数字化记录和保存能力：通过培训学习数字化技术，传承人能够熟练运用现代设备对非物质文化遗产进行高清重现、数字化高清重现和保存。

（2）提升多媒体制作与传播技能：传承人学会使用多媒体制作软件，将非遗内容以图像、音频、视频等多媒体形式呈现，增加非遗的吸引力和传播效果。使得传承人能够更好地利用网络平台进行非遗的宣传和推广。

（3）拓展互动式传承与学习方法：通过数字技能培训，传承人掌握开发互动式学习材料的能力，如制作电子书、在线课程等。这种互动式学习方式能够激发学习者的兴趣，提高学习效果，有助于非遗知识的广泛传播。

（4）加强数据分析能力：通过培训学习数据分析技术，能够对非遗相关的数据进行深入挖掘和分析。发现非遗传承和发展的规律，为非遗保护策略的制定提供科学依据。

（5）提升网络推广能力：传承人通过掌握社交媒体和网络平台的运营技巧，

能够更好地利用这些渠道进行非遗的宣传和推广。他们学会如何制作吸引人的内容，增加与公众的互动，从而提高非遗的知名度和影响力。

综上，数字技能培训为传承人提供了适应数字化时代的重要技能，不仅有助于非遗的保护和保存，还能促进非遗的传播和发展。这些技能的提升使得传承人在专业素养上得到显著提高，为非遗的传承和发展奠定了坚实基础。

在数字化时代背景下，提升传承人的数字技能对于西南民间文学的传承具有重要意义。通过数字技能培训，传承人可以更好地适应现代科技环境，利用数字技术保护和传承民间文学。这不仅有助于拓宽传承渠道、提高传承效率，还能提升传承人的专业素养和创作水平。因此，我们应该高度重视并大力推广传承人数字技能培训项目，为西南民间文学的传承与发展提供有力的智力支持。

二、民间文学专业知识与现代技术的结合

在数字化时代背景下，民间文学的传承与发展迎来了前所未有的机遇与挑战。为了更好地保护和传承西南民间文学，不仅需要传承人具备扎实的民间文学专业知识，还需要他们熟练掌握现代数字化技术。这种专业知识与现代技术的有机结合，将为西南民间文学的传承注入新的活力。

（一）民间文学专业知识的传承与创新

民间文学专业知识，作为传承民间文化的核心，涵盖了对各种民间故事、歌谣、谚语等丰富文学形式的深刻理解。这些文学形式不仅仅是文字的组合，更是历史和文化的载体，它们以独特的方式记录了一个民族、一个地区的风土人情、生活习惯和社会变迁。

在数字化传承的浪潮中，民间文学传承人肩负着将这些珍贵的专业知识与现代技术相结合的重任。他们需要熟练掌握数字化工具，如数据挖掘、文本分析软件等，以实现对民间文学的整理、分类和保存。通过数字化的手段，不仅可以提高保存和管理的效率，还能确保这些宝贵的文化遗产得到长久且完好的保存。数字化传承并非简单的技术运用，而是要求传承人在深入理解民间文学专业知识的基础上，创造性地运用现代技术，以新的形式展现和传播民间文学的魅力。例

如，可以利用虚拟现实技术重现民间故事中的场景，让读者身临其境地体验故事情节；或者通过社交媒体平台，让更多的人参与到民间文学的创作和分享中来。在这个过程中，传承人既是民间文学专业知识的守护者，也是创新者。他们需要在坚守传统的同时，勇于尝试新的传播方式，让民间文学在数字化时代焕发出新的生机。这种结合不仅有助于民间文学的传承和发展，还能让更多的人领略到民间文化的独特魅力，从而增进对不同文化的理解和尊重。

（二）现代技术在民间文学传承中的应用

现代技术，特别是信息技术和多媒体技术，已经在民间文学的传承中发挥着越来越重要的作用。这些技术为记录、保存和传播民间文学提供了前所未有的便利，极大地推动了民间文化的繁荣与发展。

数字化扫描、高清录音录像等先进技术手段能够真实、完整地记录和保存民间文学的原貌。不仅包括文字内容，还有讲述者的语调、表情和肢体语言等丰富的信息，从而更全面地展现民间文学的魅力。通过这些技术，可以确保珍贵的民间文学作品不会因为时间的流逝而失真或遗失。随着互联网和数字媒体的蓬勃发展，民间文学的传播也变得更加迅速和广泛。传承人可以利用网络平台，如网站、社交媒体和移动应用等，将民间文学作品以更多元化的形式呈现给全球受众。无论是文字、音频还是视频，都能轻松地触达世界的每一个角落，让更多人了解和欣赏到民间文学的魅力。现代技术还为传承人提供了与观众互动的新途径，通过在线评论、点赞和分享等功能，观众可以实时反馈自己的感受和建议，传承人可以据此调整和完善自己的传承方式，形成良性互动。

（三）专业知识与现代技术的融合实践

在实践中，民间文学传承人可以通过积极参与相关培训和学习，不断提高自身对民间文学专业知识和现代技术的掌握程度，实现两者之间的有效融合。这种融合不仅有助于提升传承人的专业素养，还能为民间文学的传承和发展注入新的活力。例如，传承人参加数字化技术应用培训，学习如何使用先进的数字化工具进行民间文学的采集、整理和传播。这些工具包括数字化扫描设备、音频视频编辑软件、社交媒体平台等。通过学习和实践，传承人可以熟练地运用这些工具，将民间文学作品以数字化的形式保存下来，并通过互联网和移动设备进行广泛传播。

传承人还可以积极参与民间文学研究活动，与其他研究者交流和分享经验。通过这些活动，更深入地了解民间文学的内涵和价值，发现其中蕴含的深刻意义和独特魅力。同时还可以探索与现代技术相结合的新方法，如利用虚拟现实技术重现民间故事场景，或者通过大数据分析挖掘民间文学中的文化元素和传承规律。在实现专业知识与现代技术融合的过程中，传承人还需要注重创新和实践。可以尝试将现代技术融入到传统的民间文学表演中，创造出新的艺术形式和表现方式。例如，利用投影技术和声音效果增强民间故事的表现力，或者通过互动式的数字媒体平台让观众更加深入地参与到民间文学的传承中来。

民间文学专业知识与现代技术的结合是西南民间文学数字化传承的关键，通过不断提升传承人的专业素养和技术能力，可以更好地保护和传承这一宝贵的文化遗产。同时，这种结合也将为西南民间文学的创新性发展提供有力支持，推动其在现代社会中焕发出新的生机与活力。

三、建立传承人之间的交流与合作机制

在西南民间文学的传承过程中，传承人之间的交流与合作显得尤为重要。这种交流与合作不仅能够促进民间文学知识的共享，还有助于提升传承人的整体素养，共同面对数字化时代的挑战。通过建立有效的交流与合作机制，可以更好地整合资源，推动西南民间文学的传承与发展。

（一）构建传承人交流平台

为了有效促进西南民间文学传承人之间的交流与合作，构建一个专门的交流平台至关重要。以下是关于构建这一平台的详细建议：

1. 平台形式与功能

（1）线上线下结合：平台提供线上和线下交流的机会。线上部分包括论坛、即时通讯工具等，便于传承人随时沟通和分享；线下部分定期组织面对面的研

讨会。

（2）资源共享：平台上应提供民间文学资料库，允许传承人上传和下载相关文献资料、音频视频等，实现资源的有效共享。

（3）经验交流：鼓励传承人在平台上分享自己的传承经验、教学心得，以及面临的挑战和解决方案。

2. 互动与合作

（1）项目合作：平台发起或支持传承人之间的合作项目，如共同整理、编纂民间文学作品集，或合作开展民间文学研究项目。

（2）技艺切磋：定期在平台上组织技艺切磋活动，让不同流派的传承人有机会展示各自的技艺，相互学习，共同提高。

3. 培训与提升

（1）专业培训：平台可以邀请专家学者进行线上或线下的专业培训，提高传承人的专业素养和技能水平。

（2）新技术推广：定期介绍和推广与民间文学传承相关的新技术、新工具，帮助传承人跟上时代发展的步伐。

4. 激励与支持

（1）成果展示：在平台上展示传承人的优秀作品和研究成果，增强其成就感和归属感。

（2）资金支持：为优秀的合作项目或研究成果提供资金支持或奖励，鼓励更多的传承人参与到交流与合作中来。

5. 管理与维护

（1）规范管理：制定平台使用规则和管理制度，确保交流活动的有序进行。

（2）技术支持：提供专业的技术支持团队，解决传承人在使用平台过程中可能遇到的问题。

通过构建这样一个功能全面、互动性强、资源丰富的传承人交流平台，可以有效促进西南民间文学传承人之间的交流与合作，推动民间文学的传承与发展。

（二）开展合作研究与项目

为推动西南民间文学的传承与发展，开展合作研究与项目是一个重要的途径。

（1）确定研究主题和目标：针对西南民间文学中的特定主题或流派进行合作研究，如藏族史诗、彝族叙事诗等。设定明确的研究目标，如整理、翻译或注释特定作品，探索其文化内涵和社会价值。

（2）组建跨学科研究团队：邀请文学家、历史学家、民俗学家、语言学家等多学科专家参与；吸纳不同背景的研究人员，以便从多角度、多层次深入研究主题。

（3）实施田野调查和资料收集：组织实地考察，深入民间收集第一手资料，包括口头传说、手稿、古籍等；与当地文化传承人、民间艺人等建立联系，了解并记录他们的知识和经验。

（4）进行合作研究与分析：对收集到的资料进行整理、分类和深入研究；通过研讨会、工作坊等形式，促进团队成员之间的交流与合作，共同分析问题和提出见解。

（5）成果展示与推广：将研究成果以学术论文、专著、展览、讲座等多种形式进行展示和推广；利用数字媒体和社交平台，扩大研究成果的影响力和传播范围。

（6）项目评估与持续发展：对项目成果进行评估，收集反馈意见，以便改进后续研究。探索与当地政府、文化机构等建立长期合作关系，为民间文学的传承与发展提供持续支持。

通过开展这样的合作研究与项目，更深入地了解西南民间文学的内涵和价值，推动其传承与发展，并为相关学科领域的研究提供新的视角和思路。同时也有助于增强公众对民间文学的认识和兴趣，为文化多样性的保护贡献力量。

（三）建立传承人培训体系

（1）培训目标与内容

目标：提高传承人对民间文学的理解、保护和传承能力。

内容：包括民间文学的基本知识、传承技巧、研究方法以及现代科技在传承中的应用等。

（2）培训方式与周期

定期培训班：组织定期的线下培训班，邀请专家学者进行授课。

在线课程：利用网络平台，提供可以随时学习的在线课程。

实践训练：安排实地考察和实践活动，增强传承人的实际操作能力。

（3）培训师资：邀请在民间文学研究和实践领域有丰富经验的专家学者。与高校、研究机构等建立合作关系，共享资源。

（4）培训评估与反馈：设立考核机制，对传承人的学习成果进行评估。收集传承人的反馈意见，不断优化培训内容和方法。

（5）政策支持与资金保障：争取政府和相关机构的支持，为培训体系提供资金和政策保障。设立奖学金或助学金，鼓励更多年轻人参与传承工作。

通过建立这样一个完善的传承人培训体系，有效提高西南民间文学传承人的专业素养和传承能力，为民间文学的传承与发展奠定坚实基础。有助于提升公众对民间文学的认识和兴趣，进一步推动文化的多样性和繁荣发展。

（四）激励机制与政策支持

1. 激励机制

（1）设立奖励制度：设立专门的民间文学传承奖励，如"西南民间文学传承奖"，以表彰在传承工作中做出杰出贡献的个人或团体。根据传承人在培训、研究、传播等方面的表现，给予相应的物质奖励或荣誉称号。

（2）提供展示平台：定期举办民间文学艺术节、展览等活动，为传承人提供展示才华的机会。通过媒体渠道宣传传承人的事迹和作品，提高其社会知名度。

（3）创造经济收益：鼓励传承人将民间文学作品转化为文化产品，如书籍、音像制品等，以获得经济收益。支持传承人开展民间文学主题的旅游项目，将文化资源转化为经济收益。

2. 政策支持

（1）制定相关政策：出台关于民间文学传承与保护的政策法规，明确传承人的权利和义务。将民间文学传承纳入文化产业发展规划，为其提供政策支持和资金保障。

（2）提供资金支持：设立专项资金，用于支持民间文学的传承、研究、出版等活动。对传承人在传承过程中所需的材料、设备等给予一定的补贴。

（3）建立合作机制：鼓励政府、企业、社会组织等多方参与民间文学传承工作，形成合力。与高校、研究机构等建立合作关系，共同推动民间文学的研究和传播。

（4）提供法律保障：加强知识产权保护，维护传承人的合法权益；对侵犯民间文学作品权益的行为进行严厉打击。

通过以上激励机制和政策支持的实施，有效提高传承人的积极性和创造力，进一步推动西南民间文学的传承与发展；同时提升公众对民间文学的认识和兴趣，为文化的多样性和繁荣发展贡献力量。

建立传承人之间的交流与合作机制是推动西南民间文学数字化传承的重要一环。通过构建交流平台、开展合作研究与项目、建立培训体系以及提供激励机制和政策支持等措施，有效提升传承人的整体素养和团队协作能力，共同推动西南民间文学在数字化时代的传承与发展。

第四节 法律完善，加大民间文学的版权保护

一、现行版权法在民间文学保护中的不足

随着社会的快速发展，西南民间文学作为中华民族文化的重要组成部分，越来越受到人们的关注和重视。然而，在民间文学的传承与传播过程中，版权保护问题逐渐成为制约其发展的瓶颈。尽管我国已经建立了相对完善的版权法律体系，但在民间文学保护方面仍存在诸多不足。

（一）版权主体不明确

在西南民间文学版权保护的议题上，版权主体不明确成为了一个显著的问

题。这主要体现在以下几个方面：

（1）民间文学的集体创作特性为其版权主体的确定带来了难度，与一般的文学创作不同，民间文学并非出自某一特定作者之手，而是由社群或地区的人们在历史的长河中共同打磨和传承的。这种独特的创作方式，使得很难界定一个具体的版权所有者，因为每一位参与传承的人都对作品有所贡献。

（2）我国现行法律在民间文学艺术版权保护方面的规定显得较为模糊，尽管有相关法律条文涉及民间文学艺术作品的保护，但在版权归属、权利内容和保护期限等核心问题上，缺乏明确和具体的指导。这种法律上的空白，无疑增加了民间文学版权保护的复杂性。

（3）版权主体不明确的问题在司法实践中也带来了诸多挑战，当民间文学艺术作品面临纠纷或需要寻求法律保护时，由于无法明确界定权利主体，司法机关在处理相关案件时往往陷入困境。不仅影响版权的有效保护，也对民间文学的传承和发展造成不利影响。

（二）保护期限的争议

在西南民间文学版权保护中，保护期限的争议是一个核心问题。这主要体现在对民间文学艺术作品保护期限的认定上存在的不同观点和做法。

（1）民间文学作品的特殊性：民间文学艺术作品的形成往往经历了长期的传承和发展过程，难以准确判断其创作时间及完成时间。这类作品在传承中不断被赋予新的元素和时代特征，使得其保护期限的确定变得复杂。

（2）法律规定与实际操作的不匹配：我国著作权法规定，一般作品的保护期为作者的有生之年及其死后50年，是一个相对明确的期限。然而，对于民间文学艺术作品来说，由于其创作主体的集体性和创作时间的模糊性，这一规定难以直接适用。

（3）国际上的不同做法：尽管几乎所有规定对民间文学作品进行知识产权法律保护的国家和国际组织都认为民间文学艺术作品流传久远，超出著作权法上的保护期限，因此打破著作权制度上的期限规定，对民间文学艺术作品权利无期限限制。但在具体案件中，认定特定民间文学作品进入公共领域并不简单，尤其是当缺乏有效对比版本时，著作权法不能推定某些特定版本的民间文学艺术作品已经进入公共领域。

（4）保护期限的影响：设定明确的保护期限有助于平衡创作者和社会公众之间的利益，促进文化的传播和创新。对于民间文学艺术作品来说，过短的保护期限会限制其传承和发展，过长的保护期限则影响文化的共享和传播。

综上所述，保护期限的争议主要源于民间文学艺术作品的特殊性和现行法律规定的不适应性。

（四）侵权行为难以认定

在西南民间文学版权保护中，侵权行为难以认定是一个普遍存在的问题。这主要是由于民间文学作品的特殊性和版权保护机制的复杂性所导致的。

1. 民间文学作品的特性导致认定困难

（1）口头性与变异性：民间文学作品往往是通过口头传承的，缺乏固定的书面形式。这使得在侵权行为发生时，很难提供确凿的证据来证明原创性和所有权。同时，民间文学作品在传承过程中会不断发生变化，这种变异性也增加了侵权认定的难度。

（2）集体创作与传承：民间文学作品通常是由社群或地区的人们共同创作和传承的，使得版权归属变得模糊。在侵权行为发生时，很难确定具体的侵权对象和侵权程度。

2. 版权保护机制的复杂性

（1）法律法规的不完善：目前关于民间文学艺术作品的版权保护，法律法规还不够完善。虽然我国著作权法提及了对民间文学艺术作品的保护，但具体操作细则和侵权认定标准仍不明确。

（2）司法实践的挑战：由于缺乏明确的侵权认定标准，司法实践在处理民间文学艺术作品侵权案件时面临巨大挑战。法官需要根据案件具体情况和相关法律原则进行裁决，这增加了判决的不确定性和复杂性。

3. 侵权行为的具体表现与认定难点

（1）直接抄袭与改编：一些商业机构或个人会直接抄袭或改编民间文学作品

进行商业利用，而由于民间文学作品的口头性和变异性，很难界定其原创性和版权归属。

（2）未经许可的传播与使用：在数字化时代，民间文学作品容易被非法上传到网络平台进行广泛传播。这种行为不仅侵犯了版权所有者的权益，还导致作品被恶意篡改或歪曲。然而，由于网络传播的匿名性和广泛性，侵权行为往往难以被追踪和认定。

综上所述，现行版权法在民间文学保护方面存在诸多不足，主要包括法律条款的模糊性与局限性、版权主体不明确、保护期限的争议以及侵权行为难以认定等问题。

二、完善版权法的建议与措施

随着数字化技术的飞速发展，西南民间文学的传播与利用方式发生了翻天覆地的变化。然而，这也给版权保护带来了新的挑战。为了应对这些挑战，我们需要从法律层面出发，提出切实可行的建议和措施，以完善版权法，加大民间文学的版权保护力度。

（一）明确版权归属与权利内容

明确版权归属是保护民间文学作品的首要任务，由于民间文学作品往往源于某个社群或地区的集体创作，其版权归属问题相对复杂。因此，需要建立一套科学合理的机制来确定版权归属，例如，设立专门的版权管理机构或基金会，这些机构将代表创作者行使版权，确保创作者的合法权益得到维护。同时，对于那些在历史长河中流传下来的民间文学作品，由于其创作者可能已无从考证，考虑将这些作品视为公共文化遗产，由国家或相关机构进行管理和保护。

明确权利内容也是保护民间文学作品的关键环节，版权作为一种法律赋予的权利，其内容包括复制权、发行权、表演权、放映权、广播权、信息网络传播权等。这些权利构成了版权保护的核心，确保了创作者对其作品的控制和使用。在数字化时代，信息网络传播权显得尤为重要，因为它涉及到作品在网络空间的传播和利用。通过明确这些权利内容，为创作者提供更加全面的法律保护，防止其作品被非法复制、传播或利用。在明确版权归属和权利内容的过程中,需要注意平衡创作者与社会公众之间的利益。一方面,确保创作者的合法权益得到充分保护,激发其创作热情和创新精神;另一方面,考虑到社会公众对民间文学作品的需求和期待,推动作品的广泛传播与共享。为了实现这一平衡,考虑引入合理的版权许可制度和使用费用标准,既保障创作者的利益,又满足社会公众的需求。

明确版权归属与权利内容还有助于提升社会公众对版权保护的意识,通过宣传教育和法律普及活动,让更多的人了解版权的重要性和保护版权的必要性。有助于营造一个尊重知识产权、鼓励创新的社会环境,为西南民间文学的传承与发展创造更加有利的条件。

(二)建立合理的版权使用与许可制度

在西南民间文学的传承与保护过程中,建立合理的版权使用与许可制度至关重要。不仅能有效保障创作者的权益,还能促进民间文学作品的合理利用与传播。

1. 制定明确的许可流程

建立一个清晰、透明的版权许可流程,包括明确申请版权使用的条件、步骤和所需材料,以及许可的审批时限等。通过简化流程、提高效率,可以鼓励更多机构和个人合法使用民间文学作品。

2. 设立合理的费用标准

版权使用费是创作者的重要收入来源,也是对其劳动成果的认可。因此,制定合理的版权使用费用标准至关重要。费用标准应根据作品的类型、使用方式、使用范围等因素进行差异化设置,既要保障创作者的利益,也要考虑使用者的承受能力。

3. 建立分级分类的许可制度

针对不同类型和使用目的的民间文学作品,可以建立分级分类的许可制度。例如,对于学术研究、教育等非商业性使用,可以采取较为宽松的许可政策和费用减免;而对于商业性使用,则应制定更为严格的许可条件和费用标准。

4. 加强许可后的监管与执法

在版权许可后，加强对使用者的监管，确保其按照许可协议规定的范围和方式使用作品。对于违约行为，依法进行处罚，维护版权市场的良好秩序。

5. 建立版权信息共享平台

通过建立版权信息共享平台，方便创作者、使用者和管理部门之间的信息交流与沟通。平台上可以发布版权许可信息、作品使用情况等，提高版权管理的透明度和效率。

6. 引入第三方机构进行版权管理与许可

考虑到版权管理的专业性和复杂性，可以引入第三方机构进行专业化的版权管理与许可工作。这些机构可以提供专业的版权咨询、许可申请、费用收取等服务，降低版权交易的成本和风险。

7. 注重版权教育与宣传

提高公众对版权的认识和尊重是建立合理版权使用与许可制度的基础，应注重开展版权教育与宣传活动，提高公众的版权意识。

综上所述，建立合理的版权使用与许可制度需要综合考虑多方面因素，包括许可流程、费用标准、分级分类许可、监管与执法、信息共享、第三方机构参与以及版权教育与宣传等。通过这些措施的实施，为西南民间文学的传承与发展创造一个更加健康、有序的环境。

（三）加强侵权行为的打击力度

在保护西南民间文学的过程中，加强侵权行为的打击力度是至关重要的。这不仅是对创作者权益的维护，也是对文化遗产的尊重和保护。为了更有效地打击侵权行为，可以从以下几个方面着手：

1. 完善法律法规

明确侵权行为的定义和处罚措施，通过制定更加具体和细致的法律条文，为打击侵权行为提供有力的法律武器。同时提高法律的威慑力，确保侵权者受到应有的惩罚。

2. 提高侵权成本

通过加大侵权行为的处罚力度，提高侵权成本，让侵权者付出更大的代价。这可以包括经济处罚、行政处罚甚至刑事处罚等。当侵权成本高于侵权所得时，侵权者就会失去侵权的动力。

3. 加强执法力度

执法部门应加大对侵权行为的查处力度，做到发现一起、查处一起。同时，加强执法人员的培训，提高其识别和处理侵权行为的能力。此外，还可以建立举报奖励机制，鼓励公众积极参与侵权行为的举报。

4. 利用技术手段进行追踪和打击

随着科技的发展，我们可以利用数字水印、版权追踪等技术手段来追踪和打击侵权行为。这些技术手段可以帮助迅速定位侵权者，并收集证据，为打击侵权行为提供有力的支持。

5. 加强国际合作与交流

在全球化背景下，侵权行为往往跨越国界。因此，加强国际合作与交流对于打击侵权行为至关重要。与其他国家和地区建立合作机制，共同打击跨国侵权行为。通过交流和学习，借鉴其他国家和地区的成功经验，提高打击侵权行为的效率。

6. 提升公众版权意识

通过宣传教育、法律普及等活动，提升公众的版权意识。让公众了解版权的重要性和保护版权的必要性，从而自觉抵制侵权行为。同时，鼓励公众积极参与侵权行为的举报和打击工作，形成全社会共同保护版权的良好氛围。

7. 建立专门的版权保护机构或组织

建立专门的版权保护机构或组织，负责版权登记、咨询、维权等工作。这些机构或组织可以为创作者提供更加专业的法律服务，帮助其更好地维护自己的合法权益。同时还可以开展相关的研究和培训活动，提升创作者的艺术水平和法律意识。

综上所述，加强侵权行为的打击力度需要我们从多个方面入手，包括完善法律法规、提高侵权成本、加强执法力度、利用技术手段进行追踪和打击、加强国际合作与交流以及提升公众版权意识等。通过这些措施的实施，为西南民间文学的传承与发展提供更加坚实的法律保障和社会环境。

（四）推动国际合作与交流

在全球化背景下，加强国际合作与交流对于完善版权法具有重要意义。

1. 建立国际合作机制

与其他国家或地区构建稳固的合作关系是民间文学国际交流的基础，通过正式签订文化合作协议，不仅能明确双方的权利和义务，还能为未来的文化交流提供明确的指导。同时设立文化交流基金可以为合作项目提供资金支持，进一步推动民间文学的国际传播和被认可度。

2. 开展学术研究与交流

通过定期的国际民间文学研讨会和学术论坛，汇聚全球的智慧和力量，共同为民间文学的保护、传承与创新出谋划策。这种学术交流不仅能够挖掘各种文化背景下民间文学的深层次价值，还能为其注入新的创作灵感和发展动力。

3. 推动文化产品与服务的国际交流

为了让西南民间文学走向世界，需要将其翻译成多种语言，并在国际市场上进行推广。与此同时，与国际文化机构的合作也是关键，通过举办各种艺术展览和演出，让更多的人亲身体验到西南民间文学的独特魅力。

4. 加强版权保护与合作

保护版权是推动文化创新的重要保障，与国际版权组织的紧密合作，帮助我们更有效地打击跨国侵权行为，保障创作者的合法权益。同时通过版权贸易，也可以推动西南民间文学作品在国际市场上的合法传播与销售，进一步扩大其影响力。

5. 促进人员培训与互访

人员的交流与培训是推动国际合作的关键环节，通过派遣文化使者和艺术家出国交流，学习到其他国家的成功经验，并将这些经验应用到国内的文化发展中。同时邀请国外的专家学者来国内讲学，也可以帮助提升民间文学艺术工作的专业水平。

6. 利用数字化技术推动国际合作

数字化技术为国际合作提供了新的可能性，通过建立数字民间文学资源库，可以与国际文化机构共享珍贵的文化资源，便于全球范围内的研究与传播。此外，利用网络平台开展线上文化交流活动，也可以进一步拓宽国际合作的渠道和方式。

7. 鼓励民间力量参与国际交流

民间文艺团体和文化企业是推动文化交流的重要力量，通过支持和鼓励他们参与国际文化交流活动，可以进一步推动民间文学的商业化运作和国际化发展，让更多的人了解和欣赏到西南民间文学的魅力。

完善版权法是保护西南民间文学的重要举措，通过明确版权归属与权利内容、建立合理的版权使用与许可制度、加强侵权行为的打击力度以及推动国际合作与交流等措施的实施，为西南民间文学的传承与发展提供更加坚实的法律保障。同时要激发创作者的创作热情和创新精神，推动西南民间文学走向更加繁荣与发展的未来。

三、建立民间文学版权保护的长效机制

随着西南民间文学的数字化进程加速，版权保护问题日益凸显。为了确保民间文学的健康发展，必须建立一套行之有效的版权保护长效机制。这不仅能够维护创作者的合法权益，还能为民间文学的传承与创新提供法律保障。

（一）完善版权法律法规

在数字化时代背景下，版权问题变得愈发复杂，需要针对当前环境完善现有的版权法律法规。具体来说，有以下几个方面的法律条款：

（1）明确数字化民间文学作品的版权归属：在数字化时代，民间文学作品的传播和复制变得更加容易，但同时也带来了版权归属的模糊性。因此，法律应明确规定数字化民间文学作品的原始版权归属，即谁是原始创作者或版权所有者，以确保他们的合法权益得到保护。

（2）界定使用权限：对于数字化民间文学作品的使用，法律应明确界定哪些行为是合法的，哪些行为是侵权的。例如，明确规定在何种情况下可以引用、改编或传播民间文学作品，以及是否需要获得版权所有者的许可。这样可以为创作者和使用者提供明确的法律指引，避免不必要的法律纠纷。

（3）明确侵权责任：当发生版权侵权行为时，法律应明确侵权者应承担的法律责任。包括罚款、赔偿等民事责任，以及可能存在的刑事责任。通过明确侵权责任，加大对侵权行为的打击力度，提高法律的威慑力。

（4）加强法律执行力度：除了完善法律条款外，还需要加强法律执行力度。包括建立专门的版权执法机构，提高执法效率，以及加强对侵权行为的监督和打击力度。只有这样才能确保版权法律法规得到有效执行，为创作者提供有力的法律保护。

（二）加强执法力度与监管

为了切实保护民间文学的版权，加强执法力度与监管是必不可少的环节。必须坚决打击侵犯民间文学版权的行为，包括对非法复制、盗版以及未经许可的传播等行为的严厉惩处。通过提高侵权成本，有效遏制版权侵犯行为的发生，为民间文学创作者提供一个公平、安全的创作环境。

建立健全的监管机制也是关键，由于数字化平台上民间文学作品的传播速度快、范围广，需要定期对这些平台上的作品进行检查。不仅可以及时发现并处理侵权行为，还能对潜在的侵权者起到警示作用。监管机制的建立需要政府、行业协会、数字化平台等多方共同努力，形成合力，确保民间文学版权得到全面、切实的保护。加强宣传和教育也是提高版权保护意识的重要途径，通过普及版权知识，让更多的人了解到尊重和保护版权的重要性，从而营造出全社会共同维护版权的良好氛围。

（三）提升公众版权意识

提升公众版权意识有助于维护创作者的合法权益，创作者在创作过程中付出了大量的心血和努力，作品是他们智慧和劳动的结晶。如果公众缺乏版权意识，随意复制、传播和使用他人的作品，就会严重侵犯创作者的权益，打击他们的创作积极性。因此，通过提升公众的版权意识，可以引导公众尊重创作者的劳动成果，自觉抵制盗版和侵权行为，从而保护创作者的合法权益。提升公众版权意识有助于促进文化的传承和创新，西南民间文学作为独特的文化资源，具有丰富的历史和文化内涵。如果公众对版权问题缺乏认识，就会导致大量的盗版和侵权行为，不仅会损害创作者的利益，也会破坏文化的传承和创新环境。通过提升公众的版权意识，营造一个尊重知识产权、鼓励创新的文化氛围，激发创作者的创作热情，促进文化的繁荣和发展。

为了提升公众的版权意识，可以采取多种措施。政府和社会组织可以加强版权宣传和教育，通过举办讲座、展览等活动，向公众普及版权知识和法律法规，提高公众对版权问题的认识。学校和教育机构可以将版权教育纳入课程体系，从小培养学生的版权意识，让他们养成尊重知识产权的良好习惯。媒体和互联网平台也可以发挥重要作用，通过宣传典型案例、曝光侵权行为等方式，引导公众树立正确的版权观念。还可以通过一些具体的实践活动来提升公众的版权意识，例如，组织版权知识竞赛、设立版权保护奖励基金等，激发公众参与版权保护的积极性。此外，鼓励公众参与到版权保护的志愿服务中来，通过实际行动来增强他们的版权意识。

建立民间文学版权保护的长效机制是数字化时代传承与发展西南民间文学的重要保障。通过完善法律法规、加强执法与监管、提升公众版权意识以及建立版权登记与交易平台等措施，为民间文学的传承与创新营造一个更加健康、有序的法律环境。不仅是对创作者的尊重与保护，更是对西南民间文学这一独特文化资源的珍视与传承。

第五节 资金投入，夯实民间文学数字化保障

一、多元化资金来源的探索与实践

西南民间文学的数字化传承是一项长期且系统的工程，需要大量的资金投

入。为了确保这一工程的持续推进，我们必须探索和实践多元化的资金来源渠道，为数字化传承提供坚实的经济保障。

（一）政府资金支持

（1）设立专项资金：政府可以设立专门针对西南民间文学数字化传承的专项资金。这种资金可以用于支持相关的数字化项目，包括但不限于数据采集、技术研发、平台建设等。例如，设立"西南民间文学数字化保护与发展基金"，明确资金的用途和管理办法，确保专款专用。

（2）制定优惠政策：政府提供税收优惠、贷款贴息等政策措施，鼓励企业和个人投资西南民间文学数字化传承项目。通过这些优惠政策降低项目成本，提高投资回报率，从而吸引更多的社会资本参与。

（3）政府购买服务：对于一些具有公益性质的西南民间文学数字化项目，政府可以通过购买服务的方式提供资金支持。这样做既可以保证项目的顺利进行，又能确保项目质量和服务效果。

（4）加强监管与评估：政府在提供资金支持的同时，还需要加强对资金使用情况的监管和项目实施效果的评估。通过定期的审计和绩效评估，确保资金使用的透明度和效率，及时调整资金投向和支持方式。

政府资金支持是推动西南民间文学数字化传承的重要保障。通过设立专项资金、制定优惠政策、政府购买服务以及加强监管与评估等措施，可以有效地促进西南民间文学数字化传承事业的发展。

（二）社会捐赠与赞助

社会捐赠与赞助是西南民间文学数字化传承项目资金来源的重要渠道之一。通过鼓励社会各界，包括企业、个人和慈善机构等进行捐赠或赞助，可以有效地补充政府资金的不足，为项目的持续推进提供动力。

（1）企业捐赠与赞助：鼓励有社会责任感的企业通过捐赠资金、设备或技术支持等方式参与到西南民间文学数字化传承项目中来。企业捐赠不仅可以享受税收优惠等政策支持，还能提升企业的社会形象，实现社会价值和商业价值的双赢。

（2）个人捐赠：个人捐赠是资金来源中不可忽视的一部分，通过公益募捐、网络众筹等方式，聚集广大爱心人士的力量，为项目筹集资金。同时，个人捐赠还能增强公众的参与感和归属感，让更多人关注和支持西南民间文学的数字化传承工作。

（3）慈善机构赞助：慈善机构作为专门从事公益事业的非政府组织，往往拥有丰富的资金和资源。与慈善机构建立合作关系，可以获得其资金赞助和物资支持，为项目的顺利实施提供有力保障。

为了更有效地吸引社会捐赠与赞助，可以采取以下措施：

①加大宣传力度，提高项目的知名度和影响力；

②制定详细的捐赠计划和回报方案，让捐赠者了解他们的支持将如何直接影响到西南民间文学的数字化传承工作；

③定期公开捐赠资金的使用情况和项目进展报告，增强透明度和信任感；

④为捐赠者提供适当的回馈和感谢方式，如颁发荣誉证书、命名权等。

综上所述，通过积极寻求社会捐赠与赞助的支持，可以为西南民间文学数字化传承项目提供稳定的资金来源和持续的发展动力。

（三）商业合作与投资

商业合作与投资是西南民间文学数字化传承路径中资金筹措的重要方式。通过与商业机构的合作与引入投资，不仅可以为项目带来必要的资金支持，还能促进项目的长期发展和商业价值的实现。

（1）版权合作与授权：与出版商、媒体公司等商业机构进行版权合作，将数字化的民间文学作品进行出版、发行或在线传播，实现版权的商业价值。例如，将数字化的民间故事、传说等内容授权给电子书平台或音频平台，供用户付费阅读或收听。

（2）联合开发与市场推广：与技术公司或文化企业进行联合开发，共同打造民间文学数字化产品，如互动电子书、AR/VR 体验等。通过市场推广和营销，提升产品的知名度和销售量，从而实现商业变现。

（3）广告与合作推广：在数字化平台上展示相关的广告内容，为广告主提供精准的用户触达，同时为项目带来广告收入。与其他文化机构或企业进行合作推广，共同扩大民间文学的影响力。

（4）投资与股权融资：寻求风险投资、天使投资等机构的资金支持，用于项目的研发、运营和市场推广。通过股权融资的方式，引入战略投资者，共同推动项目的发展。

（5）衍生品开发与销售：开发基于民间文学元素的衍生品，如文创产品、主题周边等，并通过线上线下渠道销售。不仅增加项目的收入来源，还能进一步推广民间文学文化。

综上所述，商业合作与投资是推动西南民间文学数字化传承的重要路径之一。通过版权合作、联合开发、广告合作、投资融资以及衍生品开发等多种方式，实现项目的商业化运营和持续发展。同时，这也需要项目团队具备市场洞察能力、商业谈判能力和产品创新能力，以更好地与商业机构合作并实现共赢。

（四）众筹与共享经济模式

众筹与共享经济模式为西南民间文学数字化传承提供了新的筹款和发展思路。这两种模式都能够有效地聚集社会资源，降低项目成本，并扩大项目影响力。

1. 众筹模式的应用

（1）资金筹措：通过众筹平台，向广大网友募集项目资金。例如，选择在知名的众筹网站上发布项目，设定筹款目标和期限，吸引对此感兴趣的人进行资金支持。

（2）社区建设：众筹不仅仅是资金的筹集，更是一个社区建设的过程。通过众筹，聚集一批对西南民间文学感兴趣的人群，形成稳定的粉丝基础。

（3）宣传推广：众筹项目本身就是一个很好的宣传点，能够吸引媒体和公众的关注，从而提升西南民间文学数字化传承项目的知名度。

2. 共享经济模式的应用

（1）资源共享：在共享经济模式下，寻求与其他机构或个人的资源共享。例如，有些机构或个人可能拥有与西南民间文学相关的珍贵资料或独特资源，通过共享，丰富数字化传承项目的内容。

（2）降低成本：共享经济强调资源的高效利用，通过共享可以降低项目在资料收集、整理、数字化等方面的成本。

（3）扩大影响力：共享经济模式有助于将西南民间文学数字化传承项目推向更广泛的受众。当更多的人参与到资源共享中来，项目的影响力自然也会得到提升。

众筹与共享经济模式为西南民间文学数字化传承项目提供了创新的资金筹措和发展方式。通过众筹可以筹集资金、建设社区并宣传推广项目；通过共享经济模式可以实现资源共享、降低成本并扩大项目影响力。这两种模式的结合应用，有望为西南民间文学数字化传承带来新的发展机遇。

多元化资金来源是确保西南民间文学数字化传承顺利进行的关键，通过政府资金支持、社会捐赠与赞助、商业合作与投资以及众筹与共享经济模式等多种渠道筹集资金，为这一事业提供坚实的经济保障。同时，这些资金来源的探索与实践也能推动西南民间文学数字化传承的可持续发展和创新。在未来的工作中，继续拓宽资金来源渠道，加强资金管理与使用效率，确保每一分钱都能用到刀刃上，为西南民间文学的数字化传承贡献力量。

二、资金使用的监管与评估机制

资金的有效使用是确保西南民间文学数字化传承项目成功的关键。为了避免资金的浪费和滥用，必须建立严格的监管与评估机制。这不仅可以保障资金的安全性和合规性，还能提高项目执行的效率和质量。

（一）资金使用的监管机制

资金使用的监管机制是确保资金合理、高效使用的重要保证。以下是一个清晰的资金使用监管机制框架如图 5-1 所示：

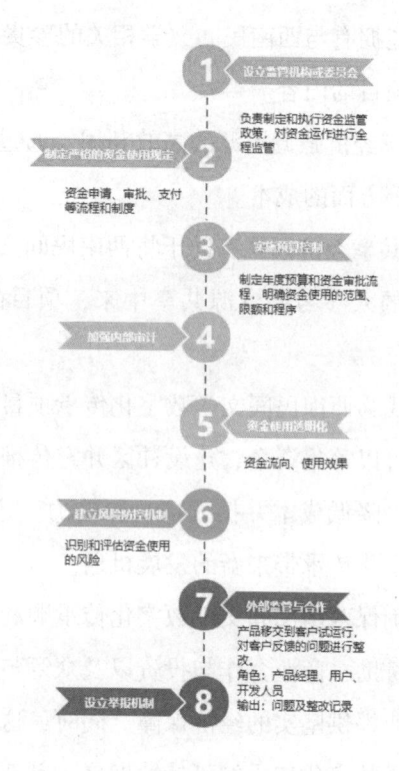

图 5-1　资金使用监管机制框架

（1）设立监管机构或委员会：建立一个专门的资金监管机构或委员会，负责制定和执行资金监管政策，对资金运作进行全程监管。

（2）制定严格的资金使用规定：明确资金使用的具体规定，包括资金申请、审批、支付等流程和制度，确保资金使用的合规性。

（3）实施预算控制：制定年度预算和资金审批流程，明确资金使用的范围、限额和程序，防止超预算或违规使用资金。

（4）加强内部审计：设立内部审计部门或委托第三方机构进行定期审计，监督和检查资金使用的合规性、准确性和可靠性。

（5）资金使用透明化：公开资金使用情况，包括资金流向、使用效果等信息，接受公众和利益相关者的监督，提高透明度。

（6）建立风险防控机制：识别和评估资金使用的风险，如贪污、挪用等，并制定相应的防范措施，如建立严格的财务制度、加强人员培训等。

（7）外部监管与合作：接受外部监管机构如财政部门、审计部门的监督和检查，同时与这些机构建立良好的合作机制，共同确保资金的安全和合规使用。

（8）设立举报机制：鼓励员工、公众和利益相关者举报资金使用中的违规行为，确保及时发现问题并进行处理。

通过以上监管机制的建立和实施，可以有效地保障资金使用的合规性、透明性和高效性，从而支持西南民间文学数字化传承等项目的顺利进行。

（二）资金使用的评估机制

资金使用的评估机制是用于衡量资金投入与产生效益之间关系的一种系统性方法，有助于确保资金的有效利用，并为未来的资金分配提供决策依据。以下是一个清晰的资金使用评估机制框架，如图5-2所示：

```
资金使用的评估机制
        │
        ▼
  设立评估目标和指标
        │
        ▼
   定期评估与报告
        │
        ▼
   采用多种评估方法
        │
        ▼
    引入第三方评估
        │
        ▼
   持续改进与优化
        │
        ▼
    建立奖惩机制
        │
        ▼
    利用信息化手段
```

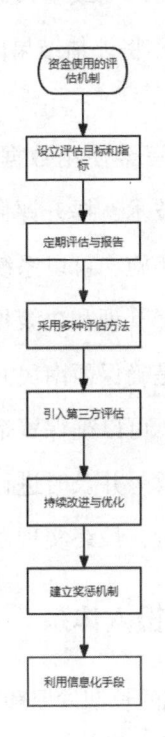

图5-2 资金使用评估机制框架

（1）设立评估目标和指标：确定评估的具体目标，如评估资金使用的效率、效果等。设定可量化的绩效指标，如项目完成率、资金回报率、社会效益指标等，以便具体衡量资金使用的成果。

（2）定期评估与报告：制定定期评估计划，如每季度或每年进行一次资金使用评估。编制评估报告，详细记录评估过程、方法、发现的问题以及改进建议。

(3) 采用多种评估方法：结合定性和定量评估方法，全面分析资金使用的各个方面。利用资金流量分析法监控企业资金流入和流出，评估资金状况。通过资金比率分析法，计算流动比率、速动比率等，评估企业的偿债能力、流动性等。

(4) 引入第三方评估：邀请独立的第三方机构进行资金使用评估，以确保评估的客观性和公正性。

(5) 持续改进与优化：根据评估结果调整资金使用策略，优化预算分配，以提高资金使用效率。对评估中发现的问题进行整改，并跟踪整改效果。

(6) 建立奖惩机制：根据评估结果，对合理使用资金的部门或个人给予奖励。对资金使用不当或造成浪费的部门或个人进行相应的处罚。

(7) 确保评估结果的透明度：将评估结果向内部员工和利益相关者公开，以增强信任和促进更好的决策。

(8) 利用信息化手段：建立资金使用数据库，实时跟踪和监控资金使用情况。利用大数据分析和人工智能技术，提升评估的准确性和效率。

通过以上评估机制的建立和实施，可以系统地评估资金使用的效果，确保资金得到高效利用，并为未来的资金管理和决策提供有力支持。

资金使用的监管与评估机制是确保西南民间文学数字化传承项目成功的重要保障，通过建立严格的监管机制，可以确保资金的透明性和合规性；通过建立有效的评估机制，评估资金使用的效果并及时进行调整。这些机制的建立和实施将有助于提高项目的执行效率和质量，最终实现西南民间文学的数字化传承目标。

三、建立长期稳定的资金投入体系

为了确保西南民间文学数字化的长期发展和有效传承，必须建立一个稳定、可持续的资金投入体系。这样的体系不仅能为数字化项目提供稳定的资金支持，还能促进相关技术和资源的持续更新，从而保持民间文学数字化的活力和竞争力。

（一）多元化资金来源

1. 政府拨款与政策支持

（1）直接资金支持：政府作为公共利益的代表和推动者，应通过年度预算为西南民间文学数字化传承项目提供直接的资金。这种资金支持应是定期的、持续性的，以确保项目的基本运营和持续发展。不仅体现了政府对民间文学保护的重视，也为项目的稳步推进提供了物质保障。

（2）文化产业发展基金：为了促进文化产业的发展，政府可以设立专门的文化产业发展基金。其中有一部分资金专门用于支持民间文学数字化项目。参考《2021西南民族特色文化产业带发展指南》中的做法，该指南提出了多个优选项目和精品投资项目，总投资额高达数百亿元，显示了政府对文化产业发展的决心和力度。通过设立类似的基金，可以为民间文学数字化传承提供稳定的资金支持。

（3）税收优惠：除了直接的资金支持外，政府还可以提供税收优惠等政策措施。这些措施可以鼓励更多的企业和个人投资于民间文学数字化项目，从而拓宽资金来源。通过减少投资者的税负，提高他们的投资积极性，进一步推动民间文学数字化的发展。这种政策导向的方式，能够在保护民间文学的同时，也促进了文化产业的发展和社会资本的参与。

2. 社会捐赠与公益基金

（1）公益募捐活动：为了增强社会各界对西南民间文学数字化传承事业的关注和支持，可以定期举办公益募捐活动。活动包括艺术展览、音乐会、朗诵会等，将西南民间文学的魅力展现给更广泛的人群，并呼吁他们为此事业捐赠资金。此外，通过与媒体、企业和社会团体的合作，扩大募捐活动的影响力，进一步吸引更多的捐赠者。

（2）文化艺术基金会：与文化艺术基金会的合作也是确保项目资金稳定的重要方式。可以建立新的文化艺术基金会或者与已有的基金会进行合作，为西南民间文学数字化传承项目提供长期的资金支持。这些基金会通常具有丰富的资金筹集经验和专业的资金管理团队，能够确保资金的稳定性和持续性。同时他们也会通过专门的筹款活动和计划，为项目筹集更多的资金，从而推动西南民间文学的持续发展和传承。通过与文化艺术基金会的合作，不仅可以获得资金上的支持，还能够借助其影响力和资源，提升项目的知名度和影响力。

3. 企业赞助与合作

（1）企业社会责任项目：在当今社会，越来越多的企业认识到履行社会责任的重要性，并将其作为提升自身形象、增强竞争力的重要途径。西南民间文学数字化项目可以积极寻求与这些企业的合作，通过赞助或参与项目，使企业能够在履行社会责任的同时，也提升其社会形象。具体来说可以向对民间文学和文化保护有兴趣的企业推广项目，阐述项目的文化价值和社会意义，以吸引他们的关注和赞助。通过这种方式，不仅能够为项目筹集到必要的资金，还能扩大项目的影响力，吸引更多人的关注和参与。

（2）商业合作模式：除了寻求企业赞助外，还可以探索与企业的商业合作模式，以实现资源共享和互利共赢。例如，与相关企业开展联合推广活动，通过共同宣传和推广，扩大项目的知名度和影响力。同时，也可以考虑与品牌企业进行合作，将民间文学元素融入产品或服务中，打造独具特色的文化品牌。这种合作模式不仅能够为项目带来更多的资金支持，还能推动民间文学与现代商业的有机结合，实现传统文化的创新传承和发展。通过这些商业合作模式，可以进一步拓宽资金来源渠道，为西南民间文学数字化传承提供更为坚实的物质基础。

4. 文化产品与服务的销售收入

（1）数字化内容销售：在数字化时代，将民间文学作品进行数字化转化并销售，已成为文化传承与商业变现相结合的有效方式。项目团队可以对西南民间文学作品进行专业的数字化处理，并制作成电子书、音频故事等多媒体产品，通过各大电子书平台、音频分享平台进行销售。这样不仅能将传统文化以更现代、便捷的方式传播给更广泛的受众，还能为项目创造可观的收益，用于支持后续的数字化传承工作。

（2）衍生品开发：除了数字化内容销售，开发与民间文学相关的衍生品也是增加资金来源的重要途径。项目团队可以设计并推出一系列与民间文学作品紧密相关的文创产品，如定制的文化T恤、书签、笔记本、明信片等。同时也可以考虑开发更具创意和实用性的衍生品，如以民间文学故事为设计灵感的家居用品、装饰品等。这些衍生品不仅能满足消费者的文化需求，还能进一步推广和传播西南民间文学，同时为项目带来额外的收入。

（3）线上线下活动门票：为了增强与公众的互动和传播效果，项目团队可以定期举办与西南民间文学相关的展览、讲座、演出等线上线下活动。这些活动不仅可以为公众提供一个更直观、生动的文化体验平台，还能通过销售门票为项目筹集资金。在线上活动方面，可以利用直播平台进行虚拟展览、在线讲座等形式的收费活动；线下活动则可以在文化场馆、剧院等场地举办，通过销售现场门票获取收入。通过这些活动的举办，不仅能扩大项目的影响力，还能为项目的长期发展提供稳定的资金支持。

5. 众筹与共享经济

（1）众筹平台：随着互联网技术的发展，众筹成为了一种新兴的筹资方式。西南民间文学数字化传承项目可以利用各大众筹平台，为特定的项目或活动筹集资金。这种方式的优势在于能够直接把项目与广大网友连接起来，让更多人参与到文化传承的公益事业中来。通过在众筹平台上详细展示项目的价值和意义，以及资金的具体用途，可以激发网友的捐赠热情，从而降低筹款门槛，提高筹款效率。同时，众筹平台上的反馈和互动机制也能让捐赠者更加有参与感和成就感，进一步推动项目的持续发展。

（2）共享经济模式：共享经济模式的兴起为项目带来了新的合作与资源共享机会。西南民间文学数字化传承项目可以积极探索与其他机构或个人的资源共享，以降低项目成本，提高资源利用效率。例如，可以与图书馆、博物馆等文化机构进行合作，共享其丰富的民间文学资源和研究成果；也可以与高校、研究机构等建立合作关系，共享其专业的人才和技术资源。通过这些合作，不仅可以降低项目的运营成本，还有可能带来新的资金来源。例如，合作机构可能提供资金支持或共同筹办活动，从而进一步推动项目的深入发展。此外，共享经济模式还有助于扩大项目的影响力，吸引更多的关注和支持。

多元化资金来源是确保西南民间文学数字化传承项目稳定发展的关键，通过政府拨款、社会捐赠、企业赞助、文化产品销售收入以及众筹与共享经济等多种渠道筹集资金，可以为项目提供全方位的支持，并促进其长期、可持续的发展。

（二）设立专项资金

在西南民间文学数字化传承路径中，设立专项资金是一项至关重要的举措。

专项资金不仅为项目提供稳定的资金支持，还能确保资金使用的针对性和有效性，从而推动民间文学数字化的深入发展。以下是对设立专项资金的详细探讨。

1. 专项资金的重要性

专项资金是为特定目标而设立的独立资金池，其重要性在于为项目提供持续、稳定的资金支持。对于西南民间文学数字化传承这样的长期项目，资金的稳定性和持续性至关重要。专项资金的设立，能够确保项目在关键时刻得到必要的资金支持，避免因资金短缺而导致的项目中断或质量下降。

2. 专项资金的使用与管理

专项资金是支持西南民间文学数字化传承项目的重要资源，其使用与管理的规范性和有效性直接关系到项目的成败。为了确保专项资金能够用在"刀刃上"，必须对其进行严格的监管和合理的使用规划。

专项资金的使用应严格按照项目计划和预算来执行，在项目启动之初，就需要制定一份详尽的资金使用计划，这份计划需要清晰地列出每一项预计的支出，包括人员工资、设备购置与维护、活动组织与宣传等各项费用。通过明确的资金用途和预算设定，可以避免资金的滥用和浪费。

为了保障专项资金的专款专用，应设立一个独立的资金管理账户。所有与项目相关的收支都应通过这个账户进行，以确保资金的流向清晰可追溯，同时也方便进行财务管理和会计核算。资金使用的审批流程也是管理的重要环节，每一笔资金的支出都应经过严格的审批程序，确保其合理性和有效性。包括但不限于费用申请、审批、支付以及后续的核销等环节，每一步都需要有明确的责任人和审批标准。为了增强资金使用的透明度和公信力，应定期对资金使用情况进行审计和公示。这不仅可以及时发现和纠正资金使用中的问题，还能接受社会各界的监督，提升项目的公信力和影响力。公示的内容应包括资金流向、使用情况、成效评估等，以便让利益相关者了解资金的具体使用情况，并对项目的效果进行评价。通过这些措施，可以确保专项资金的有效使用，为西南民间文学数字化传承项目的顺利实施提供有力保障。

3. 专项资金对项目的推动作用

专项资金的设立对西南民间文学数字化传承项目具有显著的推动作用。首先，专项资金为项目提供了稳定的资金支持，使得项目能够按计划顺利进行。其次，专项资金的使用具有针对性和灵活性，可以根据项目需要随时调整资金用途，确保项目的顺利进行。专项资金的设立还能吸引更多的社会关注和参与，提升项目的社会影响力。

（三）建立资金池

1. 资金池的定义与功能

资金池最早由跨国公司的财务公司与国际银行联合开发，目的是统一调拨集团的全球资金，最大限度地降低集团持有的净头寸。在西南民间文学数字化传承项目中，资金池可以作为一个集中管理项目资金的工具，实现资金的统一调度和优化配置。通过资金池，项目可以更灵活地应对资金需求，提高资金的使用效率，确保项目的顺利进行。

2. 资金池的主要业务

资金池的主要业务包括成员单位账户余额上划、成员企业日间透支、主动拨付与收款、成员企业之间委托借贷以及成员企业向集团总部的上存、下借分别计息等。这些业务功能可以为西南民间文学数字化传承项目提供更加灵活和高效的资金管理服务。例如，通过成员单位账户余额上划，将分散在各个账户中的资金集中到资金池中，便于统一管理和调度；通过主动拨付与收款功能，可确保项目资金的及时支付和回笼；通过委托借贷功能，在项目内部实现资金的融通，降低融资成本。

3. 资金池的优势

建立资金池对于西南民间文学数字化传承项目具有以下优势：一是降低资金成本，通过集中管理和调度资金，减少不必要的资金闲置和浪费，从而降低项目的资金成本；二是提高资金使用效率，资金池可以实现资金的快速拨付和回收，确保项目的资金需求得到及时满足；三是增强风险抵御能力，资金池的集中管理可以降低项目的财务风险，提高项目的稳健性。

4. 资金池的建立与管理

建立资金池需要综合考虑项目的实际情况和需求，需要确定资金池的规模和管理模式，包括资金池的存储方式、资金的调度和使用规则等。其次，建立完善的资金管理制度和风险控制机制，确保资金的安全性和合规性。加强与银行等金融机构的合作与沟通，确保资金池的顺畅运作。在管理方面，借鉴花旗银行和汇丰银行等金融机构的资金池管理经验。例如，花旗银行的资金池结构包含主账户和子账户，通过自动调拨工具实现资金的集中控制；汇丰银行则通过转账机制使多个账户的资金进行实质性转移和集中安排。这些经验可以为西南民间文学数字化传承项目的资金池管理提供有益的参考。

综上，建立资金池是推动西南民间文学数字化传承项目资金管理的重要举措。通过集中管理、灵活调度和优化配置资金，资金池可以为项目的长期发展提供有力保障。同时也需要不断完善资金池的管理制度和风险控制机制，确保其稳健、高效地运作。

（四）引导社会资本参与

在推动西南民间文学数字化传承的过程中，引导社会资本参与至关重要。社会资本不仅能为项目提供资金支持，还能带来更多资源和创新力量。以下是如何引导社会资本参与的一些建议：

（1）政策激励与引导：政府出台相关政策，如税收优惠、投资补贴等，鼓励社会资本投入到民间文学数字化项目中。设立文化产业发展基金，专门支持包括民间文学在内的文化项目，吸引社会资本参与。

（2）建立合作平台：搭建政府、企业和社会组织之间的合作平台，促进信息共享和资源对接。通过举办文化产业投融资对接会等活动，为社会资本提供了解和投资民间文学数字化项目的机会。

（3）创新投融资模式：探索公私合营（PPP）模式，在政府和社会资本之间建立风险共担、利益共享的机制。发展众筹等新型融资方式，降低投资门槛，吸引更多社会小额资本参与。

（4）加强知识产权保护：完善知识产权法律法规，保护民间文学作品的版权和创作者权益。建立知识产权交易平台，促进民间文学作品的合法流通和转化，提高社会资本的投资回报。

（5）提升项目吸引力：通过挖掘民间文学的商业价值和文化价值，将其与现代科技、旅游等产业结合，打造具有市场潜力的文化产品。加强项目宣传和推广，提高社会认知度和影响力，吸引更多社会资本关注。

（6）建立透明监管机制：建立健全的资金使用监管机制，确保社会资本投入的有效利用和回报。定期公布项目进度和财务状况，增强社会资本的信心和参与度。

通过以上措施，有效引导社会资本参与到西南民间文学数字化传承项目中来，为这一文化事业注入新的活力和动力。同时，社会资本的参与也将进一步推动民间文学与现代社会的融合发展，实现文化传承与经济效益的双赢。

建立长期稳定的资金投入体系是确保西南民间文学数字化传承成功的关键。通过多元化资金来源、设立专项资金、建立资金池以及引导社会资本参与等措施，为这一宏伟目标提供坚实的资金保障。这不仅是对传统文化的尊重和保护，更是对未来文化传承的深远投资。让我们携手努力，共同推动西南民间文学在数字化时代的璀璨绽放。

结　语

在《西南民间文学数字化传承路径研究》一书的探索之旅即将结束之际，我们不禁要回顾这段研究的历程，并展望未来的发展方向。本书旨在深入探讨西南民间文学在数字化时代下的传承路径，通过多元化的资金来源、设立专项资金、建立资金池以及引导社会资本参与等多个方面的策略与方法，为西南民间文学的保护与传承提供有力的支撑。

在本书中，我们详细分析了西南民间文学所面临的传承危机，这些珍贵的文化遗产正受到现代化、城市化的冲击，传统的口传心授方式已经难以适应时代的发展。正是基于这样的背景，提出了数字化传承的构想，并深入探讨了实现这一构想的多种路径。数字化技术不仅为民间文学的传承提供了新的载体，还为其传播与推广开辟了新的渠道。在资金来源方面，强调了多元化资金来源的重要性。政府拨款、社会捐赠、企业赞助以及文化产品与服务的销售收入等，都是保障数字化传承项目顺利进行的关键因素。特别是政府在这一过程中的角色不可忽视，其政策支持和资金投入对于项目的推动具有决定性作用，社会资本的参与不仅能够为项目提供资金支持，还能带来更多创新资源和市场机会。通过政策激励、合作平台建设、投融资模式创新等手段，积极探索社会资本参与的有效方式，以期为西南民间文学的数字化传承注入新的活力。

当然也要清醒地认识到，数字化传承并非一蹴而就的过程。它需要我们持续不断地探索和实践，需要政府、社会各界以及每一位文化工作者的共同努力。在这个过程中，不仅要关注技术的创新与应用，更要关注文化传承的本质和意义。确保数字化手段能够真正服务于民间文学的传承与发展，而不是替代或削弱其原有的文化价值。此外，还要关注数字化传承过程中的伦理与法律问题。在采集、整理、保存和传播民间文学作品时，要充分尊重原创者和传承人的权益，避免知识产权纠纷和文化剽窃行为。同时加强数字化平台的安全管理，防止文化遗产的非法复制和传播。

展望未来，我们坚信数字化技术将为西南民间文学的传承带来更加广阔的空间和无限的可能。将继续关注数字化传承的最新动态和技术创新,不断完善和丰富本书的研究内容。同时,也期待更多的学者和实践者加入到这一研究中来,共同推动西南民间文学在数字化时代下的繁荣发展。最后,感谢所有为本书撰写提供支持和帮助的领导、专家、学者和朋友们,他们的宝贵意见和建议使本书得以不断完善和提升。同时,也要感谢广大读者对本书的关注和厚爱。希望本书能够为大家在西南民间文学数字化传承的道路上提供有益的参考和启示。

参考文献

[1] 杨佳宁，刘欣，曹婷等. 国家级非遗漳州木偶头的数字化传承与发展路径研究［J］. 鞋类工艺与设计，2023，3（6）：125-128.

[2] 刘语童. 数字化时代"中国故事"的创新传播和传承路径研究［J］. 中国商论，2021（23）：3.

[3] 史学峰. 文化产业背景下的非物质文化遗产数字化保护与传承路径研究［J］. 文化创新比较研究，2022，6（16）：4.

[4] 翟会茹. 数字化科技助推优秀传统文化传承的创新路径研究［J］. 中国民族博览，2023（9）：112-114.

[5] 华伟. 湖北民间文学类非物质文化遗产传播媒介研究［D］. 湖南师范大学，2018.

[6] 王峰，杨彤彤，代坤等. 数字化视野下体育非物质文化遗产保护路径研究［J］. 体育风尚，2021（8）：2.

[7] 李芬芳，王敏，尹淑云等. 天津市杨柳青文化数字化传承研究［J］. 新商务周刊，2019（12）：2.

[8] 黄克顺. 民间文学类非物质文化遗产的活态传承探析——以寿县为例［J］. 皖西学院学报，2018，34（1）：4.

[9] 张云平，周文，洪榆峰等. 西南三省（区）民族文化传承的版权保护研究进展与评价［J］. 楚雄师范学院学报，2019，34（2）.

[10] 彭婷婷，杨正钰，雷长桥等. 数字化背景下羌族民间文化活态利用创新研究——以羌族民间文学保护传承为例［J］. 新西部：中旬·理论，2018（7）：2.

[11] 伍菲. 乡村振兴背景下数字化非遗技艺传承与创新路径研究［J］. 中国果树，2022（11）：113-114.

[12] 杨成. 融媒体语境下浙江传统民间文学资源数字化开发路径［J］. 花溪，2022（8）：0243-0245.

[13] 孟茜宏. 非物质文化遗产辽宁民间文学的数字化保护与传承［J］. 鞍山师范学院学报, 2022, 24（6）：88-92.

[14] 王琨. 在规范与认同之间：关于民间文学类非遗保护标准的探讨［J］. 文化遗产, 2020（6）：8.

[15] 邱迁惠. 数字化时代我国著作权集体管理制度研究［D］. 广西师范大学, 2019.

[16] 王河昇, 刘伟. 保护南康区民间文学"木根源"——非物质文化遗产对推进客家民俗文化多元发展的价值研究［J］. 数字化用户, 2019, 025（006）：221.

[17] 刘焕利. 我国少数民族民间文学的保护与传播研究［J］. 齐齐哈尔大学学报：哲学社会科学版, 2023（3）：10-13.

[18] 程腾枢, 彭婷婷. 数字背景下彝族民间文化活态利用的创新研究——以民间文学活态利用为例［J］. 新西部, 2019（12）：2.

[19] 王孟. 数字化时代江西省"非遗"舞蹈传承人口述史特色信息库建设路径研究［J］. 艺术科技, 2022, 35（24）：44-46.

[20] 魏渊. 探析非物质文化遗产的数字化保护传承路径［J］. 休闲, 2021, 000（026）：1-1.

[21] 李纳米. 新媒体时代民间文学非遗传播与传承路径研究——以沁阳《神农传说》为例［J］. 四川省干部函授学院学报, 2021（1）：4.

[22] 邱婧. 20世纪50年代西南少数民族民间文学作品的改编与重构［J］. 民族文学研究, 2023, 41（2）：129-137.

[23] 农为平. 隐秘的文学场：当代西南少数民族文学中的原型叙事［J］. 西部文艺研究, 2023（3）：18-25.

[24] 张琴琴. 从仡佬族民间文学角度探究仡佬族的文化思想［J］. 花溪, 2022（7）：0150-0153.

[25] 熊威, 刘文静. 西南少数民族诸葛亮传说及景观叙事与中华文化认同研究［J］. 文化遗产, 2022（5）：127-133.